# 嫡策 2

文創風 191

董無淵 著

# 目錄


第二十一章 …… 005
第二十二章 …… 021
第二十三章 …… 037
第二十四章 …… 051
第二十五章 …… 069
第二十六章 …… 087
第二十七章 …… 103
第二十八章 …… 123
第二十九章 …… 139
第三十章 …… 157
第三十一章 …… 177
第三十二章 …… 191
第三十三章 …… 207
第三十四章 …… 223
第三十五章 …… 239
第三十六章 …… 259
第三十七章 …… 273
第三十八章 …… 283
第三十九章 …… 299
第四十章 …… 311

# 第二十一章

行昭回到正院，驚詫於大夫人已經知道了這件事。

大夫人已經快哭不出來了，鬢間的頭髮都亂了，翻箱倒櫃地要找出帖子遞進宮，要趕去勸慰被禁足在鳳儀殿裡同病相憐的胞姊。

行昭頓覺身心俱疲，沈了臉便問：「是誰給母親說的！」

束手縮在角落裡的滿兒，一聽行昭這樣凌厲的聲音，哇地一聲哭出來，直說：「大夫人問四姑娘去哪裡了，我瞞不住就讓小丫鬟去打聽，結果打聽來打聽去，就聽到了這個消息。我心頭一急，就給大夫人說了！」

兩道哭聲夾雜，煩悶得讓行昭扶著額頭，眼神示意月芳將滿兒拉出去，卻聽到滿兒撕心裂肺的哭喊聲中夾雜著這樣一句話——

「是萬姨娘房裡的英紛給陳管事塞錢問，我在旁邊偷偷聽，才探聽到的。英紛還勸我給大夫人說，這樣只有討好沒有辦壞事的！」

行昭頓時氣得發抖，指著滿兒說：「非常時行非常事，東偏房的話妳也敢聽進去！拉出去在中庭裡打五下板子。」又和黃嬤嬤吩咐。「您親自去一趟東偏房，找兩個健壯的婆子把那個英紛架出來，立時拖出去發賣了，這樣自有主張的奴才，我們賀家留不得。」

行昭難得的一次雷霆之怒，好歹將場面鎮住了，滿兒再不敢哭喊，大夫人的抽泣聲也小了些，整個房間落針可聞。

黃嬤嬤連聲稱諾，行昭想了想喚住了她，又囑咐道：「要是萬姨娘有委屈，不許她將鬧起來。若她實在鬧得凶，讓她想想賀行曉。方家再失了勢，母親也是臨安侯府的正房夫人。」這句話也是說給大夫人聽的，又說：「給外院的人今兒個是塞錢，那明天塞什麼？東偏房就是這樣的規矩？叫萬姨娘趁早將一屋子拘束住。」

黃嬤嬤是個厲害的人，一聽就明白了行昭的意思，連連稱是。甫出門，一張臉就沈了下去，跟著大夫人一輩子的黃嬤嬤心頭明明憋著氣，還掛著擔憂，萬氏還湊上臉來興風作浪，黃嬤嬤壓制著的火氣被刺激得蹭蹭地往上冒，步履穩健又氣勢洶洶地往東邊去。

大夫人佝著腰側身坐在炕上，頭上戴了個兔毛絨福字抹額，手裡撚了方蜀錦刻絲帕子，抽抽噎噎地停不住，整個人眼角皺成一團，看上去像是老了十歲。

行昭心頭無力感頓起，又有焦頭爛額之態，只好輕聲說道：「皇后娘娘只是被禁足而已。」

「以前皇后娘娘就從來沒被禁足過！」大夫人這時候倒是反應極快地回，又哭了起來。「哥哥在前頭還生死不明，姊姊又惹了皇上的眼，焉知沒有哥哥的緣由，我們方家只怕是要敗了……」行昭還沒來得及開口，大夫人又說話了。「這麼大的事，侯爺不知道和我說！萬姨娘都曉得塞錢給外院打探，別是等全府的人知道了，我們正院還被蒙在鼓裡……」

行昭心事重重，一樁緊咬著一樁地來，大夫人的情緒如今正處在崩潰邊緣。行昭只能溫言軟語地安撫。「父親是怕您擔心呢，您可還記得您抽的上上籤？說的就是『柳暗花明又一村』。」

大夫人沒答話了，她是方家的么女又是老來女，她甫一出生，西北那場戰事就退了，方老將軍高興得很，親自給她取了名字，喚作阿福。三兄妹中，方老將軍最器重長子方祈，最信任長女方禮，最寵溺的卻是她。嫁到臨安侯府來，她心頭也明白，她的依仗只有兄姊。可如今依靠都垮了，教她怎麼能不慌？

「去請張院判來吧，母親近來勞心勞力，就怕身子出狀況。」行昭緩緩吩咐蓮玉，又起身攙過大夫人，仰著臉。似是在緩和氣氛一樣地抿嘴一笑，語氣中帶了無比的慎重。「您是方家的血脈，嫁的是當朝一等勛貴臨安侯，一路烜赫榮華。如今您是宗婦，是當家夫人，別人都看您的眼色行事。您一慌、您一怯，其他人就會順著杆子爬，蹬鼻子上臉。今天萬姨娘敢偷偷塞錢到外院打探消息，明天她就敢不認您這個主母了。您身上大擔子不比爹爹輕，在外人看來，您代表的是賀家、是爹爹、是阿嫵與哥哥，您必須要維持住尊嚴與體面。」

行昭說到最後，淚盈於睫，嗓子眼裡直泛酸，再沒有辦法說下去。

大夫人怔忡，身形一滯，低下頭看著幼女的面容，幾日沒有細細打量，卻發現行昭的臉色沒有比她好，一雙杏眼睜得大大的，在一張巴掌大的臉上顯得突兀和殘忍，下巴尖了起來，她記得行昭明明是一張圓臉的。

大夫人鼻頭一酸，原來兩個兒女活得這樣辛苦，只因為有她這樣沒有用的母親，所以他們必須幫她維持住她丟掉的尊嚴和體面。

若是姊姊在這個境地，她會怎麼做？她肯定不會讓年幼的兒女擋在她的前面，去分擔本該屬於她的責任和重擔。

大夫人頭一次發現自己這個母親當得這樣失敗，望著小女兒，行昭的眼神澄澈卻帶著疲憊，和一絲不屬於她的成熟，大夫人失聲痛哭。

張院判過來後，被人迎到了正院，手裡掌著大夫人的脈，開了幾帖安神靜氣的藥，隔著雲絲羅絳色罩子囑咐大夫人。「開了黃耆、枸杞和黨參，都是補氣養血的，您且靜心下來。」緩了緩聲調，似乎是遲疑和考慮著，又說道：「以前我也去西北當過隨軍大夫，方將軍是個極硬氣的人，有一回在外頭，方將軍傷口的肉潰爛了，他自己拿著刀，把爛肉給挖了下來，第二天還衝在最前頭，這樣的人，不可能通敵叛國。」

行昭侍立在床畔，聞言向張院判投去了一個感激的眼神。

行昭親自將張院判送到二門，回去後，見正院裡頭支起的窗櫺都放了下來，庭院裡只能聽見清風和幾聲早春的蟲鳴，月芳迎過來稟報。「大夫人喝完藥後，總算是平靜下來，如今已經先歇下了。」

這樣也好。

行昭點點頭，叮囑一聲。「等夫人醒了，就趕緊上晚膳，不許再拿事情打擾她。那個滿兒算是初犯，罰過了就算了，好好教導，還是留在正院裡頭吧。」

話說完，就轉過身去往榮壽堂走，走在路上，心裡卻「咚咚咚」地越跳越快，停在半道上，望了望碧波湖這一池被風吹皺的春水，原本像一面鏡子一樣光可鑑人的湖面，變得皺巴巴的，原本在遊廊裡就能賞到的五色錦鯉，如今在青荇藻草的隨波漂浮下，早就不見了蹤影。

行昭突然福至心靈，想要捉不到魚，既沒有辦法勸退捉魚人，那就只有把一池子的水都攪渾了，魚兒藏在青荇裡，行人的眼睛就只能盯著滿池的汙泥和水藻了啊！

從韃子的來勢洶洶，到平西關失守，再到定京裡謠言四起，最後方皇后被禁足。前兩個狀況是天定七分，人為三分；後兩個招法就全在人心謀劃煽動，旨在攪渾一池春水，且招招斃命，一箭封喉。若是皇帝信了謠傳，那方祈就算是活著回來也只能保全一條命，聖恩已失還徒惹猜忌。方家若是想保全清譽與滿門富貴，只有兩條路，一則交出兵權，二則起兵謀反。若方祈回不來，一切就更加名正言順了。

對方意在方祈。

這完全是一個死局，破局的方法難上加難——方祈不僅要回來，更要凱旋而歸！

行昭眼神一亮，轉身就要往懷善苑走去，她需要一處安靜的環境和一個平和的心態，讓她好好想，仔細地想。她不認命，更不信命！

懷善苑裡頭如同正院一樣靜謐，卻多了些柔和，蓮玉束手束腳地守在書房外頭。

中庭裡的小丫頭芙雙手裡頭拿著銅壺，帶著笑在給虞美人澆水，芙雙一抬頭見是蓮玉，笑得咧了嘴要和她打招呼。蓮玉連忙拿手做了個噤聲的手勢，又輕輕朝裡間指了指，小丫頭一看，趕緊拿手將嘴捂住，眼睛卻四下滴溜溜地亂轉，像一隻調皮的倉鼠。

後廂房裡頭的那個丫鬟就沒這個好運氣了，剛剛在大庭廣眾之下被打了五下板子的滿兒趴在床上，哭得上氣不接下氣，背後疼得直鑽心，手又不敢去捂著，打著嗝兒直嚷嚷。「為好不識好！狗咬呂洞賓，不識好人心！黃鼠狼給雞拜年！」

在床緣邊坐了半截屁股的另外個小丫頭趕緊去捂她的嘴，想了想又放開了，笑得眼睛都瞇成了一條縫。「為了討大夫人歡心，下苦工學的字和詞，敢情都用到這個上頭了呢。」

「呸，以後看誰還要討她歡心了！」滿兒哭得嘴都咧到了耳根子，直說：「我明明懷著個好心去通風報信，四姑娘才多大啊，和二丫一樣大，二丫還在流鼻涕，四姑娘就敢作威作福，還敢下令打我了。香檀，妳多聰明啊，在六姑娘屋子裡都做到了大丫鬟了；我當初擠破頭想進正院去當差，看中的不就是大夫人性情好、好伺候？哪曉得大夫人菩薩樣的人物，生了個閻羅王，咯——」滿兒邊哭邊打個嗝兒，繼續說：「還將妳們東偏房的英紛姊姊發賣出去，都被主家趕出去了，還能被發賣到個好地方嘛?!」

香檀就是賀行曉身邊另外一個大丫鬟了，聽滿兒這樣說，一雙桃花眼左右轉了轉，伏低了身子，和滿兒輕聲耳語一番。

聽得滿兒直咋舌，連聲問真假，香檀作勢推她一下，口裡直嗔道：「我們多少年姊妹了，我能騙妳這個？」

滿兒似信非信，手不由自主地往屁股上摸去，頓時背後像幾百萬根針刺下來，疼如潮水一樣襲來，痛得她扯開嗓子嚷過一聲後，似乎是將將才聽到的那番話拋到腦後了。

後廂房裡滿兒鬧哭鬧死的這齣戲，自然沒有傳到行昭的耳朵。連萬姨娘聽到黃嬤嬤趾高氣揚，帶著明顯輕蔑地說要把英紛牽出去發賣時，也沒哭沒鬧，愣了半晌後，就讓人把英紛帶出來，態度謙恭地交到了黃嬤嬤的手裡，倒把黃嬤嬤驚得三魂少了五魄。

臨安侯府裡陷入了短暫的安寧與平靜，哪知才到第二天，這種詭異和不約而同的平靜就被一件事情打破，臨安侯府又陷入了沸沸揚揚之中。

素以上諫犀利聞名的諫臣馮安東，以西北方家瀆職失察，外將三月不理政事為因，要求徹查方家，革除方祈兵馬大將軍職務。皇帝當即拂袖而去，馮安東便隨之一頭撞在儀元殿的朱漆落地柱上，如今還不省人事。

往往不好的消息都像長了腳似的，傳得飛快，這件事行昭攔不住，也不可避免地讓大夫人知道。

因為久不問事的太夫人發話了。

「秉持著臨危不懼，遇事不慌，咱們家才能屹立這麼多年不倒。」太夫人在上首的太師椅上坐得筆直，話聲中氣十足，又說：「被中傷的是老大媳婦的至親血緣，妳慌我能理解，也能體諒。」

行昭垂首坐在最末端，事情被逼到這一步，太夫人會出手也很正常。馮安東是有名的諫臣，前年上書劍鋒直指張閣老的新法，實際是為了自己貪圖安逸，逼得張閣老致仕還鄉，同時他也一戰成名。

安國公石家的亭姊兒，說起他都是一副咬牙切齒的腔調。她長兄原是與張閣老家的長女訂親，如今張家沒落了，石家還要做出信守諾言的模樣將張大娘子給娶回來，否則石家就成了那落井下石的小人。

「多謝娘掛心。」大夫人自事發臉色就一直不好，可從來沒像今日一樣，神色雖哀卻好歹顯得有了些精神。

大夫人的柔聲緩語將行昭的思緒拉了回來，行昭抬頭望了望，太夫人額上箍著個抹額，寶藍色蠶綢為底，上頭只點綴了幾顆珍珠，一身便再無他物。

太夫人是個講究的人，一輩子沒失過禮，更沒糊塗邋遢過，哪次見她不是打扮得光鮮亮麗的？這次也是遭逼急了。

行昭心頭暗忖，又聽二夫人出言。「嫂嫂的娘家出事，我們大夥兒的心都揪著。大嫂且看吧，那只曉得渾說的小人總有一天是要下地獄，受盡那拔舌之苦……」

「行了！」二夫人話還沒完，太夫人提高了聲量將話打斷，又轉頭向大夫人說：「妳先歇幾日吧。昨兒個張院判不是給妳開了幾帖安氣靜心的藥嗎？好好吃著，好好歇幾天，凡事還有我們。」

太夫人一席話，說得大夫人眼淚撲簌簌地落下來，十分感激直說：「媳婦知道，媳婦知道。」

太夫人最厭煩看到大夫人哭，往後縮了縮脖子，揮手讓她們先走，二夫人應言，遭太夫人搶白她從來就不敢有什麼怨懟，這時候有個臺階下，就趕緊領著行明出了榮壽堂。

大夫人也起身告退。行昭跟在她身後，忽聞後頭傳來太夫人有氣無力的一句話。

「阿嫵留下來。」又長長嘆了一口氣，接著說：「阿福，妳不僅是個女人，更是個母親。」

大夫人僵在門廊裡頭，沒敢往後望，忍著淚重重點點頭，提起裙裾便急匆匆地往外走。

行昭留在榮壽堂裡。鼻尖嗅著熟悉的檀香味，看著擺了滿堂的黑漆沉木家具，心裡頭十分安寧，卻又擔心著獨處的母親，眼神明明是看著太夫人的，卻不知在哪個時候又飄忽到了窗櫺外。

「妳在我這裡睡足兩個時辰，用了飯再回去。」太夫人看著小孫女瘦成一張皮的臉，心裡直疼，又言：「妳母親這一日半日的，又是在府裡頭，能出什麼事？好歹為母則強，我看她今兒氣色好點了，這才敢留妳。」

行昭想一想，點點頭。便熟門熟路地往裡間去。

這廂，大夫人一進正院，便見著滿兒神色不明地在正堂前候著她，又想起來昨兒個這丫頭不是才遭打了五下板子嘛，便軟了聲調問她。「這是怎麼了？傷可都好了？」

滿兒一聽，臉上閃過一絲尷尬，頭越點越低，隨著大夫人步子走，進了正堂，這才從懷裡磨磨蹭蹭掏出來了一封信，頭都快垂到胸前了，口裡喃喃道：「將才二門有人帶了封信進來。」

大夫人身形一頓，接過信，一目十行地看下去，臉色越變越青，手抖得慌，那張薄如蟬翼的信紙像翩飛的蝴蝶翅膀似的，又像斷了線的風箏。

「這封信是誰給妳的？」大夫人一反常態，神情激動。

滿兒下意識地往後縮了縮，不太敢看大夫人，直擺手。「我不知道、我不知道，二門塞進來的！我剛從後廂房過來，就看到有封信擺在門口！」

正好這時候，黃嬤嬤端了盅藥進來，看滿兒一臉驚慌，心下不悅，又見大夫人手裡頭拿著封信，便將銅盆交給小丫鬟，走上前去。「妳這小蹄子又不安分了！昨兒打了妳，今兒就好了傷疤忘了疼。」見大夫人神色不對，忙攙住她問：「夫人這是怎麼了？這是哪裡來的信？」

大夫人一聽，神兒更慌了，趕緊側過身將信紙塞進自個兒袖裡，嘴裡頭胡亂答。「沒事，是閔夫人來的信。」眼神飄忽不定，想起信上所言——「寡不巧，手中握有重要信箋，事關令兄身家性命，望賀夫人謹之慎之。今日午時，福滿記白玉廂相約共商佳事，若有閒雜人等同來，休怪寡不守道義，一紙上書。方家是死是活，皆在賀夫人一念之間。」

「備車！我去信中侯府瞧一瞧閔夫人！」大夫人感到自個兒的氣都喘不穩了，又怕黃嬤嬤看出端倪，揮了揮袖子。「沒事沒事，妳在家裡守著，我……」大夫人四處望了望，看見滿兒像捉住了一根救命稻草一樣。「我帶滿兒一路去。」

黃嬤嬤蹙著眉頭，又聽是信中侯家的來信，想一想也有道理，舅爺還沒找著，自然跟在一道兒的信中侯也失了影蹤，兩個女人相互寬慰一下也挺好。忽而倒抽一口氣，她總算是嗅出不對來了，同樣都是沒找著人，怎麼只彈劾舅爺，沒信中侯的事了呢？正想叫住大夫人，屋子裡頭卻早就已經沒了大夫人影蹤了。

無論國事吃緊還是重臣受誣，雙福大街都是一派歌舞昇平的景象，青幃小車「咕嚕嚕」地往前行，大夫人手裡頭緊緊攥著那張紙，對方說手裡頭攥著重要信箋，能攸關哥哥生死的信箋，是什麼?!大夫人從未這樣無助過，低頭又看了看那短短幾行字，字跡工整，在最後的鵝頭勾上還特意微微頓了一頓，才繼續行筆，這種時候還有閒情逸致關心字好不好看。

信上的語氣溫和，似乎還有商量的餘地，對方一定是來求財的……大夫人摸了摸袖子裡掖著的、將才從銀號裡提的五千兩銀票，心安了些。

心裡頭也在寬慰著自己，難保這不是市井潑皮想出來的另外一招，明明手裡頭什麼東西也沒有，就敢空手套白狼地來訛詐臨安侯府，前些日頭那個薄娘子不就吃了熊心豹子膽來過嗎？

等回去，一定給侯爺好好說說，順天府尹拿著朝廷的官餉，卻總不幹實事。

大夫人聽外頭漸漸熱鬧起來，將馬車上的門簾子掀起一道縫來，問：「離福滿記還有多遠？」

滿兒身子一抖，顫顫巍巍地看了看四下的街景，規規矩矩地答話道：「還有三條街就到了。」

大夫人「哦」了一聲，將簾子放下，沒再詢問了。

滿兒僵手僵腳地走在馬車邊，見大夫人沒問了，懸著的心放下了一半。天橋下有一個十分年輕的女子穿著青衣長衫，咿咿呀呀地在唱著小曲，一雙勾得極媚的眼，眼波兒四下流轉，引得圍觀的漢子紛紛叫囂起來。

滿兒看到那對桃花眼，無端地想起昨兒個香檀的那番話——

「我們姨娘上回不是叫牛道婆來給六姑娘壓驚嗎？那牛道婆可是個人物，定京城裡的大家貴族誰不知道她？六姑娘的夢魘就是那婆子的符水給治好的！她偷偷給我們姨娘說，大夫人的面相就是個活不長的，更是個享不住福氣的，臨安侯夫人遲早得換人！所以妳還這樣盡心盡責地服侍大夫人幹麼啊，遲早要換主子，還不如躲個懶，少往她身邊湊。能惹她生氣就更好了，到時候新夫人一來一問，妳既是個不喜歡前頭那位的，那不重用妳還重用誰去？」

滿兒聽得一愣一愣的，心裡頭是不信的，四仰八叉地拿話岔過去了，可今兒個偷偷將那封擱在地上的信打開一看，心裡頭惶恐不安的同時，竟浮現出了一種報復的快感。一家子都將大夫人保護得這麼好，她昨兒個通風報信，大夫人為好不識好，四姑娘還將她罰在中庭裡打板子。她可是女娃子啊，被大傢伙都知道了這女娃被人打了屁股，她往後可還怎麼嫁啊！今兒個她就非得要將這信給呈上去，索性將昨兒個的罪名坐實了，讓大夫人貨真價實地怕一怕，也好解一解自個兒的怨氣，反正不是說往後還得換一個新夫人當家嗎？她也不怕了！

滿兒垂頭喪氣地想起呈信時的氣急攻心，真是想啐自個兒一臉。

一步一步地跟在馬車後頭慢慢地走，手裡頭漸漸沁出汗來，越想越怕，埋著頭走，腿肚子直打哆嗦，一仰頭就看到掛得高高的「福滿記」三個大字。

滿兒哭喪著一張臉，隔著簾子輕喊了聲。「大夫人，我們到了……」又趕忙上前扶著大夫人往下走，越走近樓，就走得越艱難，到後頭，乾脆止了步子，腿抖得跟抖篩子似的，帶了哭腔道：「大夫人，咱們要不然回去吧，別叫四姑娘擔心了。」

大夫人輕橫了她一眼，心裡頭篤定是市井無賴在鬧事，便也不怎麼怕了，揮揮袖子，只當她這是臨陣脫逃。「妳到馬車上候著吧，我自個兒上去就好。」臨了還加上一句。「妳先去順天府登個記，辦事牢靠點。」

滿兒見大夫人少見的沈穩與篤定，如釋重負般，撒腳丫子就往北邊的順天府跑。

大夫人抬眼望了望，二樓雅間一溜地被桃花紙蒙得死死的，榆木樑架窗櫺都緊緊關著，看不出端倪來。

福滿記是定京城裡大家貴族的老少爺們都樂意來的地方，勝在地段繁榮，裝潢富貴，平日裡宴請慶賀也顯得體面。

來往都是人物，大堂裡招呼的跑堂自然也是個慣會察言觀色的，見大夫人著一身葡萄紫繡百子戲嬰瓔絹綜裙，梳著高髻，一身都是南珠頭面，耳下低低墜著的那兩顆碩大南珠，在暖光下熠熠生輝。

一看就是大家夫人。

跑堂的趕忙將帕子往肩上一搭，湊過身去吆喝。「夫人這是來訂席面呢，還是會友呢？早晨剛從閩西加急運過來了些新鮮的鮑魚，包幾隻鮑魚盒子回去，又討口彩又有顏面！」

大夫人擺擺手，道：「我來見人，帶我去白玉廂吧。」

跑堂的歡天喜地地叫了聲「得嘞」，便引著大夫人往二樓走，邊走邊語氣誇張地說：「原來夫人是來會友的啊！將才也來了位天仙似的夫人候在白玉廂。穿了石榴紅的顏色，一走進大堂裡，就像帶著一團火燒了進來！哎喲喲，那通身的富貴氣，有句老話叫物以類聚，人以群分吧，那樣的人物就該和您是一道的。」

大夫人越聽越不好，聽到後頭，心直直地沈了下來。富貴的夫人在等她，那肯定不是市井潑皮來訛錢了啊。

「她是什麼時候來的？」大夫人後怕起來，往下探了探，街上已經沒了青幃小車的影蹤，估摸著車夫是被請去後廂吃茶了吧。

只能硬著頭皮又上了層臺階。試探性地往前一探，問那跑堂。「她……是什麼人？」

跑堂的還沒來得及說話，便聽到清脆的女聲——

「賀夫人來了！」

大夫人愕然抬頭，卻見一個星眸劍眉、丫鬟打扮的小娘子守在門口，又聽「吱呀」一聲，門從裡頭開了，從裡頭出來一個十六、七歲的丫頭，笑著迎過來，側身攙住大夫人。

「您可算是來了，我們家夫人等了您可久了呢。」

那丫鬟力道大，看似軟綿的動作，卻讓大夫人動彈不得，架著她一步一步往裡靠。

大夫人嬌養玉貴地被養了幾十年，哪裡遇過這樣的場面？僵手僵腳地直愣愣望著那丫頭，眉眼似曾相識，心裡頭慌極了。眼神從雕著博古的直欞四下閃到紅沉木鋪就的地板上，心裡頭陡然想起來晨間太夫人的那句話——妳不僅是個女人，更是個母親。

緊緊咬住牙關，如果她獨自將這件事情擺平了，是不是就看作她在慢慢地承擔責任與保護家人呢？心裡頭這樣想，腳上的動作就自覺了些，幾下掙脫掉了那丫鬟的挾制，忍住心慌，將門推得大了些，再「砰」一下關住。

跑堂的有些看不懂了，一個知道來人是誰，一個還在打聽，這都是富貴打扮的貴家夫人啊！無奈搖搖頭，習慣性地將搭在肩上的帕子拿了下來又一把撩上去，神情再度變得歡天喜地，吆喝著跑下樓去。

大夫人繞過擺在門前隔斷的屏風，小心翼翼地探出步子，等看清了正襟危坐在上首的來人，心頭的恐慌與害怕立即上升到了前所未有的程度，聲音高得破開了。

「是妳！」

# 第二十二章

漆八仙渡江大圓桌，上頭擺著兩盞白甜釉繪並蒂蓮紋舊瓷茶盅，其中一盞的蓋子斜斜地蓋在上頭，另一盞蓋得嚴嚴實實的。大夫人帶著無盡惶恐與折磨的聲音，顯然讓坐在上首的女子很歡喜，只見她伸手將茶盞端了起來，就著蓋子拂了拂飄蕩在茶湯上面的幾片茶葉，絳唇湊了上去，小小抿過一口，便在沁白的釉色上留下了一抹玫紅，然後絳唇一勾，彎出一個極美的弧度。

「當然是我，否則妳以為是誰？」女人歪著頭，帶了幾分不合時宜的俏皮，垂了眼瞼，將另一盞茶盅輕輕地推了過來。「臨安侯夫人嚐嚐這家的龍井吧。我們兩個家裡頭的茶葉都是宮裡賞下來的，偶爾嚐嚐外頭的東西，全當作憶苦思甜。」

女人的聲音又軟且媚，伴著白瓷「吭哧」著劃過漆木的細碎響聲，顯出了妖豔與咄咄逼人的氣勢。

大夫人感覺自己像被貓兒逼到了牆角的老鼠，本能地就想流淚，卻不甘心在她面前示弱，忍著眼淚與恐懼。

「應邑長公主，您是天潢貴冑，與聖上連著血脈親緣，萬民奉養，百官膜拜，您怎麼就這麼喜歡逮著我不放呢？」又從袖裡將那封信掏出來，「啪」地一聲拍在了桌上。

「您好好來請，要不下帖子、要不您來賀府，我能不見您嗎？縱然是上回您騙我，侯爺後來也都同我說清楚了，您和侯爺就算是有過情誼，可如今早就各自成家立室，我能怪您嗎？哥哥的事多大，您就貿貿然地拿哥哥哄我出來……」說到後頭，大夫人揪著袖子抹了抹眼角。

應邑輕笑一聲，突然變了臉，騰地一下站起身來，氣勢洶洶地帶著風就往這頭走。

「說清楚！什麼叫說清楚？」應邑本來就比大夫人生得高眺，如今站得筆直，居高臨下地望著大夫人，更顯盛氣凌人。「賀琰無非就是在哄妳！我們的事還需要妳來怪、妳來怨？我和賀琰兩個人之間的恩怨情仇，干卿何事？方福妳未免也太看得起自己了！」

大夫人反射性地往後一縮，囁囁嚅嚅，還沒開腔，就見應邑擺擺手，從桌子上撈起那張紙，說道：「我今兒也不欲與妳多言。這信是我寫的，可我並不是在哄妳。」應邑的情緒一向是因為賀琰而起波瀾，如今想起來正事，神情平靜下來。中指與食指間夾著那方紙，面有輕蔑、有戲謔、有嘲諷，繼續言道：「我手裡頭是有方祈的信箋，妳猜猜是和誰通的信？」話頓了一下，還沒等大夫人答，應邑便哈哈大笑起來。「是和韃子！和韃子的親征主帥托合其通的信。西北方家是個多麼忠貞的家族啊，自詡『父子三人死疆場，一門寡婦守貞潔』，合著都是在當了婊子還要立牌坊！妳說，好笑不好……」

「啪」地一聲打斷應邑後話，十分清脆，不算大卻堪堪壓過應邑的笑聲。

大夫人氣得發抖。一雙眼似乎充血得通紅，嘴唇在顫抖，眼睫在顫動。將才一耳光打在應邑左臉的右手縮在袖裡顫動得最厲害，她心裡是怕的，可更覺得痛快極了，她從來沒有這樣痛恨過一個人，若是手裡有把刀，她會毫不猶豫地捅進應邑的心窩子裡。

應邑愣了片刻，反應過來後出手極快，反一揚手，一巴掌回在了大夫人的臉面上。「方福，妳算個什麼東西，也敢碰我！」

大夫人白圓的臉刹那紅成一片，單手捂住臉，終究是再也忍不住了，嚶嚶哭出了聲，後退了兩步將身子抵在博物櫃上，聽不明白在說些什麼，夾雜著哀哀地哭聲，只能聽見斷斷續續地就那麼幾個詞。「……妳誣陷……道理……回去……」

應邑喘著粗氣，瞪圓了一雙眼，譏笑道：「妳除了哭妳還會什麼？沒了太夫人撐腰，沒了方家依靠，沒了妳那姊姊——哦，妳那姊姊如今正在被禁足呢，記得前朝的王淑妃就是在被禁足的時候，沒了人管，幾隻兩個巴掌大的老鼠將她鼻子都啃沒了！」又揚了揚手裡的那張紙，從懷裡頭拿出一疊信來，一把甩在了大夫人腳跟前。「等到時候我將這些信都呈上去，妳且看著吧，妳嫂子、妳外甥，你們方家裡裡外外的人，看還有哪個能活下來！」

大夫人捂著臉，蹲下身去將其中一封信顫顫巍巍地撿起來，迅速地打開，一個字一個字地看下去，眼神移到了信尾，臉色卻一點血色也見不到了。

「是妳哥哥的筆跡吧？聽人說方祈幼承左皖，先臨顏真卿，再習米芾、黃庭堅、懷素。一手簪花小楷寫得很是風流，急行狂草也寫得頂尖，如今看他的字倒真是不負盛譽。」應邑語氣裡帶著得色和嘲笑，細細地一寸一寸打量過大夫人臉上的變化，心裡更開心了。「別人想學也學不來，我說了我沒哄妳的。」

大夫人說不出來自己現在是緊張、是失望，還是不可置信，她只覺得自己喉頭發甜，似乎有一股直衝上腦的血氣堵在了喉嚨裡。

「我不信！」大夫人三兩下將紙撕得粉碎，一把擲在地上。

「妳既然不信，那妳撕了做什麼？」應邑抬了下頷，篤定發問，又笑著說：「反正妳哥哥是個不警醒的，我的封邑離西北多近啊，特意找了人候著。方祈的信箋遭人截胡過一次，還能被截第二次，可見你們兄妹都是蠢的。」朝著撒在青磚地上，似雪片的碎紙，努努嘴。

「撕吧，不止這一封，我手裡頭存著有好多呢。」

白玉廂牆角、高几、矮杌上擺著有虞美人，有芍藥花，有石竹，各個粉濃芬馥，窗櫺蒙的是一層沁油紙，能隱隱約約看到外頭熙熙攘攘的街景，和雖然穿著粗布麻衣卻笑得咧嘴到耳根子的平民們。

忽地從外頭傳來一陣「噼哩乒啷」的敲鑼鼓聲，大夫人渾身一震，往四周望了望，明明是三月的暖春，她卻如同身處九層煉獄一般，口中乾澀，語聲嘶啞地說：「妳想要什麼……」

「我想要什麼？我當然是想要妳的命。」應邑一挑唇，嬌媚婉轉的嗓音壓過那腔頹唐絕望的聲音，塗得火紅的唇卻說出如此狠戾決絕的話，尾音拖得長長的，婉轉綿延又嬌滴滴的像三月春梢枝頭上的杏花。

大夫人心頭一怦，像是要直直地跳出來，駭然道：「妳這是什麼意思！」

「妳死，信箋就銷毀，一共九封，剛剛被妳撕了一封，還剩八封，每一封都能讓你們方家家破人亡，起棺鞭屍。」應邑維持將才的一抹輕笑，說得風輕雲淡。「方祈通敵叛國，到底只是猜測和流傳，現在還沒有證據呢。可若是將我手裡頭這些信全都送到殿前，那不就正好是瞌睡遇到枕頭了嗎？皇上下株連令的時候，還會有猶豫嗎？」

大夫人的背死死地抵在博物櫃上，一個字連著一個字深深地烙印在了她的腦中，她一臉不可置信地望著應邑。她知道她自小便不聰明，但是女子不是應該以柔順溫和為才德嗎？她一心一意地崇敬著她的夫君，打理著家中庶務，她對太夫人純孝至貞，她對每一個人都一視同仁，不以富貴諂之，不以貧賤輕之。

她的一念之差，她的軟弱可欺，她知道，這些都是錯處，可哪個人沒有犯過錯呢？茫茫人海，憑什麼選了她來面對這些啊！

應邑見大夫人沒說話，心頭一慌，腦海裡回想了下該說的、想說的，沒有漏啊！一時間也想不出要繼續說什麼了，壓住心頭的忐忑，裝模作樣地撿起地上剩下的信。

一時間，屋子裡陷入了令人窒息的安靜。

「長公主的意思是，以物易物，以命易命，不是很公平嗎？」侍立在旁的那個丫鬟從始至終都沒有說話，並對眼前的這齣鬧劇置若罔聞，卻在這個時候，打破了寧靜。

大夫人一抬頭，那丫鬟眉目精細，一步不過三寸，一笑笑到眼裡，擺明了是宮裡的作派，看起來十分眼熟，腦中卻紛紛雜雜，使勁想也想不出來，到底是在哪裡見過？

哥哥至今還下落不明，是生是死，是傷是好，是在大周還是在韃靼，她統統不知道。她心如亂麻，心裡是信著哥哥不會通敵叛國的，可那字、那話、那用語，還有蓋著哥哥私章的信尾，卻教人不能不信！

方祈是什麼？是戰神，是方家最驕傲的兒郎，是她一直以來所依仗的兄長！信念的分崩離析，讓大夫人哭得更凶了，身子僵成了一塊木頭順著博物櫃往下滑，她張口想說話，卻發現自己除了哭再發不出別的聲音來，好不容易擠出三個字，卻只能問菩薩、問老天。「為什麼……為什麼……」

應邑嫌惡地望著涕泗橫流的方氏，決定再補一刀。「為什麼？妳不珍重方家，總捨不得自己的骨肉吧？方家倒了，名聲臭了，妳以為妳那兒子還能有好日子過？賀琰是個什麼樣的人，妳不知道？他放在心尖兒上的是賀家和他的前程，他不可能選一個母家犯下叛國這樣下賤事的兒子當世子吧？嫡長子卻不能當世子，這該怎麼辦呢？只好要不打壓得一無是處，要不只有痛下狠手了。」

應邑抿嘴一笑，眼裡卻帶著悲哀，又道：「賀琰會不會做出這樣的事，妳心裡頭明白。」

「夠了！」大夫人捂著臉的雙手直直甩開，面容悲戚地望著應邑，輕聲道：「妳想讓我死，無非是為了嫁給賀琰，妳明明知道他是什麼樣的人，還這樣費盡心機。妳不敢逼侯爺，卻敢來逼我……就算我死了，妳贏了我，妳就真的贏到了侯爺嗎？」

應邑愣在原地，不知所措地望向站在虞美人旁的那丫鬟。

那丫鬟心裡輕嘆口氣，臨安侯夫人糊塗一輩子，這個時候倒一句話正中紅心，可事情進行到這一步，已經不允許任何人退卻了。

「臨安侯夫人好口才，可惜長公主一直都勝券在握，先前勸您自請下堂，您裝作聽不懂，如今軟的不行，只好來硬的了。可若在這時候，賀家將您給休棄了，在定京城裡賀家的名聲自然也不會好了。所以只能請您自己去死。」那丫鬟將手束在袖中，面色可親地笑著說話。「您一個人死，總比牽連您的母家、您的兒女一起死好吧？這樁買賣，您沒虧啊！」

一番話說完，屋子裡又陷入了沈靜。

大夫人手緊緊按在心口，嘴唇發紫，嘴角微翕，右手往前虛抓了一把，希冀著能抓到希望，希望卻總是像看不見、聞不了的空氣似的，在哪裡能抓到？菩薩啊，請您告訴世人吧。

應邑讚賞地看了眼那丫鬟，按捺住心裡頭由方氏那番話揪起來的恐慌，從袖裡掏出一個薑黃亮釉雙耳瓶，「喀」一聲放在桌上。「生死之事，世人們總是看不透，多好的交換啊。我給妳三天的時間，賀夫人儘管地好好想想，三天後，是從容赴死呢，還是大義滅親，都由妳。」

外頭街道上陡然越發吵嚷起來，那丫鬟上前兩步，將窗櫺開了個縫，見穿著順天府靛青官服的衙役們兩個一排地往這處齊步跑來，那丫鬟往大夫人臉上掃了一眼，心頭哂笑，卻神色自若地去攙了攙應邑，說：「長公主，要不先回去吧？您話也說明白了，理也講清楚了，好歹先回府裡去，在小佛堂燒燒香、拜拜佛，期望方將軍沒有將其他的把柄掉在外頭，否則……」話到這裡，沒有說下去了。

應邑又將那瓶子拿了起來，晃了晃，便有一陣泠泠的聲音，抿嘴一笑，挑著眉便又將那瓶子擱在了桌上，轉身提著幾欲委地的石榴紅鑲桃紅芍藥花裙邊，跨過門檻，揚長而去。

白玉廂裡只剩下大夫人，靜謐得讓人感到猙獰，大夫人癱在地上，緩緩抬起頭來，能透過圓潤的桌角，看到那上釉上得極好的瓶底。

不多時，不遠處的階梯就「嘎吱嘎吱」作響。滿兒急急慌慌地撞開門，見到大夫人正襟危坐在圓桌前，眼睛紅紅的，臉上卻沒有淚痕，屋子裡還散落著一片一片的碎紙，不禁揚聲驚呼。「您還好嗎？」

大夫人慢慢抬起頭，再點點頭，聲音啞啞地回道：「還好，別人的惡作劇而已。」

滿兒頓時歡喜得覺得四肢的力氣像被抽走了似的，臉上帶著笑，語氣裡卻帶著哭，手一下一下拍在胸口，直慶幸。「嚇死我了、嚇死我了！」又探過頭來，四處找，嘴裡唸叨。「是哪個敢和咱們臨安侯府惡作劇，要被我捉到了，我一定扒了他的皮！」

大夫人嘴角扯開，像是苦笑，又像是似笑非笑。「別找了……早走了……」再抬頭望向門外，衙役都藏在暗處，便輕輕抬了抬手，口裡吩咐。「去給每個小爺發點賞錢，煩勞他們走這麼一趟了。」

滿兒連連點頭，見大夫人邊說邊站起身來，當腳踩過氈毯上的碎紙片，響起了一些細微的聲音，只見大夫人猛然往下一蹲，神色緊張又眼神直勾勾地定在一個地方，手還在地上亂薅。

「您這是做什麼啊！」滿兒趕忙也蹲下身，一動作就牽扯到背後的傷，疼得她直齜牙。

大夫人像是沒聽到，動作越來越大地將那些碎紙片攏在一塊兒，又捧在手裡頭，直挺挺地起身，踉踉蹌蹌地走到房間燃得旺旺的火盆旁，一把撒下去。

火焰迅速直直而上，紙片四角捲起，然後慢慢在火紅中變黑、變灰，變得再也看不見。

大夫人就這樣直挺挺地站在那裡，直挺挺地看著，終於放聲笑了出來。

榮壽堂裡，靜靜地燃著一炷安神香，暖榻擺在花廳裡，高几在暖榻的旁邊，上邊擺著一盆花蕊鵝黃，花瓣米色的玉簪花，大朵大朵的花直直墜下來，像極了簪在鬢間的玉簪。這花味兒不好聞，但因為十分好看，只好在花盆底下放了梅花膏的香片。

「四姑娘醒了沒？」王嬤嬤輕手輕腳地推門而入，問守著的蓮玉。

蓮玉往裡間探了探，笑著搖搖頭，附在王嬤嬤耳朵邊，壓低了聲音說：「姑娘這幾天難得睡這麼好，別這麼早叫姑娘起來……」

行昭安睡在榻上，卻渾身一激靈，小腿一蹬，便醒了。透過蒙在窗櫺上的沁油紙，行昭看到外間有兩個人影，吁了口氣，揚聲問：「什麼時辰了？」

蓮玉趕忙起身撩開簾子，笑吟吟地進來，口裡答著。「還沒到用晚膳的時候，您要不要再睡會兒？太夫人也交代了別叫您起來。」

行昭一醒就心裡頭直慌，像是有幾個小人兒在胸腔裡敲鑼打鼓。

行昭蹙著眉頭靠在暖榻上，使勁甩了甩頭，想將這不安的心緒拋開，隨口問道：「爹和母親呢？」

蓮玉早有準備，見行昭不想睡了，便佝身將鋪蓋四個角拉直，理了理抱到了炕上，口裡回道：「侯爺出門了，夫人去見信中侯夫人，這才回來呢。」

「去見信中侯夫人了？」行昭驚異，大夫人不是個樂於交際的人，她和閔夫人的相似之處大概也只剩下都是至親血緣生死未卜吧。

行昭起了身，趿過鞋子，想起來舅舅這麼久都沒消息回來，這是前世沒有過的，心裡頭也慌。可在正院的時候，母親慌，她更不能表現出慌張，她只能強自鎮定下來，好歹有個還撐得住的人在，母親的情緒也能穩定些。而在榮壽堂裡，凡事都有太夫人，行昭不由自主地就能安下心來。

先吩咐蓮玉去問大夫人見著閔夫人後都說了些什麼，又讓她去打探一下今日西北送來的消息。

蓮玉不一會兒就回來了。

「大夫人今天沒帶月巧和月芳出去，倒帶了滿兒出門……」蓮玉邊拿一條喜上眉梢蠶綢補子幫行昭繫上，邊面露猶疑，繼續說道：「就是昨兒個多嘴多舌那個丫頭，或許大夫人是瞧在她今兒個傷也不養了就急吼吼地來服侍，有心抬舉她吧。」

行昭點點頭，按照大夫人個性做得出來，又示意她繼續往下說。

「不過黃嬤嬤說大夫人一回來便將自個兒鎖在了屋子裡，誰去敲門也不應，黃嬤嬤估摸著是同閔夫人說著話又想起舅爺，傷心了。後來我又去問滿兒，滿兒支支吾吾地，只說閔夫人與大夫人是屏退了下人說話的，她也不知道她們兩個說了些什麼。」蓮玉靈活地繫了個千福結，話也交代完了。

行昭聽完，點點頭，又問：「侯爺那邊呢？西北的戰報怎麼樣了？」

蓮玉眼眸一黯，沒答話。

還是沒找到，舅舅還沒出現，母親已經快成為驚弓之鳥了。

行昭眉間蹙得緊緊的，終究沈了步子，往榮壽堂正堂走，向太夫人告了辭。「我心裡頭實在擔心母親得很，母親一向是不經事的，您也知道。舅舅還在西北，偏偏姨母又被禁足了，聽下頭人說母親從閔家回來，情緒就極不好。」

太夫人沈吟過後，點點頭，反過來安撫行昭。「我已經遞了摺子上去，不過顧太后既然打定主意下令禁方皇后的足，怕是沒那麼容易見我……」又想起將才聽張嬤嬤過來稟報——「四姑娘睡著的時候眉頭都沒有鬆開，沒有夢魘但是一直翻來覆去，睡得並不安穩。」她心頭可憐小孫女，要是方氏有她姊姊一半沈得住氣，兒女哪裡需要這樣辛苦！

「妳去了也無濟於事。」太夫人喟嘆一聲。

行昭垂首，輕輕搖搖頭，呢喃說了一句話。「非常時行非常事。守著母親，我心安，母親有人陪著，她也能安心一點。」

太夫人沒有辦法，擺擺手，示意行昭快去。

行昭屈膝行禮後離開。

太夫人看著小孫女小小的身形從清晰到模糊，手裡頭撥著的佛珠停了，長嘆一聲「阿彌陀佛」。

身旁侍立的張嬤嬤緩聲撫慰。「您還記得靜一師太說過的話嗎？舅爺天庭飽滿，地閣方圓，是天生的好命，一向能逢凶化吉……」話到這裡，卻看見太夫人皺著眉搖搖頭。

太夫人滿含惋惜與擔憂說：「我在擔心阿福和行昭。芸香去送帖子進宮的時候，聽內務府的雲公公說，皇后娘娘昨兒個還向內務府要玫瑰花、皂豆和醞蜜香。出身一樣的家族，一母同胞，面臨著同樣的險境，皇后娘娘被禁著足，都能凝神靜氣地過下去，連熏什麼香、用什麼香氣的皂豆都還有要求，可阿福呢……」

張嬤嬤安靜地聽著並沒有說話。

「方家挺不挺得過這個坎兒是一說，姊妹倆的表現卻高低立見。方家一倒，勢必連累到皇后娘娘，我們賀家不是落井下石的小人。阿福在賀家這麼多年，過得一向順風順水，侯爺雖然不是很喜歡她，可也沒怠慢她，有嫡子、嫡女，又有我壓著賀琰不許他做太過，她都一度將日子過成那樣。方家沒落了，方祈不在了，皇后無勢了，她往後又從哪裡來的底氣撐起偌大的家？若阿福是皇后一半的品性，我將這一副破敗的身子敗光，也要在媳婦後頭撐著，為她鼓氣，可阿福就像扶不起的阿斗。」

張嬤嬤越聽越心驚，抿著嘴唇，不敢說話，這不是她該插言的了。

太夫人面帶憐憫地望著正院的方向，喃喃地繼續說：「我這幾日總是反覆夢見皇帝才登基的時候，苗安之亂還沒結束，勛貴人家人人自危，奪爵的奪爵，流放的流放。那時候老侯爺又鬧著要換世子，我每天都活在心驚膽顫中，怕官差突然來院子裡捉人，怕皇帝被老侯爺鬧得不耐煩，從此記恨上賀家，更怕阿琰由嫡變庶。可我只能笑啊，笑著到處交際，笑著一遍一遍地遞帖子進宮，笑著給阿琰求婚事，笑著給老侯爺下藥——我要笑著看到那老畜生在我面前閉眼……」

張嬤嬤渾身一激靈，緊緊握住了太夫人的右手，哽咽地說著。「您別想了，一切都好了、一切都好了！」

「會當凌絕頂，一覽眾山小，可不是還有一句話叫『高處不勝寒』。」太夫人閉著眼帶著笑，輕輕搖著頭，苦笑中有無奈和心酸。「阿福不值得，不值得我再為她擔驚受怕一遍。更不可能為了她，搭上我雙手沾滿鮮血，才艱難維護住的賀家……」

張嬤嬤頓時老淚縱橫，她似乎明白了什麼，卻又在惋惜什麼。

縱然行昭走得十分急，卻還是錯過了正院裡的這場談話——

「將才四姑娘身邊的蓮玉姊姊來問我，我只推說我不知道……」滿兒束著手，手足無措地站在正堂裡間的青磚上，邊說邊拿眼覷了覷大夫人，見大夫人沒有責怪，便鬆了一口氣。好歹今天出去沒有發生意外，滿兒慶幸起來，又抬起頭，忿忿不平道：「夫人也是太好的性子了，這事放在哪家都不是這麼好善了的！」

「妳別和任何人說今天的事。」大夫人臥在暖榻上，身上鋪著一方羊細絨氈毯，神色晦暗不明，又加了一句。「無論是四姑娘問起，太夫人問起，還是侯爺問起，妳全都說不知道。」

大夫人說到「侯爺」二字的時候，聲音明顯弱了下去。應邑讓她方寸大亂，應邑在她面前咄咄逼人，應邑在威脅、恐嚇她，她軟弱了一輩子，卻始終沒有辦法向應邑求饒，「求求妳放過我」這種話，她在應邑面前說不出口，好像一說出來，她就完完全全地輸掉了。她的家、她的位置，還有她的侯爺。就算賀琰是那樣的人，可她還是沒有辦法不愛他……

大夫人眼中有一閃而過的悲戚，更多的卻是嫌惡，她頭一次對自己的軟弱與藕斷絲連般的捨不得，感到了由衷的厭惡。

「那些市井無賴本來就該遭活剮的。這樣也好，免得讓侯爺知道了讓他擔心……夫人……夫人！」滿兒說得絮絮叨叨的，見大夫人的眼神直勾勾地望著前方的描金珐瑯掐絲羅漢像，順著她的目光望了過去，什麼也沒有啊！

大夫人無動於衷，待滿兒湊近耳畔，猛然一驚，似乎心中的隱私遭人一把揭開，掩飾般地朝她揮揮手，直道：「妳做得很好，快出去吧。」

滿兒一愣，便輕手輕腳地退出門去，心亂如麻，可不一會兒便將所有事都拋在了腦後。只要自己沒惹禍，沒因為那一時的氣急敗壞而造成更惡劣的結局，那不就好了嗎？而且看起來她現在和大夫人竟然有了一個誰也不知道的小秘密，四姑娘也再抓不到把柄來打她、來罵她，甚至把她賣出去了。

心頭喜孜孜的，腳步急急地走在遊廊裡，暗暗盤算著一會兒要怎麼同香檀顯擺，自個兒一夜之間就成了大夫人的心腹丫頭！

將拐過遊廊，滿兒瞪圓了眼睛，拿食指顫顫巍巍地指著前頭，驚呼一聲。「四姑娘！妳怎麼來了？」

行昭被小娘子尖利的聲音嚇了一跳，下意識地蹙眉抬眼一望，卻聽身後的蓮玉語氣帶著責備，出言訓斥。「管事嬤嬤沒有教過妳謹言慎行？在主子面前該是這樣的言行舉止嗎？傷好了嗎？」

滿兒肩膀一縮，她如今一見行昭便怕，哆哆嗦嗦地屈膝問了安。

行昭抬起頭上下打量一番，語聲沈吟問她。「妳不知道母親和閔夫人說了些什麼？母親出門後的神情是怎麼樣的？今兒個出門怎麼帶上了妳？」

「我……我在外面沒聽到……大夫人沒什麼不一樣的……」滿兒將剛才在蓮玉面前說的話，再重複了一遍，聽到最後一個問題，愣了愣，囁嚅了幾下，結結巴巴地說：「可能是閔夫人的帖子，是我遞上去的吧……」

行昭輕輕點了頭，抬抬下頷，示意她可以走了。

滿兒立時如蒙大赦，埋著頭往外頭跑去。

行昭沒在意，舉步往裡去。

雙手撐在門上，使勁一把「嘎吱」一聲將門大大開了，黃昏的日頭，屋子裡卻一盞燈都沒點，大夫人下意識地拿手擋在眼前遮光，蹙著眉頭口裡直說：「不是讓旁人都不許進來嗎？」眼從指縫裡卻瞧見了一個梳著雙丫髻的小小人影走了進來，不由滿是愛憐，朝行昭招招手。「阿嫵——」

行昭跑了過去，偎在大夫人懷裡頭，悶悶說：「在祖母那裡，心裡頭直慌，便捺不住想過來守著您。閔夫人不會說話，您瞧瞧那日明明是閔家惹出來的破事，卻還是我們家將薄娘子解決的，您別將她話放在心上。」

大夫人眼裡一酸，順勢摟過行昭，一下一下地撫過幼女的頭髮，嗓子又疼又酸澀，說不出話來。

她不敢想像，別人指著阿嫵的鼻子罵「妳的母家是佞臣，是叛國賊，是罪人」，這樣乖巧的小娘子會是什麼樣的神情。

母親是要為兒女們遮風擋雨，而不是讓小小的女兒時時刻刻掛心著，若是因為她的死，能換來景哥兒和阿嫵的清白出身，掩蓋下方家的過失，這算不算同她以前的疏漏與愚蠢功過相抵了呢？

大夫人將下巴擱在行昭的頭上，淚如雨下。

月芳避在花廳裡，偷偷覷著是行昭來了，放下了一半的心。大夫人悶悶不樂，又不許旁人守著，好歹四姑娘來了，大夫人總能開懷些。這樣一想，便領著小丫鬟，躡手躡腳地握著火舌過去點燈。

六角如意宮燈一盞一盞地亮了，暖澄澄的光被罩在厚層羊皮裡，朦朧又迷濛。

大夫人只覺得貼在心口藏著的那薑黃雙耳瓶，就像一塊將燒好的烙鐵一樣，燙得她直慌又燒心。

大夫人的生死徘徊，全府上下無人知道。

大約一個從來不知道遮掩情緒的人，下定決心獨吞苦果的時候，便能一反常態地平靜下來，做到不讓別人看出她的掙扎和痛苦。

# 第二十三章

第二日一大早，大夫人帶著行昭去榮壽堂問安，又回了正堂後，黃嬤嬤表情嫌惡地同大夫人耳語。「東邊那個又將牛道婆請來了，出手又闊氣，一打賞就賞了一根金條，舅爺的事難保沒有這小人在作祟！」

大夫人聽後沒言語，半晌才幽幽開口。「隨她去吧，生死有命，富貴在天。」

黃嬤嬤心裡煩躁，只好拿萬姨娘出氣，聽大夫人這樣的話，氣頓時洩了一半。

行昭被大夫人牽著，仰頭望了望，大夫人圓圓白白的臉，一雙溫溫柔柔的眸子，再加上一張淺淺上揚的小嘴巴，心裡有苦有澀，卻只能笑嘻嘻地膩著大夫人一道抄佛經。

三月的天，門口垂著的夾棉竹簾，已經換成了能透風的窄竹簾子，行昭盤腿坐在炕上，手裡拿著筆，一筆一畫極認真地寫著。大夫人坐在另一頭，身邊擱著一個青碧色的繡花籠子，手裡頭抓緊繡著一方鳳穿牡丹的蜀錦帕子，時不時地抬起頭來看看行昭，輕輕一笑，彷彿那溫和的笑意能透過眼底，直達心尖兒上。

沒多時，白總管便氣喘吁吁地往正堂過來了，「啪」地一聲，簾子被撩開又被甩下。

「夫人——」白總管欲言又止，躬著身子立在屏風後頭。

行昭側首，先將筆放下來，又看看神色自若的大夫人，心裡頭頓生不安，連聲問：「怎麼了？可是西北出了什麼事！」

「侯爺將才下朝，說、說皇上下令讓秦伯齡將軍撤回平西關，輔助梁平恭將軍抵抗韃靼。又另派了三百名兵士往西北去，要將方家老宅死死圍了起來！」

白總管話音未落，大夫人低低驚呼一聲，行昭連忙湊上去看，食指上被針扎得深，已經有一粒血珠湧出來了。

行昭邊掏出帕子幫呆愣愣的大夫人包紮，邊急聲詢問：「那侯爺呢？」

「侯爺在外頭……」白總管回得遲疑，又想起賀琰下朝一回來就面容冷峻地吩咐他來正院報信，自己卻理了理衣冠往外走。找幕僚商議，不應該是在勤寸院裡嗎？侯爺往外走，是去做什麼？

白總管腦海中無端浮現出青巷裡的那間紅瓦小築，侯爺也太過趨利避害了些！

行昭來不及多想，心頭陡生悲涼，因為自己的重生，好像一曲譜子裡將一個商音改成了一個宮角，然後一整首曲子就全變了！舅舅這麼多天沒有蹤跡，定京城裡關於天下兵馬大將軍方祈通敵叛國的謠言甚囂塵上，皇上命令秦伯齡收軍，是放棄了舅舅，而讓三百名兵士圍住方宅，就是在懷疑和厭棄了方家啊！

「娘，沒事的、沒事的！這代表不了任何事。圍住方家或許是為了保護舅母與表哥呢。」行昭自再來一世，從來沒感到如此慌張，緊緊靠在大夫人懷裡，反抱住她。「娘，就算是舅舅……您還有我們啊！」

皇上圍了方家，皇上圍了方家！大夫人感到渾身癱軟，下意識地抱住了女兒，這是應邑的警告嗎？現在只是包圍，要是臨安侯府再不傳出自己的死訊，那明天是不是就會傳來方家一族，男兒流放漠北，女兒充入掖庭為奴的聖意了呢？

懷裡小小的人兒軟軟的，香香的，會哭會笑，會帶著糯糯的童音軟綿綿地喚她娘。阿嫵還沒出嫁，她想看到女兒穿著一襲嫁衣，帶著鳳冠霞帔嫁人，生兒育女，綿延後嗣。阿嫵這麼聰明，都說歹竹出好筍，阿嫵一定會比她過得好……

她真的不想死啊！

大夫人望著天，直拍著行昭的背，明明只要她一死就能將方家的危險降到最低，明明只要她一死，那些信箋、那些把柄就能灰飛煙滅，沒有證據皇帝不敢把方家怎麼樣，明明只要她一死，她的孩子就不會膽戰心驚地活在鄙夷與險境中。

那個丫鬟，說得對，這明明就很划算……

她軟弱了一輩子，好歹也該英勇一次吧？

大夫人偷偷摸了摸衣襟裡藏得極好的那個瓶子，緊緊瞇了眼，再將行昭死死箍在了自己懷裡，再睜眼時，含著熱淚地吩咐黃嬤嬤。「去把景哥兒叫來吧。」

不多時，景哥兒沒有來，黃嬤嬤跌跌撞撞地跑進來，帶著哭腔說：「景大郎君沒在觀止院，留下一張字條！我去蕤葳軒發現蔣千戶也不見了！」說著將已經染了汗的紙條呈上來。『西北戰事忙，家舅無音訊。謠言猛如虎，天不辨忠奸！景往西北去，尋親路茫茫。「西北是什麼地方啊！刀劍無眼的……」說到後頭，黃嬤嬤嚎啕大哭起來。

大夫人踉踉蹌蹌站起身來接過紙條，看過一遍後，將字條團在手裡，再止不住了，哭了起來。「景哥兒都不相信哥哥會叛變，為什麼別人就信了啊！我要等景哥兒回來，我要等著景哥兒全鬚全尾地回來，我看過兒子之後才安心！」

「哥哥走不遠，從得到消息到現在不過一時三刻，就算哥哥騎著馬奔馳，過城門、過驛道也要費些時候！」行昭心裡頭的著急不比她們少，忍著淚揚聲吩咐。「蓮玉，妳去馬廄，挑幾個騎馬騎得好的小廝，騎上馬去追！拿上侯爺的名帖，安順門的守衛不敢……」

「追什麼追！性情草率，他以為他讀了幾天兵書，看了幾幅輿圖，就真的成了李廣、衛青了嗎？」外頭一道帶著明顯壓抑著怒氣的聲音極大。

是賀琰！

「蓮玉，快去！」行昭置若罔聞地催促，哥哥不能走，至少現在不能走！前途未明，若是如她前面所猜測的那樣，西北不僅是外敵，更有內亂，哥哥找到了舅舅還好說，找不到，她就不僅僅是失去一個舅舅了。

「誰敢去！」賀琰一挑簾子，厲聲高呼。

行昭移過步子，擋在大夫人身前，仰頭直視賀琰。「哥哥是父親的親骨肉啊！父親難道想罔顧人倫嗎？」

此話誅心！

早間的聖意、將才的談話、長子的蠢鈍，如今再加上幼女的違逆，讓賀琰本就壓著火的心，越發灼傷得慌，長子不聽話，連一向看重的幼女也要忤逆他了嗎？

氣急攻心之下，手掌高高揚起，帶著疾風直直落下。

大夫人往前一撲，叫聲淒厲。「賀琰！你敢打行昭！」

賀琰立時被推得往後退了幾步，氣急敗壞地抬頭再看眼前釵落髮亂的結髮之妻，更覺方家狼狽不堪，猶如喪家之犬。

大約人羞憤且氣惱的時候，做什麼都沒有道理也忘了思量，賀琰從懷裡一把掏出一疊信來，全部甩在地上，向大夫人低吼。「蠢婦還敢猖狂！」

大夫人將行昭牢牢護在身後，再一看落在絳紅色氈毯上的青色信箋，瞳仁迅速擴大，不可置信地望著賀琰。「你……」反應極快地轉首將行昭摟在懷裡，推出門去，口裡唸道：「阿嫵先出去，派人將妳哥哥追回來！」

行昭心覺不對，巴在門坊，哭著搖頭。「我不走、我不走！」

蓮玉見狀，立馬轉身往東頭的馬廄跑。

賀琰心頭暗悔，向白總管使了個眼色。白總管見狀，踱著小步子又去攔蓮玉。

一時間，庭院裡哭的哭，鬧的鬧，喧闐得不像大周歷經百年的大世家。

「把院子門鎖起來！誰敢往外走，立馬亂棍打死！」賀琰的聲音不大，卻帶了無盡的冷峻，瞥了眼哭得一張臉通紅的幼女，狠下心腸，吩咐院子裡他帶來的那幾個婆子。「把四姑娘抱到外頭去，要是讓她掙開了，也亂棍打死！」

那幾個外院的婆子一輩子沒進過裡頭來，今兒個白總管來招呼人，統共叫了十幾個身強力壯的婆子和幾十個配著刀的衛隊進來，說是有用處，直讓她們候在院子裡頭，卻沒想到這任務是這樣。

眾人都不敢亂動，面面相覷。去冒犯主子，這在她們的認知裡，是會被打板子的！

「誰做得好，賞五十兩銀子！」

賀琰話音未落，重賞之下必有猛夫，一個尖嘴猴腮的婆子和一個嘴角長了個痦子的婆子相互望了下，再四下看了看，便只管一把就將死摳在門框上的行昭撈了過來。

行昭的手指一根一根地被扳開，小拇指指甲已經翻飛起來，十指連心的痛比不上心裡頭陡升起的絕望與力微，她撕心裂肺地厲聲慘叫。「母親！舅舅不會死！舅舅不會死！父親……爹……爹爹！舅舅衣錦還鄉之時，您凡事做絕，又該如何自處！景哥兒會怪您，阿嫵會恨您，祖母會失望。父親，您想一想啊！」

賀琰蹙著眉頭，眼不見心不煩一樣地擺擺手。

那尖嘴猴腮的婆子便一邊向賀琰諂笑，一邊拿蒲扇大的手掌捂著行昭的嘴巴，口口聲聲道：「侯爺您和夫人好好說、好好說，奴才保管不叫四姑娘鬧著您們。」說完話就作勢把行昭往正院旁邊的小院裡拖，行昭氣力小，哪裡扭得過這兩個身強力壯的婆子，只能看見小腿在踢，雙手在亂舞。

大夫人慘叫一聲，想要衝過來將行昭抱回來，卻被另外幾個婆子抱住了腰。

黃嬤嬤是個渾的，氣得渾身發抖，轉身往裡屋進，手裡頭拿了把明晃晃的小刀出來，老淚縱橫。「你們這些人這麼作踐主子，就不怕遭天譴嗎？」

賀琰抬腳踹在黃嬤嬤的胸口上，黃嬤嬤捂著胸口倒在地上。他往外頭揮揮手，白總管嘆了一口氣，將庭院的門打開了，從外頭進來了齊步一列、神情肅穆的衛兵，腰間皆是配著亮晃晃的刀。

正院裡養的是丫頭，不是大夫人養的死士，一見這陣勢，全都縮在牆角裡頭不吭聲。

那兩個婆子將行昭一個抬腿、一個抬手地抬進了小院裡，行昭張口咬在那婆子手上，疼得那婆子「嗷嗷」地叫開，正想下暗手掐行昭，卻聽裡頭賀琰的厲聲——

「誰也不許將四姑娘給傷了！」

那婆子訕訕地縮了手，手一鬆，行昭被束在裡頭動彈不得，只能狠狠眨巴著眼睛，想將眼中的淚給眨出去，好不容易能看清楚，正堂的門已經緊緊閉上了，心頭陡升從來沒有過的無助和悲涼。

她高聲喚道：「爹——母親為您生兒育女，為您打理庶務，母親一心一意地為了您啊！方家的事情還沒有塵埃落定，舅舅不是個容易善罷甘休的人，父子決裂，外家怨恨，就是您想的嗎？就算是舅舅死了，方家還沒滅啊！冤冤相報何時了。」

行昭發狠地用手肘去撞那架著她的婆子，人微力弱，一切都是徒勞，行昭滿臉的淚，嗓子裡湧上了腥甜，聲音嘶啞卻仍舊在高聲喊。「爹！您行行好吧……您行行好吧……」

行昭活了兩輩子沒有求過人，可在權勢與絕對力量的壓制下，一切的小聰明和言語都只是徒勞，而賀琰就是臨安侯府的絕對權威，誰也不敢忤逆。

行昭哭得癱倒在地，頭一次感到了自己的弱小，沒有人比她更清楚賀琰能夠對大夫人造成什麼樣的傷害，再來一回，她不想再經歷那樣的痛苦了！

「父親，阿嫵求求您，阿嫵求求您了！」

小小娘子的聲音扯得高高的，兩個婆子相視一眼，眼裡頭有心軟也有疑惑，手上的力道鬆了鬆。

蓮玉那廂掙開了白總管的阻攔，哭得滿臉帶淚，踉踉蹌蹌地往這頭跑，中途有配著刀的兵士一把抽出刀來威嚇，蓮玉發了狠，雙手緊緊握住刀刃，立馬滿手的血跡，凶狠道：「讓開！」

那兵士往後一縮，看著這小娘子跌跌撞撞地跑進小門去，一把將擒著行昭的那兩個婆子的手扳開。

賀琰在裡間聽得清清楚楚，死死咬著牙關，低著頭，仰靠在太師椅上輕輕瞇了眼。

大夫人淚流滿面，淚眼婆娑地望著賀琰，轉身快步衝過去，想去開那扇緊閉的大門，手將捱到門緣，卻聽賀琰在身後低語。

「妳死了，才是對阿嫵和景哥兒好。」話說得有氣無力，其中的意思卻斬釘截鐵。「應邑只給了我七封信，她留了一封。」賀琰慢慢睜開眼睛，眼圈漸漸發紅，語氣低了下去。「妳一死，她就立馬把那封信送過來，我以賀家的信譽與前程擔保。所以就算妳不自己喝下那瓶毒藥，我也會親手灌下。」

大夫人愣在原地，背對著賀琰，語氣顫抖地問：「你也想我死？」

「不是我想妳死！是妳必須死！」賀琰猛地抬頭。「妳不死，信箋呈上去，方家會完，賀家也會完！方祈失蹤，皇帝召我進宮商議，是我力諫皇上再派出一隊去找方祈，皇帝寄予厚望，特意派了老將秦伯齡，可結果呢？妳以為應邑不會呈上去嗎？她瘋了！她今天找到我，說給了妳三日為限，可她又覺得三日多了，要求今天臨安侯府就傳出妳的死訊！

「天子之怒，禍及萬里！到時候什麼都完了，景哥兒會被充作軍戶，阿嫵充入掖庭，我會被淩遲，家破人亡！」

賀琰抬起頭來，一句接著一句，素以詭辯聞名的臨安侯並沒有發現他的語無倫次。

「你，究竟有沒有將我放在心上過？」這麼多年，大夫人頭一次出言打斷賀琰的話，輕輕地卻極盡委婉。

賀琰怔忡片刻，終究輕輕地搖了搖頭。

大夫人背對著賀琰，自然看不見。後面長久的靜謐與悄無聲息，卻讓大夫人揚聲大笑，從懷裡掏出那瓶貼在心口的薑黃色亮釉雙耳瓶，一把拔開瓶塞，轉過身去，上前走了兩步，臉上再沒有了眼淚，伸直了胳膊，手裡拿著瓶子，伸向賀琰。「侯爺，我敬你永遠權勢烜赫，勢力滔天。」然後將瓶子湊在唇邊，仰頭一飲而盡。

她頸脖彎成的一道溫柔的弧度，像極了那日在堂會上，讓行昭感到溫暖的那一幕。

行昭在外頭猛然地推開門，看見的便是這一幕，正堂裡的燭光四下搖曳，母親手裡緊緊握著一個雙耳瓶，以這樣溫柔且婉約的方式，告別塵世與她深愛著的兒女。

行昭撲上前去，摟著大夫人的頭，連聲喚道：「叫太醫！拿雞毛！拿雞毛和綠豆湯來！」淚水漣漣地將大夫人平躺在地，又拿手去摳大夫人的喉嚨，哭喊著一聲高過一聲。

「娘！您吐出來啊！」

正堂的門開了，原來縮在角落裡的丫頭們，一瞧裡頭是這樣的場面，紛紛避之不及。

月巧哭著扶著黃嬤嬤，一瘸一拐地過來，黃嬤嬤捂著胸口，臉色泛青。「我去請太醫！」說完又一瘸一瘸地往外頭疾走。

不一會兒，蓮玉拿著一把雞毛進來，行昭抖著手從裡頭抽出一根，又讓蓮玉在後頭抵住大夫人的背，拿雞毛去撓大夫人的喉裡，大夫人鐵青著一張臉，緊緊閉著的眼睫毛上還有幾粒淚珠，被行昭一撓，喉裡癢，卻沒有動彈的氣力。

行昭不敢停，也不敢使勁去戳，只能小心翼翼地一下一下地搔。這是前世裡避在莊子上，看農家人誤食了毒物學到的招數。

終於，大夫人「哇」地一聲，將深褐色的穢物吐了一地。

行昭心裡頭放下了，臉上涕泗橫流也來不及抹開，月巧端著一大盅綠豆湯進來，行昭跪在地上，顧不得哭，刻不容緩地又端起碗，一碗一碗地往大夫人嘴裡灌。

直到大夫人又吐了一灘湯水出來，行昭這才敢擦了把臉，滿頭大汗又淚眼矇矓地一抬頭，卻看見賀琰不知什麼時候已經走出了正院。

行昭來不及計較這些，讓月巧把大夫人抬上暖榻，大夫人緊緊合著眼，卻仍舊有呼吸，五竅也沒有流血。

「月巧，妳去請太夫人過來！」

行昭抹了一把眼淚，突然想起哥哥，若沒有那場僵持，是不是今天的事情不至於走到這地步？這個念頭在腦海裡盤旋片刻，終究被甩了出去。毒藥、信箋，還有賀琰的來勢洶洶，這些不可能是心血來潮！

不多時，黃嬤嬤便領著一個花白鬍子的老人家提著一個藥箱進來了，見大夫人安安穩穩地躺在暖榻上，又看到氈毯上的一灘穢物，心潮澎湃，話裡帶著慶幸。「我一想太醫院遠著呢，時辰不等人，便去回春堂請來了坐館的老大夫過來！」

黃嬤嬤的話還沒落地，外廂又傳來陣陣喧譁，太夫人撩開簾子進來，開口便問：「老大媳婦和侯爺吵架了？如今怎麼樣了？」

吵架?!

行昭心頭閃過一絲慌亂，連忙讓開，先請太夫人過來，又同那老大夫說：「也不曉得是喝了什麼，已經催吐出來了，煩勞您再瞧瞧吧！」

太夫人看到一屋狼藉，蹙了蹙眉頭，將才月巧來請，說得支支吾吾的，只說：「侯爺與大夫人爭嘴了幾句，大夫人喝了東西。」可她一進院子，有穿著盔甲的衛隊，有外院的婆子，還有一屋子戰戰兢兢的小丫鬟。

太夫人能猜到幾分，立馬穩定住局面。

「將夫人抬到裡屋去，煩勞大夫好好看看。外頭的衛隊怎麼闖到了內院裡來了？都散了！丫頭、婆子各司其職，該打水的打水，該去煎藥的煎藥，該收拾屋子的收拾屋子。」

幾句話一出，正院裡的人蜂擁般地往外湧，正堂裡只留下了太夫人、行昭、老大夫還有幾個丫鬟。

待大夫人又被抬到裡屋的床榻上時，行昭瞧著她的面色已經好了許多，當務之急是將大夫人救回來。

大夫隔著帕子診脈，隔了半晌才說道：「喝的是摻在水裡的砒霜，吐了一部分，身體裡還有一些，但好歹穩定下來了，得虧催吐催得早。」

行昭狂喜，連連問要不要開張方子、都用哪些藥，又將大夫請到小圓桌旁坐著，親給他鋪紙拿筆。

又讓月巧去外頭守著熬藥，又親自拿著勺子給大夫人將藥餵完，忙完這些，頓覺像是虛脫一樣，靠在太夫人身上，瞧著安睡在床榻上的母親，伸出手去，一點一點地想將大夫人蹙緊的眉間撫平。

太夫人拍了拍行昭的背，沒有問先頭究竟怎麼了，只說：「妳先去將飯吃了，我在這裡守著。侯爺來了，也有我擋著，妳莫慌。」

行昭依依不捨地看了看母親，半晌才點點頭，往外走。

外邊的天色漸漸落了下來，昏黑一片，行昭癱在蓮玉的身上，蓮蓉與王嬤嬤焦灼地在外頭等著，行昭如劫後餘生一般，朝著她們招招手。

還沒等行昭開口說話，只聽見後面有陣急促的腳步聲，又響起月巧撕心裂肺的聲音——

「四姑娘……大夫人去了……」

恍若漆黑天際中，閃過一道驚雷。

行昭全身的血液直直衝上頭來，手腳僵直，全身冰冷。轉過身子，見到了月巧哭得唏哩嘩啦的一張臉。

「妳說什麼……」行昭的聲音陰沈得如同蒙上了一層冰霜，又顫抖得讓人不忍耳聞。

月巧哭得癱扶在遊廊旁的紅漆落地柱上，淚眼矇矓裡看到眼前這個七、八歲的小娘子，瞪大了眼睛，心頭陡升悲涼。

「您沒有母親了……大夫人突然毒發身亡……大夫人沒了！」

一聲高過一聲，庭院深深。行昭愣在原地，耳畔嗡嗡嗡直響，腦中只有月巧那一聲賽過一聲的淒厲。

半晌靜謐，只有叢中幾隻早春才醒的蟬顫顫巍巍地發出弱聲弱氣的叫，行昭尖叫一聲，撥開人群，拔腿便往正堂跑。

一定是弄錯了，一定是弄錯了！明明母親已經穩定了下來，明明母親已經沒有性命之憂了啊！一定是弄錯了，古書上就有寫，人只是陷入了暈厥中，別人都以為她已經死了……

一定是這樣的！

別人都以為母親死了，可是阿嫵知道母親是不會死的，阿嫵歷經苦難，好不容易一張白紙再來一次，正月裡都沒有死，現在就更不會死了！

# 第二十四章

初春夜裡的風打在臉上，像刀割一樣，行昭拿手抹了把臉，臉上乾乾的。

正堂前高高掛著兩個紅彤彤的燈籠，暖橙色的光閃爍成為了一幅支離破碎的畫。

正堂外的遊廊上垂首侍立的丫鬟拿手絹擦眼角，哀哀地哭著。

行昭跑過，立在門廊裡，喘著粗氣看著一個一個哭得梨花帶雨的丫鬟，壓著嗓子低吼。

「妳們哭什麼？臨安侯夫人還沒有死呢！」行昭去拉簾子，卻久久不敢掀開，腳下發軟，卻有一股力量撐著她不倒下去。「妳們有氣力哭，還不如將熱粥和小菜備好，母親一會兒醒了，肯定已經餓了，到時候又沒吃食、又沒熱茶，妳們就只曉得欺負母親性子好！」

疾步追上來的蓮玉滿臉是淚，將行昭攬在懷裡。

行昭揪著蓮玉的衣襟，輕聲呢喃著。「蓮玉，母親不會死的對不對？母親明明已經緩了過來，她怎麼會死呢？母親閨名是阿福，長得白白圓圓的，一笑眼睛就彎了，這樣的長相是最有福氣的……」

「阿嫵——」窄竹上油竹簾終究被太夫人掀開，太夫人正好聽見行昭的低聲喃語，不禁眼圈一紅，口裡哽咽。「阿嫵，快去見見妳母親最後一面吧……」

邊說邊從蓮玉懷裡將行昭牽出來，太夫人身上讓人安寧的檀香味還有那句一錘定音的話，讓行昭一瞬間，眼角沁下兩行熱淚。

跌跌撞撞，踉踉蹌蹌，行昭近似於爬地進了內室。

內室裡還燃著母親素來喜愛的百合香，又淡又素卻又讓人感到溫柔，高几上擺著的虞美人粉濃欲滴，東側的黑漆羅漢床前低低垂下了雲絲羅絳紅色罩子。隨著風兒迤邐地落在地上。

行昭一步一步走得緩極了，眼神定在床上平躺著的母親，能隱隱約約透過罩子，瞧見母親未言先笑的嘴，圓圓的下頷，還有緊緊閉上的長長翹翹的睫毛。

就那麼安寧的睡在那裡，像往常日復一日午間小憩的模樣。

行昭突然高高地將腳抬起再重重地跺下去，牛皮軟底的繡鞋跺在青磚地上，頓時出現悶悶的聲響。

母親還是安安穩穩地睡在那頭。

母親再也不會因為她在屋子裡的肆意跑動而從午睡中驚醒，再笑著撐起身來向她輕輕招手，然後溫言軟語地喚著她。

「阿嫵，小娘子家的不要跑，晴天走路的時候釵環不動，下雨走路的時候要聽不見木屐聲，這才是大家女兒的禮數……」

再也不會有了，再也不會有人捨不得看到她沒吃到甜食的沮喪，哄著她說加了百香果汁的甜湯不算甜了，再不會有人摟著她告訴她，平金針法與豎橫針法有什麼區別了……

行昭陡然仰頭，放聲大哭起來，她又一次失去了她的母親。

再一次的，失去了這個世間，最喜愛她，心最貼著她，最愛護她，對她最不計較的人。

太夫人站在遊廊裡，沒有進去。

聽見裡頭在安靜之後，傳來那聲撕心裂肺的哭聲，老人家神情悲憫，揚了揚頭，眼角含著的那滴淚終究緩緩從臉龐滑下來，一時間，老淚縱橫。

張嬤嬤跟在後頭，看見太夫人的手縮在袖裡直顫，心中悲戚，上前一步輕聲耳語。「生死有命，與旁人，沒有干係……」

太夫人餘光往裡間瞥過，低頭看了看自己的那雙手，指甲修得乾乾淨淨，白皙彈潤的不像是一個老人的手，可她卻從自己的手上，看到了骯髒和血汙。大夫人的死，並不是她促成的，可她手上到底還是又沾上了血。

行昭走後，方氏便開始口吐白沫，她喚來大夫瞧瞧，那老大夫連忙號脈，又讓人端來熬藥的盅、喝藥的碗，老大夫嚐了嚐藥，表情十分驚恐。

「為何藥裡有這麼濃烈的芫花汁！開的方子裡有一大味甘草，甘草反甘遂芫花海藻，世間萬物相生相剋，這、這能剋死人啊！」

老大夫急忙動手要催吐，就是被這雙手陡然攔下。

太夫人老淚縱橫，轉頭看著雕著深碧色海水紋路的窗櫺裡，迷迷濛濛地能看見小孫女跪坐在地上，撲在床前，小手裡握著方氏的手，小小的人兒哭得幾乎暈厥過去。

阿嫵啊，下輩子不要投身權門貴家了！

活在鄉野農間，小門小戶裡，每日日出而作，日落而歸，雞啼鳥鳴，男耕女織，倒活得痛快逍遙。

明。

臨安侯府陷入了無盡的悲哀與暗黑中，而此時此刻皇城裡的慈和宮卻燈火輝煌，一片通

顧太后半眯了眼睛，手裡頭轉著一串一百零八顆翡翠佛珠，微張開了眼，見殿下的小女兒坐立難安地打望著外頭，終是先開了口。「是死是活，總會有個說法。賀家死了個當家主母，還能不公開弔唁？妳且安心等著吧。」

應邑自顧自地撇撇嘴，眼光卻移到站在顧太后身後的那個丫鬟身上，帶了幾分不樂意。「您非要我帶上丹蔻去見方氏，也不怕引起她的猜忌，萬一她認出來丹蔻是您身邊的丫頭，再往深了一猜……您都出面了，那信能是真的嗎？這事不就壞了嗎？」

顧太后笑起來，將佛珠一甩，又從頭開始撚，這個阿緩素日都是個聰明的，只要事情一沾到賀家，就全亂了套。

「她是什麼樣的蠢人，妳還不知道了？莫說她只見過丹蔻一面，縱是覺得有些眼熟，她也不敢往那頭去想。」顧太后見應邑不以為然，語重心長又言。「妳公主府的人雖都是個忠心的，可這事太大了，我總要讓個放心的人跟著妳。丹蔻又自小長在宮裡頭，見慣了生死和各類手段，總比妳府裡頭的那些人強點吧。」

應邑想了想，終是輕輕點點頭，自從和賀琰見了面後，心裡頭便總是慌，一顆心懸在嗓子眼裡落不下來。

這個機會不抓住，等方家有了喘息之機，方氏便將臨安侯夫人的位置坐得更穩了！

她沒那個本事找到人悉心地學方祈的筆跡，也沒本事在定京城裡放出這誅心的謠言，更

沒本事將手插到朝堂上去，指使人死諫當堂。她沒有，顧太后也沒有，可有人有這個通天的本事啊！

只要將方祈攔在平西關外一段時日，方福一死，她臨安侯夫人的位置一坐穩，就算等方祈回來了，還能怎麼樣？

人都死了，還能開了棺材，重新給方福披上鳳冠霞帔再嫁一次？

還是他以為他能動得了她應邑？

只要她坐上了那個位置，那就是她的了！誰還能從一個渴了幾十天的人手裡搶走救命的水不成！

「要是賀琰還存了疑惑，沒有去逼方氏，妳當怎麼辦？」顧太后似笑非笑地看著殿下神色堅定的小女兒。

應邑抿了抿嘴，將鬢間簪著的那朵火紅芍藥花往上推了推，隱隱一笑，眼波轉得極快。

「您自小就教我別將希望寄託在一處上，各處撒網，總能有撈得到魚的地。」

顧太后一怔，隨即哈哈笑起來。

應邑舒坦地靠在猩紅芙蓉杭綢軟墊上，等著顧太后問後言，等了半天，上面卻沒了聲音。

就像學堂裡剛會背《論語》的小郎君，將書捧在父親面前，等待著讚揚，誰料得到父親卻不以為然。

應邑不甘心，只好開口一一坦白。「我早晨去見阿琰，開門見山就告訴了他這些信都是假的，可若是呈到殿前去，皇上也沒有辦法一下子辨別出來這些信的真偽，而我將這些信都攔了下來。」應邑見顧太后聽得認真，便高興起來。「後來我又將前日去找方氏的事坦白了，又跟阿琰直接說，『這是千載難逢的好時機，這樣上天賜下的好時候都不抓住，我就只能懷著他的孩兒去跳護城河了。』」

說著話，應邑嗤嗤地笑，再言。「不過我也還記得您的教導，若是阿琰靠不住，那賀家裡頭我還留著後手……」

話說到這裡，被一聲極為尖利又高亢的內監聲音打斷了。

「臨安侯夫人歿了！」

應邑頓時喜上眉梢。

定京城初春的天，如小娃娃反覆的臉，前一刻還是惠風和暢，暖光宜人，下一刻就春雨連綿，淅淅瀝瀝的雨下得人心裡頭綿軟又煩悶。

臨安侯夫人方氏突發惡疾暴斃，在大街小巷裡傳得沸沸揚揚，平民百姓大都愛聽這些豪門秘辛，西北方大將軍通敵叛國的傳言在前，臨安侯夫人方氏暴斃而亡的訃告在後，其間的微妙之處，全藏在了走街串巷百姓們逢人便擠眉弄眼的神情中。

帶著不可說的隱密，和自以為真的半藏半掖。

雙福大街一如既往的吵吵嚷嚷，一個人的死無足輕重，無所謂的人笑談兩句，該怎麼活便怎麼活了，口裡的談資哪裡比得上生計要緊。

九井胡同卻難得的沈寂了下來，青磚朱瓦上處處掛著素縞白絹，門廊裡高高掛起的大紅燈籠早早被撤了下來，換上了兩個貼著「奠」字的白綾燈籠，雖有絡繹不絕的青幃小車魚貫而入，卻還是如死一般寂寥。

行昭呆呆地立在懷善苑的門廊裡，從這個角度望過去，能看見正院掛著的白絹被風高高吹起，一溜兒一溜兒地飄在空中，像極了斷線的風箏。

兩世為人，她經歷了三場葬儀，一場是她自己的，另外兩場都是母親的。

菩薩啊，您讓行昭得蒙恩遇，便是要讓行昭再重新經受一遍痛苦嗎？

行昭無能無用，不能挽救母親於水火之中，重活一世都改變不了母親的命運！

行昭心裡如同千萬根針、千萬個錐子狠狠地刺下來，尖銳的疼痛讓她喘不過氣，只有扶著朱漆落地柱，一下一下地喘著粗氣。咳又咳不出來，胸腔裡像是有老人家一下一下地拉著風箱，力氣不大又拉不滿，只有摧枯拉朽的空洞聲音。一張臉、一雙眼漲得通紅，眼神卻直勾勾地望著正院。

七、八歲的小娘子這個模樣，顯得狼狽又讓人心酸。

蓮蓉腫著眼睛連忙從袖子裡掏出一個裝著薄荷和紫蘇的素絹荷包，趕緊湊上前去給行昭嗅，又扶過行昭，一下一下地輕撫過她的背。又想起大夫人過世了五天，行昭便如行屍走肉般地活了五天，沒有話、沒有聲，甚至自從那晚在正堂嚎啕大哭之後，便連哭也不哭了。

「您想開點吧。人有生老病死，看到您這個樣子，大夫人在下面心裡頭都不快活！」蓮蓉話裡帶著哭腔。

「大夫人大殮，派去的人又沒追上景大郎君，時小七爺還小，摔盆捧靈都拿不住……」蓮玉聲音嘶啞，手上還纏著一圈紗布，沒有上前去，而是立在行昭身後，緩緩道來。「您是長房長女，過世的是您親生母親。您不去撐著，誰去？」

蓮玉臉上似有壯士斷腕之壯烈，上前一步，低聲沈吟道：「大夫人葬儀是二夫人一手操辦的，侯爺接待前來弔唁的賓客，太夫人身子撐不住先回了榮壽堂。讓侯爺一個人應付，是不是就算默認了侯爺說什麼，事實真相就是什麼了？大夫人的死因，您都忘了嗎？」

「我沒忘，我怎麼可能忘。」行昭目不轉睛，斬釘截鐵地打斷蓮玉的話，一出聲才發現嗓子啞得幾乎聽不清了。

行昭抬了抬下頷，滿眼的素縞白絹，徒增蕭索，頭往上伸了伸，嗓子裡頭好受了些，幽幽道：「走吧，時哥兒扶不住的靈盆，我去扶。侯爺講不出來的話，我來講。母親說不出來的冤屈，我來說。」

蓮玉眼圈一紅，上前扶住行昭，沒有激將成功的快意，只在心裡頭泛起陣陣酸楚。就算是滿心仇怨的四姑娘，也還有生機，還有鬥志。而行屍走肉的四姑娘，終日活在思念與悔恨中，活著就像是死了。

靈堂設在碧波湖旁的空地上，大夫人的棺柩停靠在那裡，三牲祭品擺在檀木臺上，四面都放著幾大塊冰，金絲楠木棺柩前擺了幾個蒲團，賀行曉與賀行時穿著麻衣、戴著素絹麻帽，跪在上頭。

有貴家親眷的夫人們來，他們便起身行禮謝過。

各家夫人被丫鬟們領到旁邊的長青水榭裡去歇一歇，行昭從九里長廊過來，定在原地，看著靈堂前燃著的閃爍燭光，忍住淚，轉身往長青水榭裡去。

母親是被賀琰逼死的，這一點毋庸置疑。

血債血償，殺人要償命，這一點也毋庸置疑。

素麻長衫拖在地上，一點一點地往前走，將近長青水榭，女人的聲音嘰嘰喳喳又吵吵嚷嚷。

說了些什麼，行昭立在門口聽不清楚，倒是守在遊廊裡的丫鬟見是四姑娘來了，一時間大驚失色，情急之下張口便問：「四姑娘，您的病都好了？」

是了，賀琰將自己的缺席說成傷心太過，一病不起。

行昭搖搖頭，沒搭話，輕輕推開了房門，裡頭一聽門「嘎吱」的聲音，再順著往這頭一看，便陡然安靜了下來。

行昭跨過門檻，頓了頓身形，和婉低頭屈膝問安，輕聲道：「行昭給眾位夫人問安，慈母不幸離世，行昭心頭惶恐，卻也萬千感激眾位夫人們前來弔唁。」說完便又深屈了膝，再言一句。「家母過世，其中蹊……」

陡然有小丫鬟戰戰兢兢跑過來，揚聲打斷了行昭的話。「皇后娘娘、皇后娘娘來了！」

話音未落，就有一著淺碧高腰襦裙，不施粉黛，身量高眺的婦人帶著兩列侍從，從後推門而入，眼眶微紅，卻神色端和肅穆。

裡間的夫人們驚得愣在原處，不是說方皇后被禁足宮裡，已經失了聖寵嗎？如今怎麼還敢大剌剌地出現在妹子的入殮禮上？

也有反應快的，連忙屈膝叩首，嘴裡說著。「臣婦見過皇后娘娘，願皇后娘娘萬福金安！」

反應過來的，便都跟著跪下叩首。

行昭手袖在袖裡，眼裡只有方皇后清晰的眉眼、白淨的五官，心裡被救贖，有大喜、有悲戚，五味雜陳地讓行昭立在那頭，哭不出來，笑不出來。

「姨母……」好不容易喚出了聲，行昭的眼淚便撲簌簌地直直墜下。您怎麼才來啊，您怎麼才來啊！

方皇后沒有看行昭，語聲清朗，聽不出波瀾。「都平身吧。」邊說邊往正座上走，等穩穩落了坐，將手交疊於膝上，看眾人都垂著頭起了身，這才又言道：「臨安侯夫人是本宮的胞妹，往日身子一向都很康健，實在是去得突然，這喪儀辦得也有些倉促，還有勞各位夫人過來。」

信中侯閔夫人簡直想喜極而泣，皇帝撤軍又圍了方家，信中侯可是跟著方祈的啊！有糖一起吃，有苦就只有一起嚐。心裡頭惶恐不安，又突然聽到方氏暴斃，更有同病相憐的難過。

方皇后現身臨安侯府，是不是給了一個暗示——方家還沒垮呢？

「臨安侯夫人是定京城裡有名的好性子人，與臣婦又是手帕交……」邊哭邊拿手帕擦著眼角的是黎令清的夫人，又哽咽著說：「聽說是一口氣沒上得來去的，世事難料啊。臨安侯也算是有心了，三牲祭品、金銀陪葬，又請來定國寺的高僧祈福……」

行昭忍著哭，死命咬著唇，將才想說的話在嘴裡頭打轉，立在下首卻見方皇后的眼神瞥了過來，手縮在袖裡直抖，生生嚥下。

方皇后神情未變，眼裡卻閃過一絲悲慟，說：「哥哥在西北戰事未了，她也看不到長兄歸來了。到底是她福氣短，賀家是多有規矩的人家啊，跌進了福窩窩裡都待不長。」

黎夫人一愣，突然想起坊間的傳聞，方皇后將兩件事併在一起說，話裡有話，立馬噤口。這件事黎家不能攙和，一攙和便像陷在了泥潭裡，方家、賀家，哪家也不能得罪。

方皇后又和幾個夫人寒暄幾句，便起了身，口裡說著：「胞妹長子景哥兒身上流著方家好戰又好勝的血，母親過世也忍著痛在西北抗擊韃子，我們大周缺的便是這樣的好兒郎！」又走下堂，牽過行昭，話中忍著悲。「本宮感懷諸位夫人好意，還未祭拜過胞妹……」

有知機的，便起身恭迎。「您且去，您且去。」

行昭被方皇后親手牽出長青水榭，心裡有千萬句話想說，正準備啟唇，卻聞方皇后沈聲一語。「阿嫵，妳將才準備說什麼？」

行昭心頭一顫，仰首直直望向方皇后，迅速整理思緒，輕聲開口。「母親死得不明不白，血債血償，侯爺將母親逼得這樣的田地……」

「說出真相，然後呢？」方皇后壓低了聲音，肅穆的神色陡然變得柔軟與揪心。「然後呢？妳才幾歲，七、八歲的小娘子就算說的是真話，別人能信嗎？賀琰是臨安侯，手握權柄，到時候只有落得個父女決裂，將妳逐出賀家，剔除家譜的下場。不要丟了夫人又折兵，一切要從長計議。」

「您知道母親的死有問題！」行昭手一緊，能感到方皇后的手冰涼沁人。

方皇后輕聲一笑，帶著無盡的嘲諷與敵意。「顧太后突然的誣陷，定京城裡謠言的甚囂塵上，阿福的暴斃而亡。」頓了一頓，方皇后眼眶一紅，又是一笑。「一口氣沒上來就去了……賀琰當別人都是傻子不成？」

長青水榭連著碧波湖和九里長廊，新綠抽芽的柳枝條像嬌羞的小娘子，低低垂著頭，十分自矜又內斂的模樣。

熱鬧和人聲都在長青水榭，這曲徑通幽的遊廊裡，只能聽見鳥啼鶯歌還有湖水泛起波紋的輕聲，蓮玉與內侍守在廊口。

「不只是侯爺，還有應邑長公主。」行昭眼裡望著被柳枝打破一池寧靜的春水，艱難開口。「三叔回來的堂會上，我聽見侯爺與應邑長公主的密談，既有回憶往昔，也有商議今後，其間不止一次地涉及到了母親。母親過世之前，是和父親在一起的。阿嫵被人強行制在小院裡，等阿嫵掙開後，一推門，卻看見母親已經仰頭喝下了藥。當時沒有驚動太醫，是去回春堂請的大夫，母親已經緩過來了，卻終究還是再次毒發……」

回憶的力量有多傷人？行昭覺得就像拿鈍刀一下一下地在割心頭的那塊肉，沒完沒了，永無止境。

行昭穩下心頭如潮水般直湧而上的悲傷，挺了挺脊背，又言。「方家陡然失勢，舅舅傳聞連天，您被禁足在宮裡，賀家不僅怕被牽連，更期盼能藉著這個機會，再上一層樓。」

行昭邊說，邊從懷裡頭拿出一個薑黃色亮釉雙耳瓶，遞給方皇后。「這就是裝著藥的瓶子，那時候庭院裡極混亂，沒有人顧忌到這個瓶子，我便偷偷地將它收了起來。釉色明亮，做工精細，瓶子的底部刻著『彰德三年仲秋製』，一看便是內造之物。」

方皇后接過，內造之物，皇親國戚才能用，住在皇城或與皇家極為親近的人才能用。

竟然還牽扯到應邑！賀琰是個什麼樣的人，她不說知道八、九分，至少也能從中窺探一二。他冷靜、理智，卻極好權勢。

方家隱隱沒落，賀琰便棄若敝屣，以尋求更大的利益，他做得出來，可太過貿貿然，不符合賀琰一貫的按兵不動。誰知道中間還有應邑的一齣戲，這便說得通了。

方家沒了價值，便要攀上一個能帶來更大利益的人。急切些、嘴臉難看些，也不在乎了。只是，究竟兩人是沆瀣一氣，還是賀琰順水推舟？

如果阿福是喝了應邑給的藥自盡，那賀琰到底又是怎麼逼她的？應邑在其間扮演著怎樣的角色？逼死堂堂侯夫人，真的只有他們兩個嗎？明明後來都緩了過來，怎麼又毒發身亡了？

幼妹單純可欺，但又重情重義，是好也是壞。自小在家中順風順水，賀家求親求得誠，爹本聽人說臨安侯府正值多事之秋，只想把幼女嫁到安安穩穩的把總家裡頭，便提出要賀家等幼妹五年，想叫賀家知難而退，誰知賀家卻一口答應，過後賀琰便親自到西北來，由著爹爹相看，爹爹見他面目規矩又自有一股風華，終究鬆了口。

心裡頭又想要將一個女兒嫁到皇家，一個女兒嫁給定京的勛貴，以表忠貞的決心。自幼妹嫁到賀家後，雖然有些不適應，賀家卻總還能看在方家的面上，賀太夫人不擺婆婆的譜，賀琰也不會明晃晃地打臉。

原以為一生便也就這麼過了，安好沈靜。哪曉得世事難料，方皇后獨身在京，方福與她血脈相連又有漂泊寄託之情，忽聞訃告，心悸又犯，半晌沒緩過神來，直覺告訴她，這件事沒有這麼簡單，便去求皇帝、求恩典，硬撐起身子，鼓足精神要來給幼妹留下的骨血撐場面！

哪裡想得到，近親情怯，竟然連妹妹的棺木也不敢看。

方福將賀琰看得有多重，方皇后一向都知道，可僅僅是為了一個男人的情債和變心，就將兒女拋下，她不信阿福會傻到這個地步！

亭亭而立的外甥女臉色慘白卻眸光堅定，心頭悲戚卻挺直腰板，突逢大難卻仍舊條理清晰，方皇后既想流淚又想大笑，阿福遇事便哭的個性竟然有一個這麼倔氣的女兒，便伸手將行昭攬過。深宮的沈浮動輒便是幾十條人命，方皇后都挺了過來，如今旁人算計到了自家妹妹的頭上，在面臨危機並含著沖天的憤怒時，必須要有一個沈穩的頭腦和周詳的計劃。

「妳母親的死，不可能就這樣算了。」方皇后儘管恨得喉頭發甜，聲音卻仍舊沈穩，帶著一股安撫人心的力量。「方家的風波還沒過去，我們方家經營西北多年，不可能沒有暗線和保命符。皇上圍了方家又能怎麼樣？方家的底牌從來就不在老宅裡，我在深宮裡接不到消息，可算起來方家的舊部死忠，還有家養的暗衛，絕不可能坐以待斃，無論是屍體還是活人，等將妳舅舅找到，將景哥兒找到，定京城裡自然會有新的血肉，來祭拜妳那可憐的母親。」

行昭猛然抬頭，又聽方皇后再言。「我們要做的是蟄伏，逼死一個人不可能沒有留下蛛絲馬跡。」方皇后輕輕一頓，眼神有一閃而過的悲哀。「如果妳舅舅果真馬革裹屍歸來，定京城裡的謠言自然不攻自破，我們女人家就更不能垮掉了。這些時日，細細尋，一點一點的證據和蹊蹺搜起來，賀家狼心狗肺，到時候阿嫵也不必顧忌了。妳還有姨母，還有桓哥兒，還有西北的方家，留好了退路，到時候，臨安侯也好，應邑長公主也好，其他的人也好，索性拚個你死我活！阿嫵，妳不怕，姨母還在。」

要是方祈回來，自然有方家幫忙出頭。要是方祈回不來，手裡頭捏著證據，管他天皇老子，兩個女人家便是拚個魚死網破也要討個公道。

素來冷靜自持的方皇后說出這樣不冷靜、不理智、不顧全大局的話，讓行昭頓時沁出了這五天來的第一滴淚。她不怕孤軍奮戰，可如果背後能有一個人全心全意地支持著她，就算失敗，也雖敗猶榮。

大夫人死後，得到行昭滿腔信任的太夫人卻閉門謝客，賀琰避在外院，行昭陷入了無邊無際的悔恨與痛苦中，方皇后的話像給了沙漠中迷茫的人一口水，像點在寒風凜冽中不滅的那盞燈。

「阿嫵不怕！不怕到時候沒有了退路，不怕身敗名裂，不怕被逐出賀家，阿嫵只怕錯已經鑄成，卻有心無力，沒有辦法糾正！」行昭忍著哭腔，高高將頭揚起。「是阿嫵無能愚蠢，明明很早就察覺到事情不對，給祖母說，卻並沒有將事情擺在明面上和母親認認真真地談一次，沒有告訴母親，讓母親心裡有桿秤、有個準備。是阿嫵的錯，阿嫵自恃太高，滿心以為既可以瞞著母親，又有能力將所有的事情都解決掉。如果阿嫵沒有剛愎自用，沒有束手束腳，沒有瞻前顧後，母親也不會死！」

心頭尖銳的疼痛幾乎要將行昭打垮，聲音越壓越低，越來越弱。

這五天裡，行昭無時無刻不在反思與悔恨。

眼淚噴湧而出，以為知道世事的發展，便可以高枕無憂，以為只要將母親瞞得好好的，不受外界左右，便可以避免母親自己走進死胡同裡，以為將實情告訴了滿心信任的祖母，便是防患於未然，以為化解了應邑帶來的前幾波危機，便算是避開了明槍。

錯了，都錯了！

世事無常，自己都能夠重生，憑什麼事情還要跟著前世的那條線一步一步地往前走！

自己不走進死胡同，那如果是別人逼她死呢？如果是將藥擺在母親的面前呢？

祖母是賀琰的母親，能夠護著隔了一層的孫女，為什麼她不能護著嫡親的兒子？在大夫人死後便緘默不語，不就是最好的表態了嗎？

明槍易躲，可惜暗箭難防，當應邑由明面的刺激換成暗地裡的鬼祟時，就被打了個措手不及。

行昭俯在方皇后的懷裡，哭得不能自已，揪心與自我厭棄讓兩世為人的她感到了無助與惶恐，前世的矜傲與自負，在歷經苦難之後消磨殆盡。可太過的沈斂與盲目，卻讓她又狠狠地栽了一個跟頭，犯下了永遠不能救贖的錯誤。

方皇后眼眶紅紅的，這位素來端和自矜的皇后語聲驟低。「阿嫵，慎言。親手逼死妳母親的是賀琰，將藥拿到妳母親面前的是應邑，親手端起毒藥喝下去的卻是她自己，妳不要將錯處往自己身上隨意攬！」

不能讓行昭背上這個包袱，否則就算是討回了一個公道，她的一生也不會安寧。

「妳母親會為了賀琰的一句話在我跟前哭一個晌午，會為了妾室的一個舉止惶恐不安，會將一件極小的事情放在心上很久。」方皇后紅著眼睛輕輕攬住行昭。「妳將事情早早攤開只會讓妳母親更早的陷入泥潭，她不可能受得了賀琰的背叛，更不可能安然地和妳有商有量。可妳母親性情溫和，處事柔軟，重情重義，她一定也不希望骨肉親眷永生都活在自責與痛苦中。有罪的是別人，罪有應得也是別人。」

方皇后口裡這樣說，心裡突然有些拿不准真相，將賀琰看成天地的妹妹，究竟會不會只是因為情愛而撒手人寰？

行昭輕輕搖搖頭。自省讓人明智，更能激起人的鬥志。她再也不會讓一個疏漏造成這樣痛心疾首的結果。

「姨母，請您放心。就算是背棄天下，阿嫵也會讓母親在九泉下得到安息。」

話音一落，原本晴空萬里的天，陡然捲起千層昏黃巨浪。

要落雨了，要變天了。

大夫人方氏的大殮禮持續了十五日，方皇后一來，定京城裡有頭有臉的外命婦便也接踵而至，前來祭拜。

中寧長公主來的時候匆匆上了三炷香，連飯也沒用便走了。而應邑，自始至終都沒出現。

同樣，賀琰也沒有露面，連日都待在勤寸院，連大夫人的下葬禮，都是由太夫人代為主持。

大夫人下葬的日子，是請欽天監細細算了拿過來的，宜出行、宜下棺，葬在定京西郊賀家的祖墳裡，拿金絲楠木做棺材，用一整塊漢白玉做碑，棺柩裡的金銀珠翠擺滿在大夫人身上，口裡還含著一顆碩大的夜明珠。

這樣的排場，叫做富貴。

行昭只記得自己看著大夫人高高隆起的墳塋時，眼睛裡一點淚水都沒有，只能聽見賀行曉不絕於耳的哭聲。

# 第二十五章

一回到府裡，還沒來得及落坐，行昭便讓蓮玉把滿兒叫過來。

大殮禮，人來客往，行昭硬生生地忍了十五日。

她日日夜夜守在大夫人身邊，只有兩個時候在她的視線之外，一個是大夫人獨身去信中侯閔家，一個是賀琰以強硬的手段將她隔在小院裡，後一個錯漏讓大夫人撒手人寰，那前一個疏忽造成了什麼樣的惡果呢？

這便只能問那日跟著大夫人出門的滿兒了。

滿兒過來的時候，穿著一件洗得起了漿的素白色小襖，一張小臉嚇得慘白，戰戰兢兢地在門外頭縮著不敢進來，蓮玉在後頭推了推她，口裡直說：「抖什麼抖，四姑娘能將妳吃了？」

滿兒被一推，一個踉蹌便險些撲在地上，等一抬頭看到坐在上首面無表情的行昭，連忙低下頭來，在地上重重地磕了三個響頭，才顫顫巍巍地道：「奴婢滿兒給四姑娘問安，四姑娘福壽安康，福氣綿長！」

「暫且收起妳這副嘴臉。」行昭一揚下頷，荷葉便端著一個托盤過來，掀開一看，裡頭有一錠黃金，還有一條白綾。「那日妳和大夫人出門，到底去了哪兒？老老實實地說。說得好，既保住一條命，又可以拿賞錢。」

金子閃閃發亮，滿兒卻一眼只看見那條白綾。

「去了信中……」滿兒左思右想，哆哆嗦嗦地打著抖。

「大夫人並沒有往閔家去！」行昭語聲低沈打斷其話，招招手示意荷葉上來。「想好再說。我再勢弱，妳的性命還是能夠作主的。」

荷葉越走越近，滿兒心裡打著鼓，自從大夫人死後，她便懷疑與那天的事有關。又怕像英紛一樣被賣到窯子去，又怕東窗事發查到自己身上來，卻心裡還懷著僥倖，香檀將大夫人會死的事說中了。萬一後頭的事也中了，她豈不是只要好好過著日子，就有新夫人過來讓她青雲直上了嗎？

可如今被逼得，說了只是怪罪一個多嘴多舌，不說卻會立時喪命！

「大夫人去了福滿記！」滿兒哭著趕忙開口。看荷葉的步子停在了原處，心裡一鬆。抬頭覷了覷行昭的臉色，仍舊是不依不饒，只好繼續說道：「有幾個市井無賴寫了封信，說手裡頭有關於方家舅爺的重要信箋，如果不想方家滅門滅族，就要讓大夫人去福滿記面談此事……」

信箋！

賀琰那日撒在地上的信箋。

母親看到信箋時驚恐的神情。

剎那間，行昭便明白了這齣戲的前因後果，手裡捏著舅舅所謂的把柄，竟逼得母親要以死來保全！

行昭氣得手直發抖。狼狽為奸地來愚弄母親，將母親的軟弱與單純變成一把利劍，反手刺向了她自己。

滿兒癱坐地上，垂著頭淚流滿面。「大夫人讓我去順天府報信，我便去了，等我回去的時候，廂房裡就只有大夫人一個人了，地上有些碎紙片，也都被大夫人燒了，是大夫人不讓我說的，真的不關奴婢的事啊，求四姑娘明鑒！奴婢也是看在塞在門口的那封信說得十分嚴重，這才横下心來拿給大夫人的，奴婢錯了，奴婢再也不敢了！」說著話又重重地磕了響頭。

行昭癱靠在椅背上，眼神直勾勾地望著雕著博古的朱漆窗櫺。

還沒來得及開腔說話，便有小丫鬟隔著簾子輕聲在喚。「四姑娘，太夫人請您到榮壽堂去。」

行昭嘴角微翕，猛然起身，再沒看跪坐在地上的滿兒一眼，吩咐蓮蓉看著懷善苑。「把她拘起來，如今正院是黃嬤嬤在一手管著，不會拿這件事為難我們。」又吩咐荷葉。「去正堂將母親臨終時吃的那帖藥的單子要過來，偷偷地要，再去城西的回春堂找當夜坐館的那個老大夫。」說罷，便撩簾往外走。

遊廊裡還掛著素白的燈籠和隨風飄零的白絹，行昭垂了垂眼，此時此刻還有一場硬仗要打，任何悲慟都只能變成力量。

母親死後，太夫人詭異的沈默讓行昭感到絕望，同時升起一股不由自主的排斥和防備。

母親死了，方家與賀家就徹底站在了對立面。自己姓賀，身上卻也流著方家的血，既知道賀琰與應邑的內情，又知道是自己的父親親手逼死了母親的實情，太夫人便只能以一種防備與疏離的態度來看待這個孫女。

事已至此，太夫人的立場已經很鮮明了。

沒有什麼比賀家與親生的兒子更重要，她不可能為了一個已逝的兒媳婦與一個孫女，親手揭開賀家百年世家門楣下的醜惡，也不可能讓兒子陷入逼迫髮妻自盡的醜聞。

今時今日，太夫人的態度無外乎兩種，威逼與利誘。

行昭心裡陡升出一股悲涼，她是太夫人帶大的，母親給不了她的保護，太夫人給了，母親給不了她的安全感，太夫人給了。太夫人在她的生命裡一直扮演著舉足輕重的角色。如今拋開情感，理智地分析出的結果，卻讓人觸目驚心。

心裡在想著事，路就像變短了，不一會兒就到了榮壽堂。

照例是芸香守在門口，看見行昭過來一反常態地抿了抿嘴，沒有熱情的寒暄，單手撩開了簾子，只輕聲說了句。「二夫人與三姑娘才走，裡邊只有太夫人。」

行昭感激地朝她點點頭，提了裙裾往裡間走。

太夫人正靠在軟墊上，戴著玳瑁眼鏡，手裡拿著一個東西在看。見行昭過來了，邊把眼鏡摘下來放在身邊的小案上，邊向她招招手。「來了啊，過來這邊坐。」

語氣如常，慈和溫柔。

行昭心頭一顫，垂下眼瞼，沒有像以前一樣坐到暖榻邊上，行過禮後，便端了一個小杌凳坐在一旁。

太夫人心裡嘆口氣，將手裡那方絳紅色的帖子搖了搖，神色如常地說著話。「黃家下月初八娶媳婦。哦，就是年前咱們一家人上定國寺時碰到的那個黃家，娶的是泉州指揮僉事金家的女兒。得罪了臨安侯府，他們家想在定京城裡找一樁好親事也難了，只能尋親事尋到了福建去。」

行昭垂著頭聽，太夫人說這麼一番話，絕不可能只是想表達賀家勢大的意思。果然，又聽太夫人後言——

「開頭黃家尋不到了親事，黃夫人便哭著來求我，我想了想便給她提了福建這門親事，哪曉得無心插柳柳成蔭，倒真是成就了一樁姻緣了，黃夫人喜得樂開了花，說是要來給我磕頭，可惜我們家如今在孝中，卻是來不了了。」

行昭靜靜地聽，待太夫人說完，心頭已經明白了這番話的意思。「祖母這是在教導阿嫵要凡事留一線。黃家雖然將我們家得罪了，您卻還是好心地給他們找了一樁好親事，怕的是兔子急了咬人。」

話到這裡微微一頓，說不下去了，心頭涼得像夏日裡抱廈中放著的冰，又氣得像冬日暖閣裡燒得正旺的火，如果說在路上的害怕只是猜測，那如今卻都變成了現實。一抬頭卻看見張嬤嬤透過窗櫺往屋子裡望，神色帶了焦灼。

「凡事留一線，凡事想寬和一點，才能廣結善緣，左右逢源。」太夫人直視著行昭的眼睛，想從裡面看出端倪，又說：「妳的個性我清楚，看似柔和卻有股倔氣。人生在世孰能無過，阿嫵，妳是子女，侯爺不僅是妳的生身父親，也是我們這個家的頂梁柱，多想想凡事留一線這個道理。」

這是在勸她不要糾纏此事！

行昭氣得直抖，太夫人是她一向崇敬的人，更是撫育著她成長的人，有風雨時一直是太夫人擋在她跟前，就是這樣的一個人，卻出面勸她要她忘了親生母親蹊蹺的死因。

「阿嫵知道。」行昭眼裡閃過一絲悲戚，心裡如翻江倒海，面上卻只有對於亡母的思念。「退一萬步說，阿嫵不凡事留一線，又能怎麼辦呢？母親已逝……」行昭頓了一頓，穩住了心神，艱難開口。「母親已逝，還活著的人應該好好活著，否則母親泉下也不得安寧。」話到最後，一字一頓。

太夫人手裡的佛珠停了轉，似是如釋重負般鬆了一口氣，再看小孫女隱忍哀痛的眉眼，心頭一軟，朝在窗櫺外守著的張嬤嬤招招手，揚聲喚道：「去煮碗珍珠糙米湯來，既是壓壓驚，也是助好眠。」

張嬤嬤面色一喜，高高應了諾，快步往外頭走去。

行昭低低垂下頭，掩下眼中的情緒。

祖孫兩人有著十足的默契，再沒有一個人提起方氏之死，用過午膳後，太夫人拉著行昭的手，溫聲說：「侯爺事忙，等找個時候，咱們一家子一起吃個飯。祖母老了，希望家裡能太太平平的，兒孫們都有出息，其他的便不想了。」

行昭掩下萬般思緒，只輕輕點頭。

待回到懷善苑，蓮蓉紅著一雙眼出來迎，行昭壓下心頭疑惑，只快步走到裡間去，這時候蓮蓉才哭著和行昭附耳一語。「將才來了幾個身強力壯的嬤嬤，把咱們懷善苑裡的人都押到了院子裡頭坐著，說是要將我們全都發賣出去，過後也不曉得是怎麼的，又有個婆子過來悄聲說了幾句，這才放了咱們。」

行昭緊緊抿著嘴，這才明白過來，太夫人將才原來是在試探她。

張嬤嬤的高聲應諾，突然說起的珍珠糙米湯，突如其來的試探，加上最後的退縮。

一齣連著一齣，一環接著一環。

如果當時她的回話帶有半點猶豫和怨懟，是不是就立時能將院子裡的這一大群人都趕出去，只剩下她孤家寡人一個呢？

她在防備著太夫人與賀琰。而僅僅因為她知道是賀琰逼死大夫人的，他們又何嘗沒有在防備她？

腦海中無端地浮現出了往日裡太夫人神情淡淡地靠在貴妃榻上，手裡頭執著一本半舊不新的書冊，鼻梁上架著一副玳瑁眼鏡，聽見她的聲音，便十分歡喜地將書放下，溫聲喚她「阿嫵」……

行昭不由自主地打了一個寒顫，令人窒息的膽寒與絕望似乎將她包裹，輕輕抬了抬手，才發現周身根本沒有力氣。

蓮玉上前一步，從側面攙住行昭，壓低聲音，低低耳語。「您心裡知道就好，什麼都不能說，什麼都不可以說。」

蓮蓉望了望蓮玉，又望了望滿臉鐵青的行昭，揪著帕子哭，滿心迷茫，只能反反覆覆唸叨著幾句。「這是怎麼了，這是怎麼了……」
又想起大夫人過世時，行昭的傷心，蓮玉的鎮定，黃嬤嬤蹊蹺的傷，終究聲音漸小，到最後只剩下了嗚咽的哭聲。
「祖母根本就不怕我知道將才發生的事。」行昭抓住蓮玉的手臂，苦笑著。「這是在試探，何嘗不是在示威……我就猶如一隻困獸，在高調展示實力的對手面前不堪一擊，只有靠他們的憐憫與自己的妥協，才被允許活下來。」
臨安侯府最終的決策者和掌舵者不可能允許一個不安定的因素存活在自身的陣營裡，至少不能有尊嚴的存活下來。
蓮玉低頭數過花廳裡鋪得輕絲暗縫的青磚，心裡亂極了，大夫人的離世就像火藥的引子，一點一點地燒了起來，連蒙在醜惡上的那層薄紗也被一把揭開，父與子的隔閡與仇恨，慢慢擴大，最後會變成什麼樣，誰也不知道。
花廳裡沒有點燈，暗暗的，處處掛著的白絹與素縞到處飛舞。
滿屋子難言的靜謐被一道氣喘吁吁的聲音打破。
「四姑娘！」
行昭眼眸一亮。一抬頭，便看見荷葉跑得上氣不接下氣地撩開簾子進來。
「守二門的婆子不許我出去，說是外頭世道亂，府裡頭也亂，上頭下了禁令，不許內院的小丫鬟和小廝隨隨便便出門去，串門不行，連去莊子上看自己的父母也不行！」
荷葉手捏成拳，條理清晰地繼續說道：「我偷偷地守在那裡，除了幾個司房的婆子還有管事，其他人都不許進出了，我便拿了碟翡翠酥去套近乎，那婆子這才鬆了嘴。原來是早晨太夫人房裡的姚嬤嬤過來吩咐門房，說是『內院裡的丫頭是絕對不許出去的，信箋往來也要先交上去細細審過，才有答覆』，還讓她『好好看門』，看好了有賞。」

行昭心口一涼，太夫人要斬斷她的手腳，弄瞎她的眼睛，刺聾她的耳朵。沒有辦法與外面聯繫，就意味著不能通信，不能查明真相，甚至不能自保。太夫人是在逼她笑著接受，就像桌子上擺著黃連要讓妳吞下去，還不准妳說聲苦！

行昭笑出了聲，悲哀地看著站在身側的蓮玉。「賀家人的聰明，都用在了這裡。」

蓮玉心頭頓時一澀。

「我們要逃出去。」行昭容色漸斂，透過窗櫺能看到一片四四方方的、昏黃的天。心裡兀地想起那日方皇后的話，輕輕搖搖頭。「蟄伏？不，蟄伏只能讓別人更加猖獗罷了。我已經失去了母親，不能再失去妳們了。」

今天太夫人能夠因為她的隱忍而一時憐憫，那往後呢？她不能將賭注押在太夫人時有時無的心軟上，太夫人對她還念著一絲憐憫，若是賀琰出手，她無法想像後果會怎樣。

「去將三姑娘請到懷善苑。」行昭吩咐蓮心，蓮心應諾而去。

行昭這才有時間將披在身上的坎肩取下來，露出身上穿著的素白小襖，轉身便往暖閣走，同時側了身子叮嚀蓮玉和蓮蓉。「妳們兩個這幾日都跟在我身邊，尤其是蓮玉。」

從應邑與賀琰的密談，到最後目睹大夫人飲下毒藥，懷善苑裡除了行昭，再沒有人比蓮玉更清楚了。

行昭心頭閃過一絲悔恨，那個時候為什麼要將實情告訴太夫人？她的盲目與自作聰明險些害了這個性情溫和卻不失堅毅的女子。

蓮蓉愣愣地點點頭，也顧不得將才才被狠狠嚇了一輪，便心急火燎地往外走，說是要去吩咐小廚房給燉上人參天麻雞湯，好好給行昭補補。

蓮玉心裡頭明白行昭的意思，輕輕嘆口氣，便神色如常地撩袖子立在書桌旁磨墨。

行明過來的時候，行昭正好抄完一章《國語》，最後一個「策」字的那筆撇捺寫好後，這才抬了頭。

行明穿著件月白色杭綢鄒紗小襖，只戴了一對丁香花素銀耳塞，粉黛未施，親自捧著一盆君子蘭撩簾進來，一見行昭原本圓圓的臉瘦得都能隱隱看見尖尖的下巴了，原本貼身的襖子套在身上還能有風直往裡頭鑽，眼圈一紅，先將君子蘭擱在案上，便急忙探身去關窗戶，口裡也不知道在說些什麼。

「屋子裡頭的丫鬟也不曉得關關窗戶，吹涼了人該怎麼辦？」又來把行昭手裡頭的筆收走，忍著哭怪責道：「身子不好，也不曉得去歇歇嗎？還在抄，想去考科舉當狀元？」

一句接著一句，雖是怪責的語氣，卻讓行昭感覺到溫暖。

行昭抿嘴一笑，依言將書合上，朝那盆君子蘭努了努嘴。「這些天三姊往這裡送了多少盆花草了？先是綠萼，再是芍藥，再是這君子蘭。下回準備送什麼？」

「綠萼是凌寒獨自開，芍藥是花中君子，君子蘭居於谷而不自卑……」行明說著說著，眼淚就下來了。「明明繡球花全都爆開了，繡球花開喜訊到，明明這樣好的意義，怎麼就……」

行明哭得泣不成聲，行昭抿抿嘴，就著帕子湊上前去給她擦了擦眼淚，抿嘴苦笑。「三姊別哭了，阿嫵好容易好些了，妳可別又來惹阿嫵了。」

行明一聽，便死命抽了抽鼻子，帶著哽咽忍住哭，胡亂擦了擦臉。大夫人過世後，她難受了好久，不說大夫人管家一向是一碗水端平，自個兒閨女是什麼分例，她就是什麼分例，就說她與行昭的情誼，是為大夫人傷心，更是為行昭傷心。

行昭握了握行明的手，帶了幾分猶豫。卻終是下了決心，緩聲問她。「我房裡的丫鬟出不去了，就想問問妳屋子裡的丫頭還能出府去嗎？」

行明愣了愣，又抽了兩聲，直搖頭。「不行，今天本來是金梅的假，她去了二門，又折了回來，但是娘身邊的嬤嬤好像可以出府去，將才去給太夫人請安時，太夫人還在說『怕小娘子身邊的丫鬟沒分寸，正值多事之秋。怕賀家的僕從在外頭惹出事端來，所以乾脆下了禁令。』」

行昭心頭一沈，行明身邊的人都不許出去，在這個家裡，她只有行明還可以信賴了。二夫人身邊的嬤嬤，她能指使得動嗎？二夫人是會幫太夫人，還是會偏幫著她，答案想都不用想。一旦她有風吹草動，是將懷善苑裡一屋子的丫頭趕出去快，還是她向方皇后求救快！

行明想不明白行昭怎麼會問這個，低下頭來，關懷地細聲問：「妳怎麼了？是缺什麼了？馬上讓司房的婆子出去買吧？香粉？糯米糰？還是想出馬去西郊祭拜大伯母了？不是從祖墳才回來嗎？」

猜測終成現實，被逼到這個地步，行昭卻坦然了下來，搖搖頭，拿話岔開。「胸口悶，又覺得奇怪，便想同別人說幾句話。」

行明嘆口氣，拿過銅剪子邊修剪著放在炕上的那盆虞美人，邊嘴裡絮絮叨叨地說著話，好像只要讓行昭心裡頭有事在想，有話在說，就能忘了親生母親離世的傷痛。

行昭靠在軟墊上，腿上搭了塊保暖的氈毯，將行明溫暖的寬慰與安撫，悉數接收。

如今二夫人管得嚴，行明要出來一趟實屬不易，加上府裡頭僕從們嘴裡的風言風語雖然不敢太過張揚，卻還是能隱隱地聽到這些話，世間本來就是熱灶爭著燒，冷灶無人燒，大夫人一過世，景哥兒又沒回來，人走茶涼，獨自剩下一個母族日漸式微的小娘子。往行昭身邊湊的人原來是星羅棋布，如今是門可羅雀。

不一會兒，便有婆子從東跨院來催行明回去了。

行明十分不情願，飽含歉意地看看行昭，行昭不在意，親將她送到懷善苑門口。用過晚膳，行昭拿起筆接著抄書，腦中卻在噼哩啪啦地打著算盤。

對外，失去了聯繫；對內，太夫人威逼利誘都用上了，四面的防範措施都做得好極了。她只能逃出去，她連與賀家人虛與委蛇都感到由衷的噁心與厭惡，要想逃出去該怎麼做？

裝病？太醫院的張院判會將消息傳到鳳儀殿嗎？

硬拚？連正房太太只能一碗藥灌下去，什麼也出不來了。

哭求？

行昭冷笑一聲，她死了一次，十五天前心又死了一次，她再蠢再笨，也再不會一葉障目了。

裡間靜默無言，忽而聽到外間小丫鬟稚嫩的通傳聲。

「張嬤嬤來了！」

手裡的筆頓了一頓，餘光看見屏風後走過了個模模糊糊的影子。

將筆一擱，紫竹的筆桿輕輕碰在青花白瓷的筆擱上，發出了脆生生的響聲，張嬤嬤身形一頓，下一刻便轉過屏風，露出一張含了笑意的臉，見行昭在寫字，心裡安穩了些，開口便道：「四姑娘這裡倒安靜，前些日子市集裡有一種長不大的鬈毛小狗兒，四姑娘若是心裡覺得悶，就讓司房去買幾隻來玩可好？」

生母將去，哪家的子女還有心思逗貓惹狗？

行昭垂了眼瞼，心裡哂笑，合上書頁，忙讓蓮蓉給張嬤嬤安坐，又讓荷葉去上熱茶、上點心，弱聲弱氣地回道：「懷善苑裡一向不拘著人，嬤嬤也知道阿嫵近來的心事，想要求個心靜。也虧祖母晌午的時候派了人過來管教了一番，大有成效，如今外頭做雜役的七、八歲小丫鬟都守規矩極了。」

張嬤嬤一愣，有些訕訕的樣子，不一會兒便掩蓋過去了，束手束腳地坐在凳子上，又笑著道：「老奴不會說話，只能安慰四姑娘節哀順變。平日裡寫寫字、畫個畫，再不濟讀個佛經也是頂好的，靜心凝神，府裡都是至親血緣，太夫人總不會害您吧？要老奴說，往前靜一師太給算命，景哥兒的命數才六斤，您卻足足有七斤八兩。」

說著話，張嬤嬤好像放開了些，恢復了往日的機敏，又道：「閔夫人將下了帖子說明兒個要過來，太夫人便遣了老奴來問您，您的身子撐不撐得住明兒個的應酬？」

閔夫人要來？

是了，方祈的妹妹都死於非命，信中侯的夫人又怎麼可能不會急?!

撐不撐得住明天的應酬，是在問她想沒想好，要不要在外人面前粉飾太平吧！

「今兒個三姊姊過來陪著阿嫵說了一大番話，心裡好受多了。閔夫人既是母親的手帕交，閔家又是賀家的通家之好，阿嫵不去見禮，豈不是失了禮數？」行昭的語氣很平和，略帶了些小娘子的忐忑與不安。

張嬤嬤笑著點點頭，放鬆下來，便拿眼打量了一下侍立在其旁的蓮玉、蓮蓉，微微有些感慨地嘆了口氣。「這兩個丫頭從您在榮壽堂就開始服侍您，如今算起來有十五、六歲了吧？」

行昭身子一僵，沒答話。

「老奴記得蓮玉還比蓮蓉要大些……」話到一半，頓了頓，張嬤嬤笑了笑又說：「四姑娘本還是個七、八歲的小娘子。本不該與您開這個腔，所以太夫人便插手管了管，可總是您屋裡的人，總要和您說一聲。

「咱們家通州莊子上有個管事，年歲也不算老，三十歲出頭的樣子，髮妻死了留了個兒子，雖然腿腳有些不靈便，但是腦子好使啊，咱們通州院子上的農務都是他在管著。」張嬤嬤眼望著蓮玉，雖是笑著的，眼裡卻沒有一點歡欣。「這樁親事是太夫人年前就看好的，大夫人前些日子才去，鐵定不能這個時候訂下來，可兩家人通個氣還是要的吧？」

張嬤嬤的語氣不容商量，明說太夫人已經看好了婚事，再不容行昭插嘴。

行昭垂眼安靜聽完，全身都僵直了。

太夫人還是不打算放過蓮玉！前世因為她的行差踏錯，連累蓮玉像被懲罰一般嫁給那個又老又瘸的鰥夫，難道這一世的悲劇又要重現！

蓮玉也僵在後頭。不敢抬頭更不敢說話，埋著頭死死盯著地上光可鑑人的青磚板。

蓮蓉面色發急，正要出來開腔，卻被蓮玉一下拉住了衣角。

「嫡娘子身邊的一等大丫鬟嫁個管事不算虧。」行昭低著頭細聲說著，模樣十分可憐，再抬頭時便已是淚眼婆娑了。「好歹蓮玉也在阿嫵身邊服侍了這麼些年，阿嫵年弱沒想到安置身邊人的親事，蓮玉的嫁妝壓箱什麼都沒準備好。如今阿嫵又要守三年的孝，等蓮玉回去再同她寡母商量一下可好？終究是終身大事，三日後阿嫵給回音，反正也不急在這一時，是吧？」

張嬤嬤也覺得正院可憐，行昭又是她自小看到大的，小娘子的眼睛淚汪汪的，心裡又不敢怪太夫人防得太過了，心一軟，嘆了口氣，壓低了聲音。「蓮玉還能順順利利嫁出去已經是極好的造化了，您去瞧瞧五松山別院裡頭的僕從，瘋的瘋，啞的啞，還有多少一鋪草蓆就算是了結一生的……」湊近身子，聲音更低了。「太夫人大發慈悲，蓮玉沒遭灌藥了事，都算是萬幸的！」蓮玉知道的秘密太多，放在行昭身邊或放在賀府，是一捆不知道什麼時候就會炸開的火藥。

行昭眨眨眼，輕輕點了點頭，又招呼張嬤嬤吃白玉酥，張嬤嬤寒暄了幾句，便起身告辭。

行昭嘴裡說著胸口悶，讓荷心去送。

行昭眼神直勾勾地看著張嬤嬤的身影消失在夜色中，容色一斂，再不見悲戚。

蓮蓉憋得久了，待張嬤嬤一走，便跳出來，總算是知道壓低聲音哀哀說著。「通州的莊子是咱們家最辛勞的地方了，三十歲出頭，腿腳又不靈便，還是個鰥夫，蓮玉嫁給那種人，根本就是太夫人在糟踐人啊！」

行昭沒吭聲，仰頭看了看蓮玉，眼眶紅紅的，卻沒有要說話的意思。又看荷葉束著手立在博物櫃前面，眼觀鼻，鼻觀心。

「荷葉，妳的意思呢？」行昭心裡頭有了主意，便對鋪下後路起了心。

荷葉被點到名，有些驚詫，她是這間屋子裡知道得最少的人，可府裡近日來的緊張氣氛，懷善苑與榮壽堂微不可見的疏離，還有今早那條突如其來的禁令，都讓她感到惶恐不安。

「蓮玉姊姊終究要出嫁，可嫁到這麼遠……」荷葉試探性地開了口，見行昭面色如常，便繼續說道：「說什麼、做什麼也不方便，蓮玉姊姊是第一個，接著就會有第二個、第三個，到最後，您身邊什麼也不剩了。」

話說得糙，道理卻不糙。

行昭舒了口氣點點頭，蓮玉沒作聲代表她認下了這個結果，可也代表了她願意為懷善苑犧牲。

「蓮玉、蓮蓉、荷葉、荷心，我都會護住的。」行昭望了望月明星稀的天際，輕輕說道：「來不及了，閔夫人明天來，天卻在今天下午放了晴。能看見星星，代表明天即使不會放晴，卻也不會陰雨綿綿……」

幾個丫鬟沒作聲，又聽行昭繼續問道。

「滿兒放回去沒有？」

蓮玉擺了頭，說：「沒有，管事處的人也沒來問。正院如今是黃嬤嬤管著，少了個二等丫鬟不打緊，她被關在柴房裡呢。」

行昭緩緩起了身，將蓋在身上的氈毯擱在了炕上，緩聲吩咐了一句。「都去歇下吧。」

幾個丫頭應聲而去。

一夜輾轉反側，臨到寅時才淺淺睡下。

# 第二十六章

第二天一大早，太陽剛剛從東邊露了頭，懷善苑就開始進進出出，行昭一會兒吩咐小廚房說今兒個要吃薑汁蘆筍粥、素三菇鍋子，還有烤口蘑和清燉翡翠白玉豆腐煲。一會兒又去向司房要五大塊松香，說一塊要用來鬆軟琴弦，一塊要用來琢磨著能不能製香，第三塊要用來試一試能不能做出澄心堂紙來。

司房管事的嬤嬤為難說一向沒有一下子拿這麼多的，蓮蓉在司房裡很是撒潑將鬧了一陣。

事情傳到榮壽堂，太夫人聽後笑著點點頭，能提要求便意味著妥協，手一揮派了榮壽堂的廚子去懷善苑幫忙，再多加了三捆柴火，又讓人帶話去懷善苑。「松香造紙是件風雅事，若是四姑娘造出來了，分一刀到榮壽堂來。」

只將行昭的反常當作小娘子壓抑許久後，突然爆發出來的任性與反抗，而太夫人樂意容忍小孫女這樣的小任性與小報復。

幾樣菜燉的時間都要長，才夠味，自然柴火就需要得多。

等廚子挑著柴火到了懷善苑時，行昭便又板著一張臉變了主意。「天天吃素菜，今兒個要換成素雞和燴三鮮，盡力做成肉的口味，否則有你受的。」

那廚子只好將柴火放在牆角，大把大把地擦汗，然後開灶架勢。

行昭在服孝期，不能吃葷腥。太夫人的身子卻是要將養著，吃不得油膩，更斷不了補，日日都要拿雞湯涮青菜吃。就算是有客來，行昭也只有避在懷善苑裡用完飯，才好去榮壽堂候著客人。

用完午膳，張嬤嬤來請，行昭滿心不樂意，眼淚汪汪地看著她。「昨兒個夜裡沒睡好，翻來覆去都沒睡著覺，心裡想著事，又怕又急。閔夫人不也還沒來嗎？怎麼就等不了阿嫵一時半刻地歇一歇了？叫閔夫人看到阿嫵一臉鐵青，還以為阿嫵是怎麼了呢！」

張嬤嬤瞧著小娘子明亮眼眸下烏青一片，心裡不忍，便只好說：「雙福大街傳來信，說是閔夫人都要到九井胡同口了，頂多還有一刻的工夫就到了，這是大夫人去後，咱們家頭一次有客來，總要好好招待吧。」

行昭連連點頭，直說道：「准誤不了，准誤不了時辰！」

閔夫人的馬車「咕轆轆」進了九井胡同裡，婆子備了青幃小車在二門候著，沒了當家夫人，總不能叫客去東跨院吧？

閔夫人一路到了榮壽堂，先和太夫人見了禮，還沒在猩紅墊子上坐穩，正想開口切入正題，就聽見外頭叫叫嚷嚷的聲響。

「懷善苑走水了！懷善苑走水了！」

裡間的人還沒來得及反應，姚嬤嬤神色匆匆地撩開簾子，也顧不得有客，扯開嗓門便喚。「太夫人！您快去看看吧，火竄得都有人一般高了，四姑娘還被困在裡頭呢！如今吹的又是東風，火苗直往正院裡竄，止都止不住！」

「沈穩點，有客人在！」太夫人雖是心頭一驚，卻緊蹙了眉頭，低聲出言，心裡頭卻百轉千回，腦海中突然想起來那五塊松香，松香是做成火摺子的必要之物，前一刻拿了五塊松香，下一刻院子就燒了起來，一時間竟然摸不透這場聲勢浩大的火是偶然還是必然了！

七、八歲大點的小娘子，能想得出這樣將自己深陷險境的招數？

放火，放得不大便沒這個效果；放大了，止不住了，燒到的可是她自己的尾巴！

閔夫人愕然在座，忍著不說話，看看這頭再看看那頭，心裡暗怨來的時候不對。

「正院沒了主人家，出個紕漏是很常有的事。」太夫人從沈思裡回過神來，眼神落在閔夫人身上，這是在同閔夫人解釋，見閔夫人似是很理解的點點頭，太夫人這才轉首，一句連著一句地問那嬤嬤。「叫滿院的婆子去救火沒有啊？四姑娘怎麼在裡頭，叫人去救了沒啊？正院裡的人和物都分散出來了嗎？」

姚嬤嬤慌裡慌張地搖頭，也不曉得該先回答哪一句，心裡想著先頭懷善苑裡僕從們的呼天搶地，帶了哭腔。「您好歹去看看吧！侯爺如今在外頭，二夫人也在往懷善苑裡趕，奴婢將才過來的時候，在別山上頭都能看到燃起來的煙了！」

太夫人抿抿嘴，先將閔夫人安頓好了。「先坐一會兒，春日裡才下過雨，木頭裡都潮著呢，估摸著不一會兒這火自己就能滅。」

「我也去！」閔夫人手裡頭揪著帕子，心裡曉得不該摻和進去，可想起已逝的大夫人、大殮禮上極力克制著痛苦的小娘子，還有如今遠在西北、生死不明的信中侯。頓時心有戚戚焉，焉知這些人的今日不是她的明日！心裡頭這樣想，便跟著起了身，語氣堅定了很多。

「大夫人同我交好，我去瞧瞧四姑娘能安安穩穩的，心裡也安。」

太夫人嘴角抿得緊緊的，越發蹙緊的眉頭顯露出耐心的幾近殆盡，思來想去後，只好點點頭，便轉過身，出了榮壽堂。

太夫人的步子急促，面容板得死死的，閔夫人覷著神情不敢開口，提著裙裾跟在後頭。

加快腳程穿過九里長亭，能隱隱約約看見不遠處紅彤彤的一片，三進的小苑全都被籠罩在黑煙裡。進進出出的人全將濕帕子捂在口鼻上，火勢熊熊烈烈，院子臺階上長著的苔蘚、庭院裡兩個人合抱才抱得住的柏樹，還有種在石斑紋柵欄裡一叢一叢黃燦燦的迎春花，都已經蔫得不像樣子。

閔夫人感到一股熱浪撲面而來，原以為是哪個小丫鬟不小心燒起的火，頂多是耳房燒得滿目全非，哪曉得連懷善苑門口的橫欄都已經燒得黑漆漆了。

二夫人提著裙裾在院子裡東奔西跑地主持，見太夫人過來了，高高懸起的心落了一半，神色焦慮便沒看見跟在後頭的閔夫人，急急開腔。「火真是一點兒也止不住！火苗都往別山上頭飄了！」

說著話，心裡頭急得很，又指了指院子那頭，那一群前赴後繼提著水桶救火的婆子，眼圈紅紅的。「都說起火的時候，人不是燒死的，是在裡頭悶死的……阿嫵還在裡頭，她在午睡，身邊貼身的丫鬟也在裡頭！怎麼這些日子我們家禍事不斷啊，娘……」

「死什麼死，慌什麼慌！」太夫人沈聲打斷其話，心裡再琢磨怎麼防備著、疏遠著，終究也是擱在手裡頭疼到大、養到大，寵了這麼多年的姑娘。強壓下心頭的驚慌，高高揚了語調。「叫個人通身澆上水，衝進去救人，將四姑娘救出來的，一家子都脫了奴籍，再賞黃金一千兩！」

幾個婆子面面相覷，腳卻都微不可見地往後退了退。連外頭的葉子都被燒蔫了，房樑都垮了，裡頭的人還能活嗎？錢重要，還是命重要？重賞之下有猛夫，可也要有這個福氣去花啊！

太夫人氣結，指著一個婆子便道：「妳去！不去的話拖出去亂棍打死！」

話音一落，懸在大堂上的門樑帶著藕斷絲連的火星，「砰」地一聲直直砸在地上。

那婆子聞聲，渾身一哆嗦，膝蓋一軟便跪在了地上，趴在地上哭道：「亂棍打死還能留個全屍，被燒死可真是面目都辨認不出來了啊！」

太夫人氣得直叫張嬤嬤將那婆子拖出去，又指了另一個。

被指到的另一個嬤嬤看前頭那位張牙舞爪地哭嚎，心頭慌亂不堪，卻終是一咬牙，將桶裡的水直直倒在頭上，作勢要往裡頭衝。

避開燃著的火星，跨過門檻，沒走兩步，皺著眉頭，定睛一看能見著煙霧迷濛中，隱隱約約有幾個身形頎長的人影似擁似攙著身形弱小的小娘子，一步拖著一步地往外走。

絕處逢春的狂喜幾乎要將這嬤嬤擊垮，轉念一想，眼瞧著脫籍和千金就要拿到手了，也不往後傳消息，索性沈了心手裡捂著濕帕子，深吸一口氣，便獨身闖到裡頭衝去接應裡面的人。

行昭捂著濕帕子，置身火海之中，火苗撲撲地往上竄，小心翼翼地走在猶如戰後地獄一般的屋子裡，將踏出一步，身後的那根房樑便轟然地垮了下來。

行昭一驚，直覺地想往後看，卻被蓮玉扯住了袖子。

是了，生死時刻也不過於此！

滿眼高低亂竄的火光，綿延伸展開的火舌張開血盆大口，一點一點地攀上房樑，火是一種奇怪的東西，明明來勢洶洶，卻在吞噬獵物的時候表現出了難得的從容與耐性。

行昭跳著幾步上前，煙霧中模模糊糊，終是能看到除了紅色以外的顏色了！

蓮玉、蓮蓉一左一右攙在行昭身邊，彎腰佝頭避開火星，前路在望。

幾根垮下的房樑交錯在一起，行昭低下身子，想從縫隙裡頭鑽出去，火苗將碰到繪著漆的百子戲嬰圖，「噌」地一下高高竄了起來，行昭避之不及，左臉頓時火辣辣的燒了起來。

蓮蓉在後一驚，哭著脫口喚道：「姑娘！」

行昭一咬牙，她能感到臉上的痛，身體越痛，心裡的痛好像就消散了些。

行昭卡在縫隙裡，蓮玉顧不得燒得正旺的火勢，一瘸一拐地往這頭跑，伸手使勁地想將行昭拖出來。

明明出口就在面前，難道又是一場水中月、鏡中花？

兵行險招，以身為餌。事到如今，行昭只能拚命一搏，怕火燒得不夠旺，怕定京城外頭看不到，怕消息不夠大傳不到宮裡去，種種害怕加在一起，行昭索性將五塊松香全都磨得碎碎的，一點一點撒在房裡、柱子上、樑上。

如今的火勢洶洶，遠遠超出了預期的謀劃。

行昭微微合了眼，再睜開時，眼裡滿是倔氣，手努力往外搆，九十九步都走了，不能功虧一簣！

手陡然感受到了溫度，被外頭那人一拉一扯，行昭從縫隙中順勢掙開了。

蓮玉、蓮蓉跟著從裡頭一瘸一拐地鑽了出來。

「出來了！出來了！」庭院裡頓時響起一陣歡呼，僕從們一窩蜂過來簇擁著行昭。

行昭的眼睛被火熏得直流淚，眼淚是鹹的，劃過有傷的地方，行昭感覺自己的皮肉一點一點地綻開，睜開眼睛，眼前仍舊是血紅一片，卻準確無誤地看到避在庭院外側、穿著真紫色的太夫人和其後立著的閔夫人，拖著步子便往那處跑，如同虎口脫險一般，哭聲裡飽含八分害怕、一分慶幸和一分歡喜。

「祖母……祖母……」行昭一把撲在太夫人的身上，痛哭流涕，揪著太夫人的衣角。

「阿嫵怕……」

行昭的臉花一團、黑一團，蓬頭垢面，穿著午憩的素綾暗花裡衣破爛襤褸，衣服的邊邊角角沾了火星，被燒得一個洞連著一個洞，赤著腳哭得抽抽噎噎地撲在太夫人懷裡。

太夫人溫聲哄著。「不哭不哭，總是出來了！」邊說邊趕忙蹲下身來，拿手想將小孫女臉上的汙垢都擦乾淨，哪曉得手一碰到左臉，行昭便哭得上氣不接下氣地直嚷疼。

太夫人心頭一驚，忙拿帕子出來將鋪在上頭的灰擦了乾淨，白白嫩嫩的面容上突兀地一大片血紅，上頭被燎起的那一串水泡在火光的映照下顯得駭人。

「拿帖子去太醫院請張院判來！」太夫人喜怒不形於色，如今聲音卻顫抖著，又高聲重復了一遍。「馬上去太醫院請張院判來，先說清楚溫陽縣主被燙傷了，讓張院判好準備！玲瓏妳去取冰和白玉膏來！」

臉面、臉面，有小娘子整日尋醫問藥只為了將臉面弄好看一些，也有因為臉上長了東西一時想不開上吊的小娘子，再淡泊的小娘子也重視著顏面。

行昭揪著太夫人衣角，身子緊緊貼在太夫人身上，抽著鼻子，眼睛已經不那麼澀了，自然被熏出來的眼淚也沒了。

眼睛漸漸明亮起來，原本清新恬靜的小苑火勢凶猛，靠來來往往的婆子和小廝堪堪控制了，黑煙裊裊直上，彷彿要衝上雲霄。

三月春光伴花好，卻負了這斷壁殘垣。

行昭臉上火辣辣的痛，心卻像三伏天喝下冰水一樣服貼，她恨不得一把火將整個臨安侯府都付之一炬，叫人看看火紅的血肉下都藏著怎樣一顆顆骯髒黑污的心。

她卻不能叫這些人這麼便宜地還了債，母親經歷過的恐懼、忐忑和絕望，他們一個一個都要經受一遍。

那邊被丫鬟和婆子簇擁著的蓮玉、蓮蓉，一個的腿遭燎到了，一個倒沒什麼大事，只是心裡頭慌。

太夫人都叫她們先去後廂裡頭歇著，過會兒麻煩大夫也去瞧一瞧，邊說著話，邊摟著行昭坐上轎輦先回榮壽堂，又吩咐二夫人。「先將火滅下去，人出來了就萬事大吉，這邊火制住後，將一個院子的婆子丫頭都拘在一處，挨個挨個的審，看到底是哪出了紕漏！」

行昭心頭一顫，又前因後緣想了一遍，心安了些，穩穩當當地縮在太夫人懷裡頭。二夫人連聲稱諾，人已經活著出來了，壓在肩上的擔子就沒這麼重了，這回這個事，算是她一個人擔起來的，有了個好結局，總能讓榮壽堂高看二房一眼吧？

閔夫人跟在太夫人後頭，看著往日光鮮端淑的行昭如今卻狼狽不堪，心裡頭直發酸，終究是沒了娘，日子便像蓮子心一般的苦了。

張院判正在太醫院裡坐著館，手裡拿著服方子對著藥材，外間一撩簾，就有一個內侍拿著拂塵急急慌慌地進來，還沒開口便扯住他手，想將他一把扯起來，嘴裡直喚道：「張太醫欸，您可快起來吧！賀家又出事了，溫陽縣主的臉遭火給燎了！」

張院判一聽賀家，額角突突地直冒，臨安侯家正值多事之秋，前不久才死了個侯夫人，如今連金尊玉貴的嫡長女臉都被火給燎了。

「他們家真是哪路的菩薩沒拜對喲！」張院判嘴裡嘮嘮叨叨，手上卻不耽誤工夫，麻溜地將膏藥方子都收拾起來，一手提了藥箱，一手揚了揚衣袖衝內侍招呼。「快走唄！」

外頭回事處催得急，又是臨安侯家的溫陽縣主出了這等子大事，上頭也來不及回，直直便往太醫院過來。

將踏出門檻，內侍尖細的嗓音突然一聲驚呼。「哎呀！這等子大事忘了去向皇后娘娘回了。那可是皇后娘娘的親外甥女兒！您自個兒先去著，時辰不等人！」

張院判一怔愣，顧不得打個招呼，便埋著頭往外走。

賀家派來的車夫趕得快，不到半炷香的時間便趕到臨安侯府，張院判悉心看後，邊開方子邊說著。「溫陽縣主的傷不算重，先敷著藥，再配著方子吃。有人留疤有人不會留疤，這得看縣主的身子骨，若真是留了疤，也莫慌，總能慢慢消下去，各樣的忌諱都寫下來了，照著做就是。」

張嬤嬤親將太醫送出院子，謝了又謝，又請了張院判身邊跟著的學徒去瞧蓮玉和蓮蓉。「兩個丫頭也有些不好，是縣主身邊得用的……」

裡廂再不敢燃檀香了，行昭上了藥，半臥在暖榻上，手裡握著菱花琺瑯靶鏡怯怯地瞧，想看又不敢看。

素青侍立在太夫人後面，將眼從行昭的左臉頰上移開，定在了面前的青磚石板上，心裡說不出什麼滋味。才死了親娘，又要被火燒，死裡逃生後，臉上又被燒得這麼一片紅一片黃。

可憐四姑娘還沒哭，卻一抽一搭地，眼裡含著淚又始終落不下來，這樣的行狀才是最讓人揪心的。

難怪府裡頭沸沸揚揚地在傳是侯爺將大夫人逼死的。這才淅淅瀝瀝地落了幾天的雨，木頭裡都是潮的，哪裡能燃起這麼大的火來？不是下頭哪個奴僕使的壞，是什麼？下人們沒人指使敢縱火傷人嗎？

大夫人去了，景大郎君又不見影蹤，要是四姑娘都葬身火海，侯爺下頭的嫡支算是全軍覆沒了。

「阿嫵妳也別急，張院判既說了能好，咱們就安安心心的了。」太夫人沈著臉坐在上首，嘴裡說著安撫的話卻顯得硬邦邦的，轉過身去吩咐。「素青，妳去外頭候著二夫人。」終究是皺了眉頭，嚷了一句。「怎麼還沒審出來……」

素青一驚，回過神來，忙斂裙出去。

閔夫人揪著手帕坐在暖榻前頭，大約做了母親的人都是一樣的心情，以己度人，她甚至不敢想像若是自家寄柔被燒成這個模樣，她會做出什麼事來，心裡頭這樣想，更佝了身子輕聲安撫道：「就算再癢再疼，四姑娘也不能拿手去撓，小姑娘家的留了疤就不好看了。」

行昭淚盈於睫，輕輕頷首，乖巧地將鏡子翻過去放在身側的小案上，不嚷疼也不嚷舒服。

這下閔夫人看得心裡更難受了。

榮壽堂裡安安靜靜的，更漏沙沙的聲音都像響在耳邊一樣，太夫人因擔憂引起的怒氣蔓延開來，侍立在旁的丫鬟們大氣都不敢喘。

「娘──」二夫人未見其人，先聞其聲，打破了榮壽堂裡的沈靜，單手撩開簾子，暗含著喜氣。「懷善苑的火總算是熄了，事後一瞅，您猜怎麼著？連正院的西跨院都燒掉了半堵牆！」

太夫人輕輕拿眼瞥了閔夫人，閔夫人一怔，反應過來了，無論哪裡出了紕漏這都是家醜。

「二夫人忙慌壞了吧？您快過來坐！」閔夫人起了身，正要告辭，卻聽行昭弱聲弱氣地開腔。

「阿嫵累了，能不能先同閔夫人去隔間？」邊說著話，邊含著淚仰頭望著閔夫人，壓低了聲音，帶了哭腔。「臉上癢，可閔夫人說不能撓，那讓旁人給阿嫵吹吹可以嗎？」

閔夫人心頭一軟，過去便牽過行昭。

握著小娘子軟軟的小手，權當做了回善事吧！

太夫人瞧了這邊兩眼，終是緩緩點了頭，又吩咐小丫鬟不能將閔夫人怠慢了。「妳過來便遇到這起倒楣事，過會兒得拿陳艾沾薑水打了身才能走。」

閔夫人連連點頭，牽著行昭往裡間走。

待兩人一避開，二夫人忙不慌地重新又開了腔，言語裡盡是邀功的意思。「懷善苑裡的小廚房裡本來一直是燉著白玉豆腐湯的，廚子便去歇著了，是一個叫滿兒的小丫頭守在那裡，小廚房裡頭沒人，爐子裡燃著火直燒心，小丫頭就躲懶到了小廚房外頭的遊廊裡打瞌睡。哪曉得一醒來，整個廚房都遭燒起來，那丫頭心裡慌便撒了腳丫子就跑出來，也沒叫醒其他人，也沒敲鑼打鼓地報信……」

太夫人緊緊收起了下頷，這個動作代表了她的怒氣已經上升到了無以復加的地步。

二夫人一向怕這個嫡母，沒敢看上頭的臉色，移開眼，加快了語速，繼續道：「屋漏偏逢連夜雨，阿嫵早晨領到的那五盒松香用都還沒用，就隨手放在了小廚房隔間的雜物堆裡，火一遇到松香不就像瞌睡遇到枕頭似的嗎？『呼』地一下就竄了老高。又正值午憩的時候，僕從們都去後廂歇著了，守在外頭的婆子也躲懶，只剩了兩個貼身丫頭守在阿嫵身邊，等眾人心裡落定後，卻發現火勢已經起來了，衝不進去救人了！」

「啪」地一聲，太夫人手拍在案上，面色鐵青。「這些僕婦養來何用！那個滿兒不是正院的丫頭嗎？怎麼跑到懷善苑去了！」

太夫人這些年修佛問道，將早年間的那些脾氣收斂了很多，如今的厲聲詰問讓二夫人不由自主地往後縮了縮。

「說是昨兒個才被阿嫵要過去的，前些日子阿嫵下令把那丫頭在庭院裡打了五下板子，估摸著是心裡還記著仇呢。」二夫人面露遲疑地繼續說著。「否則一個丫頭怎麼就敢撒腳丫子自個兒先跑了，讓主子身陷險境。」

太夫人不置可否，一連串聽下來，合情合理，卻總有些稍縱即逝的蹊蹺地方，又老是抓不住。

又想起寄予厚望的小孫女臉上硬生生地出現那片紅，和想哭不敢哭的神色，心裡的氣便騰地往上冒，語聲裡帶了些寒意。「當奴才的做不到忠心侍主，還一心存著怨懟，心裡念著腦子裡想的都是該怎麼報復主子，把那個滿兒拖出去！」

不說拖到哪裡去，下頭人的耳朵裡自動就換成了拖到亂墳崗去。

二夫人也覺得這處罰合理，點點頭，又問。「其他的人呢？擅離職守，聽起來也不是多大的罪。」

「當值的婆子丫頭都發賣出去，不當值的扣一年月錢，扒了褲子打二十個板子，把阿嫵救出來的那個婆子按著我說的賞。」太夫人雷厲風行，眼裡盡是凜冽。

二夫人身形一抖，卻沒反駁，點點頭，正要領命下去，卻聽見外間的人又將鬧起來。

張嬤嬤撩開簾子，面上也不曉得是喜是悲，口裡頭說著。「皇后娘娘派人過來了，說是要將四姑娘接進宮將養著。」

太夫人臉色唰地一下變得鐵青，明兒個定京城的大街小巷裡又有話說了。

「是誰來的？口諭還是宣了旨意？」太夫人壓下心神，先將情況問清楚。

「是鳳儀殿的林公公，瞧著沒拿旨意，估摸著是皇后娘娘的口諭吧。」張嬤嬤心裡清楚這件事會帶來的風波。自家嫡親的長輩還在，嫁出去的姨母急急慌慌地將外甥女接過去養是什麼道理？

覷著太夫人神色不太好，這事卻耽誤不得，張嬤嬤遲疑道：「您要不要親去二門一趟？有個什麼也好當面說。」

一著不慎，滿盤皆輸！

太夫人將手裡頭的佛珠重重放在案上，心裡頭的火和事沈甸甸地壓了這麼多天，連捧在手心裡頭這麼些年的嫡親孫女都要防備著，素日裡連正院都不敢去，請了定國寺的靜一師太過來唸法誦經，是為了超度方氏，又何嘗不是在安自己的心？

自作孽不可活，可不是還有句話叫，開弓就沒有回頭箭了。

「當面說什麼？難不成還敢抗旨不成！聖旨是旨意，皇后下的懿旨就不是了？」太夫人心頭壓著火氣，邊說邊大步往門口踏，又吩咐二夫人。「妳去善後！把懲處鬧得轟轟烈烈一點。走水，只是因為幾個僕從不曉事，和咱們賀家一點關係都沒有！」

賀家的僕從失了職責，怎麼就和賀家沒了關係？二夫人聽太夫人這句話說得奇怪，卻不敢在她火頭上去撩，趕忙點頭。

行昭與閔夫人避在裡間，外頭的聲音隱隱約約聽不著太多，行昭索性不支愣起一隻耳朵等著聽了，仰著小臉同閔夫人說著話。「寄柔姊姊可好？阿嫵身上帶著孝，也不好去瞧她。她一向心思重，您一定讓她放寬了心。」

閔夫人憐愛地摸了摸行昭的腦門，半晌未語，終是點了點頭。

這趟渾水不摻和也摻和了，不想踏進來也踏進來了，信中侯和方祈在一道沒了蹤跡，還以為閔家能片葉不沾身嗎？

到底是當了多年的當家夫人，行昭非得拉著她一道是為了什麼，她還能看不出來？

無非就是想找個見證，小娘子無依無靠地活在這深宅大院裡，又剛死了娘，舅舅的傳言滿天飛，親哥哥也沒在這裡撐腰。今兒個被火燒，要是遭賀家壓下來了，明兒個能不能活著出門都還不一定。

藉著自個兒將事情捅出去，賀家行事也能顧忌些，好歹能保住一條命。

外頭陡然沒了聲響，行昭心裡急，面上卻不動聲色，靠在閔夫人懷裡頭，也變得靜默無言。

# 第二十七章

到二門就要穿過九里遊廊，看到往日新綠萌芽、百鳥爭春的懷善苑變得一團烏漆漆，太夫人移開眼神，腳上的步子加快。

林公公正站在簷下，手裡頭搭著拂塵，抬著下頷百無聊賴地望著琉璃六福青瓦，見那頭是臨安侯太夫人急急匆匆過來，笑著福了個禮。「瞧著太夫人的氣色倒不錯，您近來可好？」

太夫人心頭一哽，死了個兒媳婦，燒了嫡孫女，這還能叫氣色不錯？

「託您的福，老大媳婦走了這麼些日子，闔府都不許用大紅大紫的顏色。老身心裡苦，卻總有這麼一大家子要活，老身不出面硬撐著，又該怎麼辦呢？」太夫人苦笑著，單刀直入。「皇后娘娘想溫陽縣主了，想將溫陽縣主接進宮裡頭住些時日？」

林公公笑呵呵地點點頭。「貴府燒起來的煙，西郊都能瞧見，又聽太醫院的說，溫陽縣主的臉被火燎了，皇后娘娘心裡頭急，既可憐外甥女年幼失恃，又心裡頭思念溫陽縣主。」算是間接地否定了太夫人找的理由。

無父何怙，無母何恃？

太夫人被毫不留情面地擋了回來，卻愈加慈和地同林公公說著話。「皇后娘娘一片慈心暖腸，我們做臣子的就更不好打攪了。前些日子太后娘娘不是讓皇后娘娘在宮裡頭靜養嗎？

溫陽縣主一去，於私是全了姨甥之情，於公卻是想著君臣之別，總不好叫一個小娘子擾了皇后娘娘的靜修，做臣子的於心不安，更怕太后娘娘怪罪。」

林公公聞言面色微斂，外頭都道臨安侯太夫人是一番慈心善目，卻不曉得也是個能言善辯的！

「皇上點了頭的，太后娘娘自然也是覺得將溫陽縣主召進宮守著，是百利而無一害的事。」林公公一句話堵回去，重新笑呵呵地說：「召個小輩進宮陪著，也不算什麼大事，皇后娘娘便沒懿旨下來，皇上更覺得不用下聖旨，難不成咱家手裡頭沒拿卷軸，臨安侯太夫人就心忖著咱家是想哄了您孫女去？」

方禮竟然避開太后，直接走通了皇帝的門道！不是說她被禁足在鳳儀殿裡，已經失了聖寵了嗎？

太夫人心頭大驚，前頭的棉裡藏針被堵了回來，又有閃過稍縱即逝的懷疑想抓住，可林公公卻容不得太夫人多想。

「咱家能耐下性子等著太夫人，可皇后娘娘卻早吩咐人將鳳儀殿旁邊的小苑子收拾妥當了。」林公公拿著拂塵一甩，穩穩地搭在了手臂上，似笑非笑地道：「是宮裡頭離太醫院近些，還是臨安侯府離太醫院近些？太夫人是一片慈母心腸，溫陽縣主又是您最得意的晚輩，自然能夠安安穩穩地算清楚這筆帳。」

太夫人臉上青白交替，再怨一步錯步步錯，也是事後諸葛亮了。

又想起方氏大殮禮那日，方禮不也出了宮來瞧行昭嗎？那個時候都沒將行昭接走，這時候起意接走，難不成是真心可憐在外頭吃了苦頭的外甥女，沒別的盤算？

這樣想，太夫人心裡頭好歹安了些，抬了眼緩和說道：「收拾幾件衣服倒也快，三日後，老身便將溫陽縣主送進宮去可……」

話音未落，林公公拿話斷了。「溫陽縣主住的小苑都被燒成了炭，能有個什麼好收拾的？宮裡頭什麼置不齊全？您可儘管放心吧。」邊說著話，手一揮，兩個低眉順目宮女打扮的丫鬟應聲出列。林公公繼續說著。「皇后娘娘怕您累著，特意帶了人來幫著收拾，今兒個時候也不早了，總要讓溫陽縣主從從容容地見過皇后娘娘，在皇城裡頭睡個好覺吧？」

太夫人身形微不可見地晃了晃，來得這樣疾風迅雷！三日可以做的事情很多，扣下蓮玉、蓮蓉那兩個丫頭的賣身契，把正院的那些方氏的死忠僕役或灌藥、或逼出家門，威逼也好、利誘也罷，也要讓行昭將那天的事情吞下去，死死捂在肚子裡！

可來得這樣急，什麼也做不了！

太夫人笑著抿抿嘴，側身請林公公去裡間坐著喝茶。「是今年的新茶，老身吩咐嬤嬤領著兩位去收拾，總是住個幾天就回來了，倒煩勞您過來跑一趟。」

不硬來，能妥協就好！

林公公何嘗不是鬆了口氣，又笑著叫住那嬤嬤一聲。「將溫陽縣主也請出來吧，平日得用的人也都跟著吧，小苑夠敞亮，能住下這麼些人，皇后娘娘也怕生人伺候不慣縣主。」

「有兩個貼身丫頭今兒個也受了傷，怕是不方便入宮了，就留在臨安侯府慢慢養著吧。」太夫人笑著打斷。

林公公眉頭一挑。回道：「可見是忠心護主的，皇后娘娘最喜歡這樣的奴才了。」

太夫人頓時無話，心頭的火又冒了上來，方禮、方福哪裡像兩姊妹！

一個雷厲風行，方方面面都想到了；一個卻溫溫懦懦，耽於情愛。

太夫人掌心都沁出了汗，偏生被那一句話堵得死死的，總不能說那兩個丫頭是沒眼力見，活該受傷，不是因為護著行昭傷的吧！

蓮玉卻是絕對留不得的。

太夫人心裡頭左思右想，林公公也只將一雙眼瞅在外頭，不多時便見信中侯夫人牽著一個穿青荇色碧波紋杭綢綜裙，襟口繫一條五蝠補子的小娘子腳步穩穩地過來，面上帶著青幃小帽，看不清容顏。

身後跟著的兩個丫頭和一個婆子，一個一瘸一拐，另兩個卻都是歡天喜地。

太夫人一蹙眉，低了聲問。「怎麼黃嬤嬤也帶上了，正院不用人管了？」

行昭低低垂了頭，青幃小帽上罩著的那層青紗也隨著身形往下墜，小娘子語聲嘶嘶啞啞地。「黃嬤嬤是母親的陪房，正在教阿嫵繡牡丹花樣。那是從前母親拿手的花樣……」

「去宮裡頭帶著她成何體統？」太夫人仍舊是一副慈眉善目，溫聲安撫著行昭。「宮裡頭六司有專司針線上的活兒，什麼花樣子不會啊？」

「可都不是母親善用的……」行昭緊緊揪著閔夫人的衣襬，往那廂靠了靠，語氣裡有落寞、有悲戚、有思懷。

林公公上前兩步擋在行昭前頭，一張臉笑得真誠。「既是溫陽縣主想帶的就帶上吧，宮裡頭還缺了一口吃喝了？又是先臨安侯夫人的陪房，說明也是從西北過來的嘛，正好教皇后娘娘以慰思鄉之情。」

太夫人手攥成拳頭縮在袖裡握得緊緊的，明明是一個七、八歲的小娘子，明明是很好掌控，如今卻完全偏離了預設的計劃。

林公公習慣性地掃了下拂塵，笑著揚聲喚了句。「得嘞！溫陽縣主，咱們這就往皇城去吧？」

行昭抬頭望了望今日帶給她感動與溫暖的閔夫人，輕輕鬆了手，抿嘴一笑，扯著臉上的傷口疼得厲害，上前兩步，「撲通」一聲跪在地上。

小小的人兒緩緩伏在地上，青荇一眼的顏色一波接著一波蔓延開來，鄭重地向太夫人磕了三個頭。

沒再說話，起了身，又轉向閔夫人深深福了福。

沒耽擱，轉身便往外走，將太夫人驚愕和似是恍然大悟的眼神、閔夫人心酸的神情，還有賀家的種種拋在身後。

如今的行昭極想駕著一匹駿馬，馳騁而去。

從今日起，她除了姓賀，與他們再無瓜葛。

三月清早間，草長鶯飛，青芳淒淒。

瑰意閣靠在廊橋水榭旁，這個兩進的小苑處處透著清靜，青瓦紅牆琉璃磚，遍種迎春花和芍藥花，如今卻只有黃澄澄的迎春花開在石斑紋的柵欄裡頭，透著一團喜氣。

中庭裡栽著一棵庭庭如蓋的枇杷樹還有幾棵幾個人連手抱才能圍住的柏樹，每到晴天，總有暖陽透過四仰八叉的枝椏，在地上投出斑斑駁駁的影子。

坐在靠著邊的炕上，能透過糊了桃花紙的窗櫺，直透透地看到隱在枝椏樹葉中的痲繩鞦韆。

行昭還記得三日前的那個晚上進宮，見到與前世一模一樣的瑰意閣時，湧上心頭的那股澎湃和淚盈於睫的感動。

是柳暗花明，更是絕處逢春。

大聖人瑰意琦行，超然獨處，夫世俗之民，又安知臣之所為？

這是宋玉對楚王說的，何嘗又不是方皇后想對自己說的？

「姑娘，皇后娘娘喚您過去一趟，說是太后娘娘過來了想瞧瞧您。」

蓮蓉小心翼翼地走進來，心裡頭默默唸著「走不過三寸，笑不露牙齒」的規矩，嘴上雖扯開了笑卻沒像往常，一笑笑到眼睛裡去。

蓮玉腿瘸了在靜養著，貼身服侍的多是蓮蓉在打理，黃嬤嬤也被方皇后留在瑰意閣裡當作管事嬤嬤。

行昭知道蓮蓉素日在臨安侯府裡隨興慣了，入了宮就像被拘在籠子裡的鳥似的，一舉一動都帶著些拘束。

話從耳邊過，其中的意思卻並不太在意。

行昭手裡邊合過書頁趿鞋起身，邊溫聲緩語地問：「太后娘娘的偏頭疼好些了？」

行昭入宮當日，按例要去慈和宮問安，顧太后卻以偏頭痛的由頭回絕了，到今日已經是三日了。顧太后從身世地位卑微的宮人，再到脫穎而出，最後登得最高，看得最遠，沈浮一輩子，卻將最初的耐性磨得一乾二淨了。

蓮蓉一愣，隨即面帶赧色地搖搖頭。「我……我沒想那麼多，就急急慌慌地進來回稟您了。」

行昭嘴角彎了個弧度，卻扯痛了左臉上的傷，低呼一聲。

蓮蓉趕忙大跨步上前來扶。口裡似怨似嗔。「太醫怎麼說的？您不能笑、不能大哭，怕您痛，更怕傷口裂開！」

行昭揉揉左臉，眼裡含著笑意，邊往外頭走邊說：「還是習慣妳這個樣子，宮裡頭雖是規矩嚴，在我面前，妳還是原來那個蓮蓉。」

庭院不算大，幾步路就轉出到了青磚紅牆的宮道上，行昭抬頭瞧了瞧比賀家大了些卻仍舊四四方方的天，心裡嘆口氣，壓低了聲音。「拚死拚活只能將妳們三個帶了出來，求行明把荷葉收了，荷心家裡好，我自然也不擔心，怕就怕為難妳們家裡人。」

蓮蓉眼裡一紅，跟在行昭後面走，也不管行昭能不能看見，頭搖得像波浪鼓。

「爹爹是得用的管事，頂多也就被免個職，被罵兩句，能有什麼大礙？」

行昭不置可否。

抬了步子往左拐，金簷翹角，貔貅瑞獸，博古橫欄便出現在了眼前，鳳儀殿正堂端莊華麗。來來往往的宮人們見行昭來了，立馬停了步子，或將頭垂得更低，或語氣制式地喚一聲：「奴婢給溫陽縣主問安。」

方皇后遠遠地就看見了行昭，立起身來笑著招手。「快進來、快進來！」又轉頭同旁邊的顧太后笑說：「那晚，臣妾帶著行昭風風火火地去和您請安，卻聽到您偏頭痛又犯了，心頭一悸，便縮頭縮腦地又帶著行昭回來，只敢吩咐人給您送去天麻和黨參，便再不敢來煩您了。今兒個倒叫您親自過來，是臣妾的罪過。」

顧太后面沈如水，扭過頭去，沒開腔答話。

方皇后心頭大暢，又想起那日去討皇帝的旨意時說：「臨安侯夫人才去，她的幼女就遭火燒了？我看不是府裡頭的奴才不經心，是有的人太放心了！」她和皇帝周衡夫妻這麼多年，他臉上的神情瞞不過她——明晃晃地帶著不可置信和震怒。

所以行昭入宮才會沒那麼多波折，昨日賀琰就在儀元殿上遭了訓斥。

行昭低著頭踏過門檻，屈膝如儀，聲音嘶嘶的、弱弱的，給殿上道了個福。「臣女賀氏問太后娘娘安，願太后娘娘福壽安康。問皇后娘娘安，願皇后娘娘長樂未央。」

鼻子裡嗅著寧靜清甜的氣味，心也跟著靜了下來。鳳儀殿裡常年燃著沈水香，如今還沒點香，但骨子裡都透了幾分味道。

顧太后久久沒發話叫起，方皇后也不可能僭越，行昭便穩穩地屈膝立在下頭。

死裡逃生的滋味都嚐過了，這點小打小鬧，行昭還不放在心上。

「妳送過去的天麻吃著還好，可是國舅爺年前時候送來的？」顧太后明擺著折騰行昭，自矜笑著回方皇后將才的話，話音一落，便接著又道：「那哀家還得省著吃了，今年怕是沒有西北老林那麼好的天麻貢上來了。」

方皇后心頭一窒，脊梁挺得筆直，眼神落在殿下還曲著膝的行昭身上，再轉頭回顧太后，抿嘴一笑。「普天之下莫非王土，方將軍在外征戰，難不成梁提督和顧守備就不會給母后在西北老林尋好天麻了？」口裡接著說：「天麻是溫補，母后您千萬記著要日日都吃，否則停一日就跟沒吃一個模樣。偏頭痛吃天麻最管用，老人家記性不那麼好了，吃天麻也有用。」

這是在說顧太后忘了叫行昭起來是因為年紀老了，記性不好。

行昭腿在打顫了，聽方皇后的話，忍了笑。

顧太后輕笑一聲，沒接話了，拿手指了指殿下的行昭。「溫陽縣主起了吧，賜坐。」又笑著和身側的方皇后說話。「前一回見溫陽縣主是在正月初五那天，今兒個一見覺著又長高了些。等先臨安侯夫人的除服禮成，再領進宮瞧一瞧的時候，估摸著就長成了個大姑娘了！」

方皇后神色如常，顧氏這個人從下頭一步一步爬上來，向來話裡有話，綿裡藏針，說好聽點是含蓄，說難聽了就是陰毒，責備個小娘子不好好在家守孝，倒住到宮裡來，至於這樣麻煩嗎？

行昭正襟危坐著，眼神定在那尊雙耳玉色白釉花斛上，兩耳不聞窗外事，神情低落又顯得沒了生機。

「臣妾心裡頭也憂心得很啊，若是都到了除服禮，行昭臉上的那道疤還沒消下去，可該怎麼辦才好啊！」方皇后接過話頭，將門出身，向來一招定勝負，不耐煩這樣推諉著打話裡官司。

眉角稍稍往上挑了挑，方皇后口裡說：「初一、十五的時候，總也不見應邑和中寧進來問安了，連您前兩天不舒坦，她們兩個也像銷聲匿跡了似的，可是家裡出了事？」

行昭進宮當晚，就將滿兒招出的話一五一十都給方皇后說了，大家都不是蠢人，前後一聯繫，哪裡還不曉得這是使了什麼樣的招數！

沒待顧太后發話，方皇后輕輕往前探了身，輕笑著似是再同顧太后商量。「衛國公世子去了怕是有一年了吧？應邑一個人住在公主府裡頭孤孤單單的，歷朝來可都沒有公主守寡的。守一年，再細細選一年，到第三年，就該將親事提上檯面了。臣妾是做嫂嫂的都記掛著，想來母后心裡也有了桿秤吧？」

顧太后神色一凜，不動聲色地上下打量了方皇后幾眼，想從她臉上看出什麼來。

「不急。」顧太后緩緩把眼神從方皇后臉上移開，口裡幽幽說著。「溫陽縣主還在下頭聽著呢，方家沒教過皇后言禮行止？」

一個沒落人家出來的破落戶談言禮行止？方皇后心頭既鄙夷又想笑，胞妹的枉死和這母女倆脫不了干係，手上沾的血還沒洗乾淨，還有臉和她談什麼言禮行止！

「方家出身草莽，又以軍功起家，教出的女兒都是直來直去，不懂那些彎彎繞繞，臣女的母親是這樣，皇后娘娘自然也是這樣。」方皇后還沒來得及說話，行昭卻輕輕出聲，神色激動，眼神裡卻帶著些惶恐與害怕，邊說邊怯怯抬起頭來，左臉上的疤已經結痂了，不大不小的一片在臉上，讓顧太后心頭一虛。

「行昭——」方皇后出聲打斷，眼裡有不贊同，外甥女還小，衝鋒在前的有她就夠了，不需要再加上一個。又轉首向顧太后笑道：「小娘子年紀小，又剛喪母，記得以前臣妾養著小九的時候，她也是衝在前頭回護著臣妾……」刻意提起欣榮長公主來說明。

顧太后不想看行昭臉上的那道疤，今兒個過來不就是想來瞧瞧這溫陽縣主有多大的能耐，如今看下來她姨母的半點心機和手腕是沒學到，既沈不住氣又說話細聲細氣、畏畏縮縮。俗話說得好，龍生龍，鳳生鳳，老鼠的兒子會打洞。這活脫脫的，又是一個方福。

顧太后放了心，終於如同長輩一樣輕輕搖搖頭，帶著寬縱和慈愛，邊起身往外走，邊笑著說：「溫陽縣主還小嘛，皇后妳是姨母，妳好好帶著，缺什麼要什麼，只管開口，宮裡沒有的，咱們就去外頭找。」

方皇后親身將顧太后送到了鳳儀殿外的宮道上，回來的時候卻發現行昭在凳子上坐得筆直，面上的恐懼與畏縮盡數褪去，明顯是在思索著什麼。

行昭見方皇后回來，輕聲說道：「應邑長公主為什麼逼死母親？還不是因為臨安侯夫人的那個位置。夫為妻服齊哀禮是常理，可大周的公卿哪裡還老老實實地守著春秋的禮制？再加上太夫人健在，臨安侯至多服百日喪，之後要幹什麼呢？自然是迎娶繼室進門，時間緊著呢。」行昭微微一頓，眼神從那尊花斛上移開，帶著揭開謎團一樣的神色，喃喃道來。「可顧太后卻說不急……」

方皇后心頭一驚，喚過林公公，冷聲吩咐道：「派人盯緊應邑長公主府。」

林公公什麼也沒問，應過諾後，便轉身欲離。

「林公公！」行昭提了聲喚道，林公公轉身更為恭謹地垂了頭，行昭想了想，溫聲道：「煩勞您出宮的時候，順道去瞧瞧蓮玉、蓮蓉那兩個丫頭家裡怎麼樣了，可好？」

讓方皇后的人時不時地去問問，也算是能給那兩家人多一重保障吧。

林公公將身子佝得愈低，笑著應了個「是」，便疾步往外走。

方皇后沒制止，那把火是誰放的，行昭入宮第一晚就交代得清清楚楚了。她心裡頭既憐憫外甥女這個年紀便要耍置之死地而後生的手段，又後悔自己沒趁著大殮禮的時候順勢就將行昭接進宮裡來。誰會料到賀太夫人連自己的嫡親孫女都要防範！

眼裡是白白粉粉的臉蛋上有一片塗著白玉膏的疤，顯得突兀和嚇人，方皇后輕嘆一聲，吩咐身側的桃齊。「去太醫院請張院判過來，溫陽縣主的臉怎麼還不好。」

「阿嫵每日都搽藥喝藥，也在忌口，小廚房連茶、醬油和醋也不敢放。」行昭不在意地笑著說，帶了些不以為然。「總能好的，一步一步來，心急吃不了熱豆腐。」

「慢慢好、慢慢好，再隔幾年妳都該說親了！」方皇后語氣帶了焦灼，又催著桃齊去請張院判，她沒懷過孩子，卻也知道就算是身分再高，臉上出了事，哪裡還能說得了好親事?!

何況臨安侯府又是個那樣的人家。

何況方祈和景哥兒又都還沒找到。

方皇后心裡頭再急，卻也還是在上首挺得筆直，雖說病樹前頭萬木春，可如今一層一層纏在一起，想要抽絲剝繭，就必須沈下心來。

「妳終究是姓賀。應邑長公主與賀琰的恩怨糾纏，與妳無關。」方皇后也不知道自己為什麼要說這樣的話，只是看到七、八歲的小娘子臉上雖是掛著笑，眼裡卻像含著無盡仇恨與倔氣，覺得心頭酸澀。

「人生還長，一雙眼裡全是黑暗，就算是陡然來了一絲光明，眼睛也會被刺傷，不由自主地閉上後，便再也看不見光明了。」方皇后語氣晦澀。她是長輩，如今更是行昭的依靠，她不能眼睜睜地看著自己的孩子在經歷了一次傷痛後，便永遠失去了歡欣的能力。「君子報仇，十年不晚。若是我都做不了的事情，妳做什麼也都是徒勞。」

兩世為人，第一次有人以保護的姿態擋在她的前面。

行昭心裡緊緊揪了起來，眼裡矇矓地看到擺在炕桌上碗口大的正紅山茶花，重重點了頭，嘴角彎成一輪彎月的模樣。「君子報仇，十年不晚，可也有『為儒皆可立，自是拙時機』的說法，明知道應邑長公主不對勁，自然要更加警惕……」話沒說完，發現方皇后端和肅穆的眉眼卻輕染了愁，行昭嘆了口氣，改了口。「姨母說得是，大不了阿嫵每日且記著搽珍珠粉罷了，一粒一粒磨得也不算細，搽在臉上也不曉得是養人還是毀人……」

內務府呈上來的珍珠粉能有磨得不細的？

方皇后笑著輕輕搖頭，沈甸甸的心好歹輕快了些。

日子就在眼前一晃而過，堪堪就到了四月分。

皇帝不常來鳳儀殿，偶爾來了，一、兩次問起行昭的傷，方皇后便叫行昭出來見一見，這時候素日剛強的方皇后便會軟了語調，眼神溫溫地看著皇帝，口裡慢條斯理地說著。

「張院判說不打緊，可臣妾心裡卻慌極了，行昭的傷不好，臣妾總覺得沒有辦法下去見那早逝的妹妹。臨安侯可有問起行昭過？」

皇帝只安慰。「好好的，說什麼下去見不見的？溫陽縣主跟在妳身邊，是她的福氣。」再看一眼眼前這個臉圓圓的，白白的，一雙杏眼睜得大大的小娘子，又想起原先臨安侯夫人詭異的暴斃和顧太后這幾日在耳朵邊唸的話——「應邑喪夫也快一年了，總要再選個身家高貴、面貌俊雅、風度翩翩的駙馬吧？再嫁也別住在自家公主府了，將就些就住到男方府裡去。男方年紀大些也沒關係，重要的是門第，畢竟你妹妹也是三十歲出頭的人了。」

身家高貴、面容俊雅、風度翩翩，年紀大些也沒關係，門第還要高。他整個大周看下來，也就只有臨安侯賀琰符合這些條件了，可他的髮妻死得不明不白，他哪裡放心將自己胞妹嫁給那種人，便打了幾個哈哈過去了。

「朕也派了人偷偷地去找賀家大郎，少年郎就算是魯莽了些，一顆赤子之心卻教人喜歡。」這個年近四十歲、喜怒不形於色的皇帝既在對方皇后說，也在安撫行昭。

皇帝周衡原先是先帝的第五子，非嫡非長，卻問鼎天極，這與他有個獨寵專房的母親不無關係，也與他自身的鎮定和在先帝面前表現出來的和睦與大度，關係更大。

行昭面露感激，淚盈於睫。

小娘子癟了癟嘴，忍著不哭出聲，卻還是垂下頭來，帶著哽咽道：「阿嫵謝過皇上大恩！」

後宮安靜似水，方皇后在不經意間的解禁，似乎除了顧太后頗有微詞，連小產後的惠妃都重新變得低眉順目，日日隨著妃嬪過來問安行禮，方皇后看見她跟沒看見似的，時不時敲打幾句，倒把惠妃氣得說不出話來。

前方西北接連傳來戰報，或說梁平恭擊潰韃子主力，或說秦伯齡鎮守川西，打退韃靼的突襲，形勢一片大好。

朝堂上自然也跟著出現了兩種聲音，以內閣陳顯陳閣老為主的主戰派，另以戶部右侍郎黎令清為主的主和派。

一個態度強硬。「一鼓作氣，再而衰，三而竭，彼衰我盈，故克之！」這是陳閣老的話頭。

一個只哭窮，不論陳閣老怎麼說，黎令清只管抄著袖子說四個字——「國庫沒錢」。

再加上那個原先在朝堂落地柱上一撞成名的馮安東，將養了這麼些日子，又生龍活虎地回到了朝堂上，終日上書的上書、跪在儀元殿前頭的跪著不起來，吵得紛擾不休，本來是敵人節節敗退的好事情，卻將皇帝擾得焦頭爛額。

與此同時，青巷裡的臨安侯賀琰似乎也將火氣掛在了臉上。

「方福都已經死了！妳就多等等些日子不可以嗎？十年不都等過來了，九十九步都走了，就差了那一步，就沈不住氣了？」賀琰沈著臉，看著眼前這個穿著一襲石榴紅青瀾紋鑲邊的貴婦，又覺得自己的語氣硬了些，輕咳了幾聲，又道：「賀家最近可真算是後院起火，一把火燒得西郊看見了，皇后看見了，連皇上也看見了！妳自個兒想，皇上幾時在朝堂上撒過我的臉面？如今卻明晃晃地拿話打我的臉！」

應邑輕哼一聲，扯過裙襬，往側扭身，見賀琰沒來哄她，到底忍不住，眼裡瞧著緊緊閉上的門，誰家兩口子說話還要避開人，關著門的啊！心裡更覺得悶得慌，語氣裡不由帶了怨懟。「誰讓兩件事湊得這麼巧？正頭夫人死了，她女兒的院子就燒了起來，話本子裡也沒這麼演的，我看啊，是那小娘子在給你們下套！」

賀琰素來對行昭寬縱，逼殺方福時雖是不留情面，可對她留下的這個女兒倒還多有牽掛。聽應邑這麼說，心裡不免不高興起來，手端起茶盅，啜了兩口，又想起還擱在暗格裡頭的那幾封信，也不欲與應邑再起爭端，索性拿話岔開。

「令清主和，是在拆梁平恭的臺子。我也不是沒勸過他，可一勸，他便氣呼呼地拿出一疊帳冊來讓我自己算。」賀琰輕笑一聲，將茶盅輕擱在案上，他並不習慣在女人面前探討國事，可更不想讓應邑言辭犀利地逼他快點嫁娶。「國庫不寬裕，年前又逢上災年，眼看著可以拿著西北的戰勝刮韃子一層油下來，等兵強馬壯的時候再一舉克之，皇上怕難保沒打這個主意，可惜放不下顏面。」

應邑哪裡不曉得賀琰的本意，嘟囔幾句，終究轉過身來，對著賀琰。「皇上有沒有打這個主意，我是不知道的。可我知道若是早早求和，那就意味著西北的戰事停了，梁平恭是不是得回京了？到時候誰又能代替梁平恭守著平西關，不讓方祈進來？要知道，活要見人，死要見屍，方祈的屍體還沒找著呢！」

賀琰神色一凜，女人家看事情不從大局入手，偏從這些小細節上能摳出骨頭來，應邑這算是說到了點子上！

年前梁平恭偷賣火藥、雲梯、刀盾給韃靼，發了筆橫財，卻在無意間遭方祈發現。為了自保，就算方祈騎著千里馬，拿著紅纓槍，叩開平西關的門，梁平恭也不可能讓方祈活著進來！

如果選定了求和，梁平恭自然功成身退，朝廷就會換一個人去西北鎮守……

門緊緊掩著，四面的窗櫺也關得死死的，賀琰卻不由自主地打了個寒顫，沈下聲來。「讓馮安東寫封信給梁平恭。馮安東曾是梁平恭的妻弟，他們之間有通信很正常。讓他叫梁平恭要嘛將韃子徹底打退，要嘛找到方祈堵住他的嘴，砍掉他的腳，叫他既不能走，又不能說……」

應邑不耐煩聽廟堂上的這些東西，直擺擺手，青黛一挑。「你不好找馮安東，我一個深閨婦人就好找啦？」

賀琰面色微沈，他如今正受著皇帝猜忌，若在這個時候還在朝堂上四處亂竄，怕是要遭到皇帝徹底厭棄了，賀琰正要開口，卻聽應邑那頭語氣軟而綿，似是認命卻又暗含歡喜。「罷了罷了，你找我找，誰找不是找？左右你便是我的孽，我今生就是來還債的！」

賀琰展顏一笑，頓時就像暖春時節乍然破開的湖面，既溫暖人心又讓人沈浸。

應邑胸口甜甜的，垂著頭低低輕笑，手捂在小腹間，歷經千辛萬苦才有了他和她的孩兒，他會軟軟地喚賀琰叫爹爹，喚她叫娘親，一定既聰明又伶俐，或許會長著像賀琰筆挺的鼻梁，像她一樣明亮的眼睛。

賀琰見應邑的情緒已經平靜下來，輕聲一笑起了身，摟住應邑的肩，笑著說：「妳等著吧，西北老林就那麼大塊地方，等梁平恭把方祈的屍首找到了，我一定去向皇上求娶妳，皇上罵我也好，打我也好，甚至撤我職也好，我都不怵。八抬大轎、鳳冠霞帔地風風光光把妳娶進門。」

應邑的素手從尚還平坦的小腹上一劃而過，心裡頭有些急，一抬頭便看見情郎燦若繁星的眸子，又變得既苦且甜。

「我能等你，可肚子裡的孩子能等你嗎？我能叫孩子一直不出來？」應邑偏過身去，想起顧太后催她的話——

「雖說前頭那個一死，妳就嫁進去，這不體面。可是，妳顯了懷嫁進去，就更不體面了！」

於是應邑口裡又唸叨。「如今還只有兩個月大，剛上身的時候又不安穩，一聞到點香的味道就不舒服，連宮裡都不敢去，就怕遭那些人精看出什麼不對來！別人家都是相公在身邊問長問短，又是哄又是喜歡，大氣也不敢喘。我體諒你，委曲求全著，你卻成心要我等四個月、五個月，大著個肚子穿嫁衣，讓定京城裡的人將我笑死！」話到最後，卻說得撥動了自己的那根心弦，眼眶紅紅的，心裡十分委屈。

手裡頭攥緊了那方帕子，她原以為方福一去，她和賀琰的路就能成為一個敞亮的大道，如今看起來卻還是那條崎嶇坎坷的羊腸小徑！

這個孩子來得既不是時候，又是時候。

唯一的嫡子不知所蹤，便顯得應邑肚子裡的這個更加金貴。

賀琰嘴角抿得緊緊的，隔了半晌才說道：「辦法總比困難多，只是現在實非良機，妳且忍一忍。不是說三、四個月才顯懷嗎？到時候，大不了咱們就說是早產，木已成舟，我加上顧太后的手腕壓下去，誰還敢說妳什麼？」

應邑的帕子被揪得縮成一團，不答應也只有答應，眨了眨一雙桃花眼，輕聲一嘆，便往賀琰身上軟軟靠過去。

濃烈的薔薇香陡然充盈在鼻尖，賀琰直直望著前頭，神色晦暗不明，年少時的情人如今終於得到了，厭惡了幾十年的髮妻如今終於擺脫了。滔天的、穩定的前程擺在他的面前，唾手可得，他卻覺得心裡空落落的，像是七巧板裡缺了一塊。

這是從什麼時候開始的？

是長子失蹤，幼女離家的時候？

還是太夫人這幾日一直沒有舒展開的眉頭，以及府裡頭幾道雷厲風行的禁令吩咐下去的時候？

還是當事情像葫蘆浮在水面上，按下一頭，另一頭就翹起來的時候？一失足成千古恨，應邑逼得緊，他只有去逼方福，兩個女人的爭鬥裡，他找不到平衡，方家已經得罪完了，他若還不堅定地站在應邑那頭，顧太后也不可能放過他。

可方福的死，並不是他的錯！

是她自己蠢，是方祈不爭氣，是應邑逼得緊。

更是天意，生死由命，是閻王爺要方福下去陪他，與他何干。

賀琰長長嘆了口氣，合了眼，方福圓圓白白的模樣便綽綽地浮現在了黑暗中，賀琰心頭一緊，重重甩了甩頭，方福的臉卻在腦海裡變得愈漸清晰，未語先笑的唇角，閃爍著溫柔光芒的眼睛，胖乎乎的手腕，一點一點地成形。

廊間的八寶琉璃風鈴「叮鈴鈴」地響得清脆，應邑靠在賀琰的懷裡，輕喃了一句，說得模模糊糊的，賀琰強迫自己低下頭去認真地聽，卻還是只能聽見「嗡嗡」的聲音。

一時間，兩人皆靜默無語。

# 第二十八章

西北戰事是戰是和，尚在商榷之中，但到底西北已經趨於平穩了，二皇子選妃這件大事就又重新提上了日程。

「二皇子的生辰在仲夏，聽淑妃娘娘說西北那邊都是算虛歲，照這樣算起來，二皇子就十六歲了。嬪妾長在餘杭，沒聽過這樣的說法，也不知道算得對不對。」王嬪端謹地坐在下首，眼眸亮極了，一眨一眨地望著方皇后，恰如其分的模樣。

方皇后也笑，卻是微斂眼瞼，笑得自矜。「是有這樣的說法，淑妃家和平西關挨得近，那一處都是這樣算小郎君的年紀。」

王嬪見方皇后避開問題，也不洩氣，身子繼續往前探了探，一雙杏眼睜得大大的，驚呼一聲。「那照這樣算，西北的兒郎們成親時不就十七、八歲了嗎？放在餘杭，十七、八歲都能做父親了！」

方皇后抿嘴一笑，並沒接茬，氣氛頓時尷尬了起來。

德妃笑嘻嘻地打圓場。「那我們家四皇子算起來豈不是有十二歲了？怪道他一天到晚都在嫌嬪妾管他管過了，嘮嘮叨叨個沒完。」陳德妃銀鈴似的聲音囉囉嗦嗦的，卻讓王嬪感激地投去一眼。

德妃止了話頭，一轉首看見行昭帶著幃帽踏過門檻進來，又笑著招呼。「溫陽縣主今兒個怎麼來得這樣晚？往常行早禮的時候，不都是避到花間去描紅嗎？」

「張院判過來給臣女上藥，耽擱了時辰。」方皇后一向不喜歡這些鶯鶯燕燕，行昭自然也回答得言簡意賅，又挨個福過了身，便恭謹地坐到了方皇后的身邊。

被這麼一打岔，尷尬的氣氛倒是消除了不少。在行昭的跟前，王嬪自然不好意思再提起二皇子的親事。

又是一番寒暄，都是德妃在說著話，覷著方皇后的臉色不太好，便投其所好，話頭都落在了行昭身上。「溫陽縣主年紀輕輕卻十分穩重，記得淑妃姊姊的歡宜也是個好靜的，溫陽縣主如今住在宮裡頭倒可以往重華宮走一走，都是貞靜的小娘子，一定有說不完的話。」

皇帝有三個兒子，卻只有一個女兒——大公主歡宜，深居簡出的，和陸淑妃一個樣。陸淑妃就是靠著兒女雙全，才在這後宮裡頭立穩了腳跟的。對於這件事，行昭記得前些日子，方皇后言傳身教時有這樣的說法。「我不能生下孩子，可皇上選了與我親厚的人生孩子，也算是全了夫妻情誼，為我著想。」

行昭膽寒，若說臨安侯府裡只有利益沒有親緣，那宮廷就更是一個殺人不見血的地方。

「德妃姊姊果真是老糊塗了，既然兩個都是不說話的，湊在一起又哪裡來的話說？」惠妃輕撚一條蜀繡並蒂蓮花帕子，笑意盈盈地說，未待陳德妃答話，便伸了個懶腰起來，垂下眼瞼衝皇后福了身。「嬪妾身子骨還未好全，便就先離了。」

方皇后揮揮袖子，算准了。

惠妃一走，德妃吃下的癟還沒討回來，心裡不甘心，青著一張臉緊隨其後出言告退。

陸淑妃早間要奉佛，方皇后便免了她的行早禮，幾個妃子一走，下頭的低位嬪妃也坐不住了，紛紛告退離去。

王嬪在最後磨磨蹭蹭地起了身，又福了一福，滿是恭敬。「嬪妾也不知道話當講不當講……」又拿眼覷了覷端首立在方皇后身邊的行昭，忍了忍話頭，便沒再出聲了。

方皇后心裡頭明白王嬪要說什麼，二皇子的婚事她不著急，總有人比她更著急。

「行昭妳去花間坐一坐吧，一早就備上了妳素日喜歡的杏仁乳酪和鹽津梅乾。」方皇后將行昭遣開。

行昭心裡卻知道，平日都在花間裡做女紅描紅，除了一張黑漆八仙過海大木桌，就沒地方能放杏仁乳酪和鹽津梅乾了，能放小食的，就只有和正殿隔著一扇窗櫺的廊間。

這是方皇后讓她隔近點方便聽呢！

行昭蹲身福禮，辭了王嬪便往裡走。

行昭的身形將隱沒在簾子後頭，王嬪清泠泠的聲音就響起了——

「前些日子惠妃娘娘冤枉您害她小產，嬪妾心裡有苦說不出。嬪妾自小在家鼻子就靈，就在惠妃懷著孩子的第二個月分，她那長樂宮就日日燻艾，我每回去就點上氣味濃烈的八寶香，可嬪妾還是能嗅到燻艾的味道。」王嬪覷著上頭的神情，方皇后神色如常，便加大了籌碼。「嬪妾住的永壽宮離長樂宮近，惠妃小產前的幾個晚上，嬪妾都看見了應邑長公主和太后娘娘身邊的丹蔻姑娘進出過長樂宮，也不曉得這之間有沒有什麼聯繫……」

王嬪告知的話很有分量，只是很可惜，方皇后什麼都知道。

王嬪見方皇后不為所動，心頭一急，又想起了兒子的苦苦哀求，帶了幾分遲疑繼續說道：「二皇子這幾日被准允出宮，也不知道是碰巧還是什麼，他幾次看到應邑長公主進出馮安東馮大人的府邸，神情十分曖昧……」

方皇后一挑眉，微微抬了下頷，示意王嬪接著說下去。

王嬪低頭抿嘴一笑，應邑和方皇后已經勢如水火，如果惠妃之事和應邑有關，那應邑在外頭和男人牽扯不清，關係曖昧，就會成為方皇后手裡的那把刀。大周雖然男女大防已經減弱了很多，但是寡婦與男人偷情，還是會被千夫所指，重則會被浸豬籠，輕則……王嬪莞爾一笑，沒有輕的，皇家鬥爭哪裡來的退路？

「二皇子心裡頭好奇，便去街坊四鄰問了問，問不出名堂來，就守在路口，總算是逮了一個馮大人府上的丫鬟出來，一問，這才知道應邑長公主三天兩頭便往馮大人府邸上跑，這幾日更甚了。」

王嬪的聲音淺淺淡淡的，廊間裡的行昭面無表情，手卻緊緊地摳在黑漆粉彩炕桌的邊上。

二皇子能為了問薄娘子事件的最終結果，暗地操作將行明變成二皇子妃候選。他那樣好奇又較真的個性，難保不會因為一時的玩心，就蹲在馮安東府前幾天，只為了落實自己的猜測。

王嬪的話，無疑為行昭打開了一扇大門。

「王嬪也算是宮裡頭的老人了，應當知道哪些話當說，哪些話不當說。長公主喪夫也有一年了，太后最近急得不得了，和皇上敲了警鐘，又來和本宮敲，說是要品貌過得去，身分也夠，年紀大些也不要緊的好男兒。」方皇后端端地坐在上首，手裡反覆地將絲帕蓋在臂上，如玉清透碧綠的絲帕襯在品紅蹙金絲的衣裳上，倒也好看。

方皇后眉目帶愁，輕抬了眼。「可這樣的男兒漢，還要沒有家室的當真難找。是先細細地幫著應邑長公主選了夫婿，還是先劃定二皇子妃的人選，本宮一時間也拿不定主意了。」

王嬪心頭一跳，皇帝雖說不常來鳳儀殿，可他心裡頭對方皇后的尊敬和信賴，她卻看得清清楚楚。

「馮大人是梁將軍早逝妹子的夫君，梁家的女人們個性都強悍，自然找夫婿的時候願意往低處找，故而馮大人雖是兩榜進士出身，可家底實在不厚，馮家卻並不顯山露水……」王嬪有些遲疑地說。

福至心靈，王嬪突然明白了方皇后說那番話的用意，借力打力。給應邑找個家世低一點的夫家，又何嘗不是另外一種形式的報復！

「月有陰晴圓缺，圓滿了這頭，那頭難免就會有缺憾些。」王嬪言語有了些興奮，這倒好，兩處都不得罪，兩邊都是同一個目標！便興致勃勃地又言。「馮大人除了身分不夠高，全都符合了擇婿的標準，甚至前頭那位連一男半女都沒留下。馮大人雖然只是個御史大夫，可奈何長公主與馮大人兩情相悅，太后娘娘若是再肯賜個出身，可真就是有情人終成眷屬了。」

方皇后將帕子一點一點地伸展開來，輕輕點了點頭。「妳也是當母親的，就應當知道自己定下的標準與孩子們心儀的標準發生衝突時，一顆慈母心總會妥協，畢竟自己孩子高興才是真正高興不是？應邑長公主是顧太后的老來女，雖然與本宮多有不對盤，可本宮到底是嫂嫂，總是願意看著她高高興興的，如果嫁的是馮安東，本宮不就更高興了？」

行昭在隔間安安靜靜地聽，心裡的澎湃與激動分毫不少，方皇后三言兩語就將王嬪由這一個歧途引到了另一個歧途裡。

行昭低了低頭，手心裡直冒著汗，她打的主意與方皇后很相似，她卻自詡做不到像方皇后那樣，話說一半掖一半，別人卻總能往自己預想的那樣去猜沒說的那另一半話。

果然，王嬪自以為聽懂了方皇后的意思，語氣十分雀躍，行昭能從裡頭聽出顯而易見的笑意。

「應邑長公主的婚事有了著落，皇后娘娘總算是能騰出時間來操心二皇子的親事了吧！」

「上回平陽王府春宴，平陽王妃入宮的時候倒是說了幾個出眾的小娘子出來。」方皇后投桃報李，從善如流。「安國公石家的長女、信中侯閔家的姑娘，還有陳顯陳閣老的嫡長女，都不錯。只可惜臨安侯家二房賀環的差事不夠高，否則賀家三娘子也是個不錯的。」

王嬪喜出望外，想起兒子像哈巴狗似的一眨一眨眼睛，求著她一定要是閔家的姑娘，信中侯閔家如今可是和方家連得死死的，一旦上了一條船上，想下來就不是那麼容易了！

可方皇后將才那句話說得也好，當父母總是妥協在兒女的要求下，無條件的、歡天喜地的。

「閔家的姑娘就很好！信中侯和方將軍在前線奮勇殺敵，可謂是一門忠烈！」王嬪迅速做出了選擇，就算方家的罪名最後落實了，信中侯一個護軍能承擔多大的罪？閔家的姻親遍布定京城，二皇子缺的是什麼？不就是人脈和關係嗎？再加上二皇子自己喜歡，做父母的就該認認真真地爭上一爭。

方皇后難得地笑靨更盛，點點頭，又同王嬪商量起另一件事。「索性請了這幾家到宮裡來，本宮瞧一瞧，皇上瞧一瞧，妳是二皇子的生母也應當來看看，再請上平陽王妃、幾位長公主作陪，也表示一下對這件事的重視。畢竟二皇子是皇上頭一個兒子，皇上嘴上不說，本宮卻知道皇上心裡是極重視二皇子的。」

王嬪連連點頭，又聽了方皇后滿含寓意的後言，更是心花怒放。

無論再沈穩自矜的人，碰上這麼大一塊餡餅的時候，也很少有不動心、不開心的。可惜，人一旦陷入盲目的歡欣中，就很難不出錯了。

王嬪歡欣鼓舞地離開了鳳儀殿，沒了外人，行昭便將幃帽摘了下來，素手親打簾，率先入眼的便是擺在炕桌上的那尊前朝青花瓷花斛裡斜斜插上的幾枝多重瓣西府海棠。

「海棠無香，可惜了長得這樣好看，可見世間的事大多都是不圓滿的。」行昭邊說著話，邊去摘下一朵，幾步上了榻前，垂下眼瞼，輕手輕腳地別在方皇后的襟口處。

品紅繡雲紋白鶴蹙金絲的右衽大袍，與胭脂點點的海棠花相映成趣，方皇后多用端莊秀麗的飾物，西府海棠幾瓣綻開，倒是徒增明豔。

行昭退後幾步，細細看了看，笑著說：「好看！姨母多穿穿胭脂色的衣服。您皮膚白，襯這個顏色也好看！」

方皇后心裡的盤算愈漸明晰，不欲與小外甥女計較，笑著招招手，示意行昭過來偎著，口裡邊說：「剛剛聽見了？」

行昭笑著點點頭，順勢坐在榻前，高聲說道：「聽見了！」又瞥了瞥在方皇后身後服侍的蔣明英，再四周環視一圈，壓低了聲音。「將才林公公急急匆匆地進宮來，您的行早禮卻還沒結束，阿嫵便請了林公公去瑰意閣歇腳。」

方皇后似是了然，輕輕點了點頭，笑著說：「怪道妳在行早禮中途闖了進來，林公公同妳說什麼了？」

若說大夫人帶給行昭的是一種寄託和支撐，那麼方皇后就帶給了行昭一種從未有過的保護與理解。

這是前一世所沒有的。前世裡母親的死輕描淡寫，吞金暴斃在房裡。方皇后想要為胞妹討一個公道，也無濟於事。這是自盡，而非他殺，怎麼同賀家理論，怎麼站得住腳？

而這一世，母親的死轟轟烈烈，顧太后詭異的插手，應邑的急功近利，還有飲藥而去的死法，讓方皇后的鬥志燒得高高的。

行昭心裡頭這樣想著，嘴上卻沒停，湊近方皇后的耳邊，慢慢說來。

「林公公也說了應邑長公主這幾日出入馮府甚密的消息，還帶來了一個天大的消息……」行昭頓了頓，壓抑住心潮澎湃。「應邑長公主素來喜香，甚喜氣味濃烈的薔薇香，可長公主府裡，一連兩個月一炷香、一爐香都沒有點過！」

方皇后一怔，如果這也算作是異常……

望著外甥女神色飛揚的臉龐，方皇后不禁一笑，復而斂了笑，亦壓低了聲音，帶了些縱容。「沈穩些，泰山崩於……」

「姨母，應邑長公主是有孕了！」行昭眼眸亮極了，等不及方皇后一句話說完，緊緊接上。「阿嫵聽說世間有些女子懷著孩子吃不得魚，也聽說過有些喜歡吃酸的，有些喜歡吃辣的，而有些女子卻對味道異常敏銳！」

「不能僅僅因為這個原因就認定應邑有孕。」方皇后冷靜出言，眼神平靜地看著行昭，再重複了一遍。「必須要有證據，不管是太醫掌脈、拿到安胎藥的方子，或是得到應邑親口承認。」

行昭被方皇后的冷靜感染，眼神落在方皇后襟口處斜插著的那枝胭脂點點的海棠花上，整理了思緒，再緩緩開口道：「應邑趁舅舅生死不明的時候下手，更逼得臨安侯親自動手，可是歸結成看準了時機，也可以看成是急不可耐。」

方皇后靜靜地聽著。

行昭一抬眼，抿了抿唇。「我們只能猜測應邑長公主懷了孩子，要靠什麼來證實呢？自然是要由太醫診脈，或是她親口承認，可她這兩個月除了去惠妃宮裡傳遞消息，再就是去慈和宮。她能瞅準了時機，我們為什麼不能瞅準時機扳回一城？」

行昭說得隱晦，可方皇后卻聯想到了王嬪所言，冷靜的眸子陡然亮了起來。

四月的風輕輕的，吹不皺一池春水，可如果有人推波助瀾，想要重歸平靜，似乎也有了些難度。

得了帖子和平陽王妃的准信，定京城裡自然是幾家歡喜幾家愁。

閔夫人雙手合十，幾乎喜極而泣，皇帝還願意考慮閔家，就說明信中侯還沒有被厭棄，心頭穩了些，又教導長女閔寄柔。「賀家一連出了那麼些事，方皇后心裡糟心著呢，這時候還要操心庶長子的婚事，一定加倍地不痛快，到時候少和王嬪說話，阿嫵一定也會去，妳就拉著阿嫵說話便好了。」

唸叨起行昭，閔夫人便擔憂起了行昭的傷，又想起那日行昭被接走後，賀太夫人說的那番話——

「這是皇后娘娘在給行昭做臉，行昭姓什麼？姓賀！不也是在給我們賀家做臉？這是天家恩典，看得起咱們呢！」

將一件很打臉的事，幾句話就說成了天大的恩典。

誰又敢說句不是？

「妳和阿嫵說話的時候多說說好聽的，住在姨母身邊，總比住在……」閔夫人吞下了後一句話，賀家一向以謙和低調的態度示人，可惜不是有句話叫做，金玉其外、敗絮其中嗎？如今的事可以說成是巧合，可定京城裡能立住腳的哪個不是人精？誰看事情不會往下想深一層？

閔夫人看了看長女如蓮花般白淨的面龐帶著幾分不解，輕輕嘆了口氣，揭過此事不提。

鳳儀殿裡，安安靜靜的，氣氛溫馨且安寧。

「八道冷碟，八道熱盤，一個鍋子，再加上清燉鮒魚片，這是安國公家的娘子喜歡的，加個胭脂薔薇蜜鴨脯，這是陳閣老的娘子喜好的。最後再上一道碧水凝露羹，當作是飯後的清熱爽口。」蔣明英看著冊子朗聲唸著，唸完後邊扣上冊子邊抬起頭來繼續說道：「司樂坊那邊點了一折【破冰傳】、一折【黃香記】，還特意請了柳文憐來唱。」

方皇后靠在暖榻上，聽蔣明英說完，來了興致，問道：「三家都遣了人去問了？」

蔣明英笑著點點頭，說道：「那兩家娘子的喜好倒是沒費什麼工夫就打探出來了，閔家娘子卻問不出個所以然來，喜歡吃什麼、喜歡什麼花、喜歡什麼顏色，一概不知。」

行昭坐在下首，將手裡正做著的針線放下，捂著嘴笑。「阿嫵認識寄柔姊姊也有些年頭了，仔細想一想才發現，還真是不知道她究竟喜好些什麼。送赤金的也喜歡，送玉的也喜歡，送珍珠也喜歡，分不出有什麼特殊。」

方皇后點點頭，由此可見，閔家娘子要不是個極其隨和的人，要不就是個極其克制的人。前者好相處，而後者卻是表面看上去好相處。

能控制自己喜好，不將它輕易表露出來的人，對別人的戒備常常比想像中更深。

也好，二皇子是個藏不住事的，娶個這樣的媳婦，倒也算互補了。

方皇后又讓蔣明英將宴請的名冊呈上來，一行一行地看過去，點了點頭，又讓丫鬟送下去給行昭看。見行昭看得仔細，便言傳身教地講解道：「請宴既要請會說話、長袖善舞的，也要請性情沈穩的，否則難免顧此失彼，幾個人就爭了起來。最好請幾個相互之間相熟的，再請一些和她們單個、熟的，這樣場面也就不會冷下來。」

行昭手裡握著薄薄的那張紙，耳邊聽方皇后的諄諄教誨，心裡面只剩下感激。

「請客也要按照主人家的個性來排，我是個不會說話的，但是我身分又高，尋常人也不敢同我說話，長久下去，在別人心裡就會落個刻板無趣的印象來，做皇后刻板無趣也不算太大的錯處，但如果皇帝喜歡的是溫和敦厚的人呢？所以這時候就要請來和我親厚、又善於說話的人在一旁幫腔了，如果實在是覺得自己失了禮數，就在事後挨個的安撫或賞賜。」方皇后語氣平穩，這是在教行昭為人處世。

行昭耳裡聽著，眼裡看著紙上的人選，最後幾行字裡，赫然有應邑長公主，還有幾個太后那一輩的大長公主的名號。

行昭一愣，請來應邑的目的，她心裡頭清楚，卻很好奇請來幾位大長公主的目的。「林公公好口才，將一連幾月都閉門謝客的應邑長公主，還有萬陽大長公主、平陽大長公主都請動了。」

方皇后一笑，蔣明英抿著嘴上前來回話。「這便是將才皇后娘娘說的那個道理了，請來位分高，擅於說話、又喜歡說話的人在身邊幫腔，才不至於讓場面僵下來。」

行昭一瞬間就明白過來了，顧太后出身不高，一步一步爬到這個位置，萬陽大長公主是先帝的嫡姊，是顧太后的大姑子，一向瞧不上出身小家子氣的顧太后，自然便站到了系出名門的方皇后這邊來。

而平陽大長公主就和顧太后淵源更深了，她是先帝的幼妹，顧太后連自己的庶女都不太管，一股腦地丟給方皇后。那自家的庶出小姑子就根本入不了她的眼了，掌了權後，便草率地給平陽大長公主定了門親事，匆匆地將她嫁了出去，哪曉得那男人窩囊無能，一巴掌打不出三個屁來。平陽大長公主自詡一生都過得不順，到了晚年就養成了刻薄愛說話的個性，並將一輩子的坎坷都歸結到了顧太后身上。

這兩個輩分高、又喜好說話的女人在，還怕有事情傳不出去？

行昭笑著將紙還送給蔣明英，連連稱是。

又聽蔣明英絮絮叨叨地在商議那日殿裡是用薔薇香還是沉水香時，看見一個小宮人顫顫巍巍地巴著門框，探出一個頭來，見行昭看見她了，便喜出望外地向行昭招了招手。

行昭向方皇后望去，方皇后先抬了抬手示意蔣明英先別說話，看了眼那宮人，又笑著向行昭頷首。「出去看看吧，是淑妃宮裡頭的丫鬟，想是歡宜找妳有事。」

德妃那天的話一落，第二天歡宜公主的帖子便送到了行昭的手裡頭，一來二去，雖說沒成就和行明一樣深厚的情誼，但也算是交上了面子情。

行昭笑著應了，起身福了福，便往外走。

淑妃住在重華宮，是個極為省事的人，守著自己的兩個兒女過小日子，方皇后連淑妃宮裡頭的小丫鬟都認得清楚，可見兩人的來往密切了。

小宮人在前頭佝著腰走，十三、四歲的模樣，眉眼都還沒長開，行昭跟在後頭沿著紅牆綠瓦的腳下走。行昭傷了臉後，心裡又藏著事，原本性子裡的固執與自傲卻被逼了出來，日日躲在方皇后的宮裡頭，也不常出來。

可前世的記憶還沒有消去，四周看了看，她也知道這不是往重華宮去的路！正要停住腳步，卻見到前頭長亭裡有個身影，穿著寶藍色直綴，頭髮上簪著一支刻著蘭草的沉木簪子，面背小徑，也不知在想些什麼。

行昭心裡十分的疑惑，按捺下思緒，提著裙裾低低福了身。高聲喚道：「臣女給六皇子問安！」

六皇子周慎被小娘子的聲音驚了一驚，隨即便想明白了，轉過身來，沈下聲音。「溫陽縣主起來吧。」

宮道裡有守值的丫鬟和內監，聽見了這邊的響動，更收斂起了動作，一動不動地站在原地。

行昭起了身，垂了頭就不說話，她與六皇子並沒有交集。不對，除了鄭家的那個婆娘來鬧事，六皇子陪著二皇子在窗櫺外頭靜靜聽的那一次，他們算是十分的陌生。

小娘子刻意揚聲，也不曉得是在避諱些什麼，還怕自己將她扛出去給賣了不成？

六皇子蹙著眉頭胡思亂想著，卻兀地想起正事來，壓低了聲音，說道：「二哥不好過來，便讓慎來同溫陽縣主說幾句話……」說到這裡，沈穩的少年郎難得地紅了臉，結結巴巴地硬著頭皮說下去。「二哥想請溫陽縣主照料著閔家娘子一些，這是閔家娘子頭一回入宮覲見……」

話到這裡，六皇子說不下去了，又想起薄娘子事件時，眼前的這個小娘子表現出來的果敢和伶俐，又想起定京城裡的那些猜測和傳聞，再看到小娘子臉上那道若有若無的疤，從袖子裡掏出一盒黑漆廣彩小匣子，遞到行昭眼前，乾脆岔開了話題。「回春堂的大夫自然是比不上太醫院，可這雙凝膏卻是夙負盛名。宮裡人不信外頭的東西，反正是多個選擇多條路，溫陽縣主試幾天吧，若是好就繼續用，若是不好便不用就是了。」

行昭愣愣接過，比起二皇子對閔寄柔前世今生態度的大轉變，六皇子的突然示好更讓她不知所措，卻福至心靈地想到開頭二皇子的所託，笑著將小匣子握在手裡，又福了福身。「閔家姊姊一向和臣女交好，二皇子不來交代一聲，臣女還能為難閔姊姊不成？」

再看六皇子窘迫的樣子，也是，一個少年郎被人託付著去向另外一個女子述說情事，難免有些不好意思。

「臣女萬分感激二皇子的掛牽。有時候民間的東西更傳世、更牢靠，臣女一定會用的。」二皇子求人辦事，還曉得送個東西，行昭心裡頭在笑。

兩世為人，更覺得少年郎和小娘子的心思既讓人會心一笑，又讓人覺得美好。

六皇子垂了眼瞼，嘴角是掛著笑的，對行昭的回答不置可否，擺了擺手，便道：「溫陽縣主快回吧，免得皇后娘娘擔心。」一話說完，便疾步往西邊走。

行昭手裡攥著做工精細的小匣子，看著六皇子離去的身影，不由笑了笑，至少閔寄柔的命運變得比前世好了，那是不是就意味著其他的事情都會跟著出現轉機呢？

# 第二十九章

宴請定在四月初十，和定京城的宴請規矩大致相同，晌午聽戲，晚上賞宴，除了給那三家下了帖子，其他來的都是皇親貴胄了。

請的人說多不多，說少不少，二皇子的身分特殊，皇帝都捎了信，說是晚宴的時候過來露個臉，這是給二皇子做足了臉面了。

自鳴鐘鐺擺堪堪地敲了十二下，王嬪最早，穿著件丁香色素面妝花褙子，清新雅致，柔順地避開了方皇后的風頭，在髻間簪了朵嬌豔的秋海棠，本就身形嬌小，如今看起來水靈靈的，壓根兒就不像要娶親的小郎君的娘。

王嬪一進門行過禮後，便四下瞧了瞧，臉上一展顏。「嬪妾倒成了來得最早的了。」又看素日都在皇后跟前的行昭也沒了蹤影，邊落坐邊笑說：「嬪妾將才還在疑惑著呢，怎麼一路過來沒聽見那道清清泠泠的聲音，原是溫陽縣主不在。」

「怕沖了二皇子的喜氣。」方皇后難得地揚了聲調，眼朝花間裡頭瞧了瞧，輕笑著又道：「過會兒等人來齊了，叫她出來問個安就行了。聽戲在暢音閣裡聽，離東所也近，讓二皇子過來給幾個姑母和姑奶奶問個安。」

王嬪連連稱是，她這輩子最得意的事就是生下了皇帝的第一個兒子，就像商人做生意似的，誰不想將自個兒最得意的東西擺到檯面上來啊！

「過會兒應邑長公主也會來，這幾天她沒進宮，本宮便派人去和她通了個氣。到底她與馮大人的事還沒擺上檯面，貿貿然地說出來也不大體面。」方皇后眼瞅著腕間的那方水頭極好的翡翠鐲子，淡淡地說：「但不是還有句話叫時不我待嗎？若是晚宴的時候能抓住個機會，我起頭，妳幫腔，或許就將這事給說成嘍。就算過後顧太后心裡惱火，皇上也得要偏袒著自家胞妹不是？到時候也算是妳我功德一件。」

王嬪腦裡轉得飛快，應邑與馮大人有情，卻顧忌著顧太后的反對，到晚宴的時候皇上也在，若是自己能幫個腔搭個話，做成了這件事，應邑長公主不得賣個好給自個兒？方皇后不得記著自個兒的情？就算是顧太后秋後算帳，不也有皇后在前頭頂著，又有皇上的點頭。關她什麼事？越想越覺得這事能做。

「如果皇上也惱馮大人配不上長公主，咱們還在推波助瀾，會不會覺得咱們是居心叵測呢？」王嬪遲疑著問道。

方皇后輕輕一笑，一把將腕間的翡翠鐲子撩上去，笑著說：「皇上怎麼會這麼想？一個是皇后，是做嫂嫂的；一個是皇長子的生母，兩個人合起夥來去算計一個長公主？她有什麼好叫人算計的？咱們也是送佛送到西。雖說咱們大周的公主活得都肆意，可若是應邑長公主一時遭男女之情蒙了眼睛，超出了底線，吃苦的是誰？還是她自個兒，也累得咱們皇家的名聲有了瑕，還不如咱們找個由頭說出口來。早早成了，既避免了公主名譽有損，還能讓應邑記著咱們的好，又做了月老積了福分。」

王嬪側著頭，細細想著。

「退一步說，天塌了總還有本宮頂在前頭。妳可記著呢，可是你們二皇子撞破了自家姑姑進出馮家大門的！」方皇后臉上是笑著的，手一下擱在了小案上，鐲子撞在黑漆螺鈿花鳥木邊上，悶悶「鏗」了一聲。

行昭身上帶著孝，避在花間裡，隨著那聲悶響，肩一抖，食指被針刺破，流出了一滴鮮紅的血。行昭愣愣地望著那抹殷紅，半晌沒回過神。

王嬪心頭一凜，垂下眼瞼低眉順目，二皇子的親事還沒定，左不過是幫腔添油的事，若成了，應邑高興、皇后高興。若不成，至多就是皇帝嫌自個兒多嘴多舌，能有什麼天大的錯處？女人活到這把年紀，靠的從來就不是枕邊人，而是自個兒兒子了。

王嬪的靜默不言，被方皇后當成了默認，笑了笑，又將話轉到了下半年的黃道吉日上去。

說話間，安國公家的、陳閣老家的、信中侯家的就陸續到了，幾位長公主也腳跟著腳地來了，長在方皇后跟前的九娘欣榮長公主挽著平陽王妃進了鳳儀殿，一進來各家見過禮後，便直嚷著要見行昭。「可見嫂嫂是個藏私的，往前我住鳳儀殿的時候可沒見嫂嫂藏著捂著，不讓人見我，如今卻將溫陽縣主藏得嚴嚴實實的，不讓人瞧！」

欣榮長公主不過十七、八歲的年紀，長得是杏眼濃眉，跟方皇后很親暱，年初沒進宮是因為新嫁娘頭一年過年要在婆家守著，如今接了帖子就急急慌慌地要進宮來。

方皇后待這個如同女兒的小姑子十分親厚，端著身子笑嗔道：「欣榮一來就挑事！王嬪可還在這呢，要是王嬪不怕溫陽沖了二皇子的喜氣，就讓她出來和妳們見個禮。」

話音一落，幾家的小娘子臉紅的臉紅，垂首的垂首，相互看也不是，不看也不是。

倒叫欣榮笑得不行，拿話去慫王嬪。「二皇子是天潢貴冑，福氣重著呢！哪裡會遭一個小娘子沖了喜氣，王嬪是個敦厚人，一定不在意的。」

王嬪笑著搖頭附和，她出身不好，今兒個雖說她是主角，卻還是習慣性地避在旁人的風頭下。

還沒待皇后出聲，欣榮便笑著讓人去花間請行昭出來。

行昭一撩簾子出來，鶯鶯燕燕身上帶著的香味被暖氣一熏更加濃烈了，挨個地埋頭行了禮，行完禮一抬頭便看見了規規矩矩坐在閔夫人身側的閔寄柔，這廂卻被欣榮長公主拉了過去。

「養在嫂嫂身邊的小娘子那可真是頂個的水靈！」欣榮的語氣誇張且歡喜，手牽過行昭，喜孜孜地望著她，目光卻有意識地避開了行昭臉上還沒養好的那道疤。

行昭心頭一暖，欣榮的細心和貼心讓行昭感到舒服。

平陽王妃便跟著笑得靠在椅背上，指著欣榮說：「看這個拐彎抹角誇自個兒的沒臉貨！」話音還沒落，外頭就響起了一個清清泠泠的聲音——

「龍生龍，鳳生鳳，也只有九妹才會睜著眼睛說瞎話，溫陽縣主臉上那麼大塊疤，妳瞎了，旁人可沒瞎。」

方皇后容色一斂，看見一個穿著水紅色杭綢褙子，下頷有些腫的應邑踏過門檻進來，復而又勾唇一笑，連聲招呼著。「連請了妳幾次，妳都推了，這樣大好的事，從前可沒見妳不上前來湊一頭呢。」

應邑面色不太好，沈著臉入了內，滿屋的芬馥叫她聞起來卻像是噁心人的臭水溝似的，沒心情搭話。

中寧長公主在旁邊攙她，應邑敢甩方皇后臉子，她卻沒這個本錢甩，忙笑著回。「她身子有些不妥當，可一想今兒個可是大事，便拖著身子過來了，嫂嫂莫惱。」

有孕的婦人前三個月瞧不出什麼端倪來，腰身還是照樣的細，可原來巴掌大的小臉如今卻肥了半圈。

方皇后心裡落了底，眼卻移到了被欣榮攬著的行昭身上，小娘子還在服喪，穿著素青碧顏色的高腰襦裙，乖巧地梳了個雙丫髻，神色淡淡的，瞧不出喜悲來，方皇后不禁心頭大慰。「本宮有什麼好惱的，萬陽大長公主和平陽大長公主年歲有些高了，心裡頭都牽掛著，說是晚宴的時候過來，應邑總比幾位姑母來得早不是？」

應邑本就心裡頭煩悶，被方皇后一激，情緒就更低落了，方福生的兩個孽障，一個跑了，另一個卻還俏生生地站在她跟前！

而賀琰的態度明擺著是想自己生的孩子一出生就擔一個私生子的名頭，生生矮了那兩個一頭！便頓時如鯁在喉，方禮一向是個面苦心苦的，擺這麼大的架勢，就為了個庶長子選妃，自個兒還非得要買她的帳過來！

中寧還這樣勸著。「不就是走個過場，能有多少時間，就當是聽了場戲，吃了個飯，妳都有多少時間沒出外應酬了，上回我見著中山侯夫人，她還問妳來著呢，就怕妳是生了場病。再說兩個輩分高的都去，妳我不去，難免落人口實。」

應邑不怕落人口實，卻怕遭別人看出了自個兒深居簡出的端倪來！

有孕本就讓人渾身上下都不舒坦了，如今還要在方福姊姊的手底下說話，應邑感覺喉嚨裡像含了隻蒼蠅似的。

「本就是嫂嫂不懂事，兩位姑母都是多大年歲的人了？還拿二皇子的事去打擾。」應邑冷哼一聲，斜靠在椅背上，她心裡不舒坦別人也甭想舒服。「二皇子是什麼出身？您自個兒拿著畫冊選了選，隨手指一個不就好了，搭著大戲臺結果只唱黃梅，也不是我說您，嫂嫂也做得有些太過了，有些人是受不得抬舉的！」

這是母親去後，行昭頭一次看到應邑，自應邑進來，她一顆心就緊著，手縮在袖裡恨恨地攥成拳，恨不得衝上去將這人一張嬌媚的臉劃花，一雙細細塗著口脂的唇扯爛！

可應邑這番話一出口，行昭的心卻陡然放鬆下來，多行不義必自斃，這分明就是老天爺賞的機會。

果然，一番話說得整間屋子陡然靜了下來。

王嬪頭一個垂下頭，眼瞼微斂，瞧不清楚神色，行昭卻明顯看見她在侷促不安地揪著手裡頭的帕子，幾家娘子夫人也都容色斂了起來。

安國公石夫人這是第二次吃應邑的排頭了，二皇子選妃代表著什麼，有一半的機會代表著定下了往後的皇后娘娘。哪家不日日燒香拜佛，就想這機會落到自個兒腦頂上來啊！

應邑那幾句話說得，將在座的幾家人放在哪裡了？這擺明了就是在赤裸裸地打幾家人、連帶著王嬪的臉面嗎？

石夫人抿了抿唇，面色鐵青想要開口，卻被欣榮長公主搶了先。

「三姊最懂事，一來便嗆得嫂嫂、嗆得這一屋子裡的人沒話說。」欣榮語氣清泠泠的，仍舊是一張笑臉樂呵呵地望著應邑——妳是皇后養大的，我也是皇后養大的，誰瞧不起誰？

沒待應邑說話，欣榮便笑著上前挽了方皇后，嗔道：「不是說請了柳文憐嗎？怎麼不讓唱【紅豆傳】？綿綿長長的，聽起來像唱進人心窩子裡去似的。」

「皇后娘娘是什麼性子？最討厭聽人哭哭啼啼的，柳文憐可不只聲音是綿綿長長的，過會兒妳可瞧好，一雙水袖也甩得好極了！」方皇后沒接話，平陽王妃笑呵呵地打著圓場，她可是應邑的嫡親嫂嫂。

應邑橫了欣榮一眼，卻遭中寧緊緊拉住了衣角，又聽中寧湊過耳輕聲說著。「忍一時風平浪靜，妳哪回打嘴仗打贏過皇后的？」

應邑手輕輕地蓋在小腹上。心裡頭卻想著大夫的話。「這把年歲的生養本來就難了些，加上這胎又有些不穩當，還好公主的身子骨還算強健，靜靜養著，別輕易動氣、動怒，養足月生下來定是個身強力壯的大胖小子。」應邑忍了忍，更覺得鼻尖的芬馥讓人噁心，一拂袖便往暢音閣揚長而去。

方皇后口裡在同平陽王妃寒暄，時不時溫聲詢問一下幾家的娘子，餘光卻瞥向忍著氣出門的應邑，便止了話頭，笑著同眾人說了句。「點了兩折戲呢，人齊了便趕著快過去吧。」

行昭身上有孝，禁絲竹靡靡之音，便被留在了正殿裡頭。

閔寄柔隨著眾人往外走，時不時地往回看了看，眸子裡頭帶著關切。
行昭抿唇笑了笑，衝她擺了擺手，叫她只管去。
鶯鶯燕燕一群人一走，大殿裡頭頓時空了起來，蔣明英被方皇后留在了殿裡安排晚宴的事宜，大殿裡沒人。行昭便盤腿坐在炕上，拿了本書邊看邊和蓮玉有一搭沒一搭的說著話。
蔣明英風風火火地一進一出，手裡頭拿著冊子在校對，口裡邊唸叨著。「香爐用鎏金貔貅四角爐，點沉水香，再從庫裡搬八張黑漆螺鈿紋方桌出來，壁櫃上擺甜白瓷牡丹舊窯花斛……」一邊說著邊抬頭，卻看見壁櫃上擺著一尊天青藍暗釉廣彩雙耳瓶，不由得一氣，喚來小宮女，指著罵。「冊子上是怎麼寫的？是瞧不懂字還是看不清名？裡邊是要插大紅色的西府海棠花，妳卻用天青色，叫別人看見了，怎麼說我們鳳儀殿？紅配綠，醜得哭！」
那小宮人喚作碧玉，眼裡含著一泡淚，可憐巴巴地望著行昭，溫陽縣主一向性情溫厚，也只能朝她求救解圍。
蔣明英是皇后身邊的姑姑，是掌事，被她拿手點著頭罵，是小宮女的榮幸。行昭耳朵邊聽著蔣明英拿著細聲細氣的語氣去教訓宮人，便覺著樂，笑著招手將碧玉喚過來。「名字裡頭有碧，就什麼都願意放青色？那蓮玉名字裡頭有荷花，蔣姑姑名字裡頭有花的蓓蕾，她們就儘管放荷花和蓓蕾的東西了？」
傷筋斷骨一百天，蓮玉的腿腳還沒好利索，可今兒個的事大，行昭放心不了蓮蓉在身邊，便點了蓮玉跟著。
蓮玉一聽笑了起來，蔣明英見行昭接過話茬去，又說得輕快，不禁也跟著笑。

那小宮人破涕為笑，又不好意思起來，怯怯地踮著腳去搆上頭那個雙耳瓶，又抱著去庫裡換。

行昭笑著看一番動作，邊轉了眼同蔣明英說著話。「煩勞姑姑給阿嫵瞧瞧預備下的香吧？」

蔣明英應了一聲，從小案上拿了個紅漆匣子過去，行昭單手接過一打開，撲面而來的便是一股濃郁的香氣。

行昭又探頭瞧了瞧，裡頭滿滿地堆了赤的、紫的小錐子模樣的香料，仰著臉笑著同蔣明英說：「姑姑不愧是皇后娘娘身邊的得力人，事一樁一樁地辦得極為妥帖。」

蔣明英嘴角含笑將匣子合上，也不推諉也不自貶。「這樁相看定得急，只能有這麼點時間準備，到時候隨機應變和靈活機動才是最重要的。」

行昭笑顏更深了，又聽蔣明英絮叨起來。「給您獨個闢了間屋子，又特意讓小廚房給您備下了焦邊豆腐果，今兒個您也該換藥了，過會兒張院判過來，就不經過大殿，直接請到花間裡去，您看可好？」

行昭笑著點頭應了。

裡間的準備在有條不紊地進行著，忽然聽見外間傳來一陣急急促促的腳步聲，行昭趕忙下炕趿鞋去瞧。

原是二皇子拉著六皇子過來了。

二皇子一推門，卻發現裡頭只有幾個小宮人在打掃，蹙著眉頭便又拉著六皇子往外走，卻被行昭攔住了。

「二皇子、六皇子，這是在做什麼呢？」行昭目瞪口呆地瞧著這個做事風風火火的愣頭青，又見六皇子沈著臉跟在二皇子後頭，便趕忙招呼。「是來給皇后娘娘問安的嗎？」

小娘子的聲音脆脆的，二皇子本來欲離，卻見小娘子的左臉上還有道疤，不由止住了步子，身子往前探了探，口裡說著。「我就說白玉膏沒用吧！妳且等著，明兒個我就出宮去幫妳買雙凝膏回來。上回我院子裡頭的丫頭遭熱水燙傷了，搽了雙凝膏幾天，全好了。」

行昭已經對二皇子的一驚一乍見怪不怪了。她突然聽出味兒來了，再將眼神落在六皇子身上，一下子就明白了過來。

前兩日送來的雙凝膏壓根兒就不是二皇子的謝禮，是六皇子自個兒買來送過來的！

六皇子唰地一下從脖子紅到了耳朵根上，撇過頭去，手背在身後，眼裡直勾勾地看著雕著博古的飛簷，推了推二皇子，不太自然地說著。「你不是要去給皇后娘娘和幾位長公主問安嗎？她們應該先行一步，已經去了暢音閣了吧。」

六皇子的突然示好，讓行昭有些愣愣的，是在拉攏？還是他想另闢蹊徑討好方皇后？還是僅僅在憐憫她？

六皇子小小的年紀，言行舉止卻讓行昭摸不透，從那次在臨安侯府裡頭他表現出來的冷靜和謹慎，再到素日說話時的字斟句酌，六皇子周慎表現出來的個性讓她看到了賀琰和黃沛的影子，她算是怕了這樣的人了。

避之不及，又怎麼可能願意和這樣的人扯上一星半點的關係？

是拉攏也好，憐憫也好，她都受著，卻無以為報。她一個小小的孤女，除了方皇后的恩遇，再沒有一絲半點能夠讓人有所圖的了。

「是呢，去暢音閣了。」行昭高聲笑道，又言。「您可得抓緊點，別一會兒您過去了，皇后娘娘又帶著幾位姊姊回來了，一來一往可又錯開了！」

二皇子眼睛一亮，掩了口，壓低聲音問行昭。「閔家娘子今天穿了什麼顏色的衣裳？」

「玉色。」行昭笑眯了眼睛，眼神再沒有往六皇子那頭望，語氣輕快。「梳了高髻，裙邊還繡了紅褐色的君子蘭紋。」

這個二皇子，連人家姑娘的面貌都沒記清楚，就瞄上了。處事天真又隨心所欲，平心而論，二皇子實在不適合成為一個帝王，卻能成為極好的夥伴和有義氣的知己。

二皇子笑得眉頭都舒展開了，又扯著六皇子出了院子，直奔暢音閣去，六皇子若有所思地回頭望了望，似是輕笑似是苦笑一聲，便埋首跟在二皇子後頭直直往前走。

暢音閣在宮裡的東北邊，離十二宮都遠，就怕唱戲的擾著了各宮貴人的清靜。

方皇后坐在前頭，手一下一下地拍在案上，眼神跟著戲臺在走，不多時就有宮人過來小聲附耳稟報。「二皇子並六皇子過來問安了。」

方皇后便探身同坐在最右邊的王嬪笑說：「孟不離焦，焦不離孟，說的就是這兩個孩子。老六素日不愛熱鬧的，都跟著過來問安了，可見對這事的掛心。」

王嬪一副與有榮焉的模樣。

不多時，兩個一高一矮的小郎君便被人領了進來，二皇子穿著藕荷色直綴，率先出聲，朗聲行過禮。「兒臣給母后問安，願母后長樂未央！」
六皇子隨在後頭，語氣平和跟著問了安。
兩人又挨個地和坐在座上的幾位長公主和平陽王妃行過禮，幾家的夫人娘子也都起身相互見過了禮。
一路走來，皇后透出的幾句口風讓閔夫人喜氣洋洋的，又見二皇子身形頎長，一雙星眸配劍眉，鼻梁直挺，心裡頭更高興了。
二皇子邊抬眼邊找穿著玉色衣裳、裙邊繡著君子蘭的小娘子，一找便找著了，再抬頭一看，果然是她！
面如滿月，杏眼桃腮，身量小小的，整個人看上去卻伸展隨意又安逸極了。
二皇子強抑住心頭的澎湃，朝前拱了拱手，語氣更加柔和。「恪見過閔娘子。」
閔寄柔腳往後靠了靠，再一抬頭，能看見少年像星星一樣閃亮的眼眸，心「怦怦」地跳了起來，手不知道往哪處放了，臉卻自有主張地紅了，忙側開身避開這個禮，結結巴巴地回之。「二皇子安好……」
王嬪立在角落裡，歡喜得眼眶紅了一周，她窮盡一生想要的，她的兒子唾手可得，不對，也不是唾手可得……再拿眼看了看笑著看兩個年少人的方皇后，就算這是一個交易，但也是一個互利吧。
兩人挨個行完禮，又同幾位姑母寒暄幾句後，便起身告退。
眾人的眼神再看向臺上，戲已經到最後一場了，正演到柳文憐歡歡喜喜地穿著大紅色的鳳冠霞帔候在門口，等她充軍遲歸的夫君。

看郎君策馬疾奔歸家，卻只能相顧無言，唯有淚千行。

柳文憐卻出人意料之外地沒有演哭戲，而是笑吟吟地輕撚著水袖，替面前的情郎輕擦去額角的汗，聲音拖得綿長婉轉又柔和深情。「郎去已十載，妾迎望家門。如今郎還歸，妾備飯與茶。」

你走了已經有十年了，我卻日日備下為你接風的茶與糧。你回來我便服侍你寬衣用食，就像你沒有離開的時候那樣。

有時候痛哭流涕，並不一定會讓人憐憫，有可能反生嫌惡。

而有時候沒有眼淚的大團圓劇目，卻不一定讓人歡喜。

這樣的大團圓，看得方皇后的眼裡澀澀的，她無端地想起了自己慘死的胞妹，賀琰到底知不知道他失去了一個怎樣一心崇敬著他的女人？

欣榮先帶頭拍掌，這樣的日子不合適哭出來，只能笑著怪戲臺上的人。「真是聰明！挖空心思地想讓人哭，我卻偏不哭，只叫他們自個兒難受去，賞二十錠銀子吧！」

應邑手裡緊緊攥著蜀繡絲帕，忍著不哭出聲。

方皇后往後蔑了她一眼，揮了揮袖子，高聲說了一個「賞」字，算是對這折戲的最終評定。

戲臺上噼哩乓啷地又忙活開了，戲終究是戲，不可能一直沈溺其中，人生還要走下去，一步一個腳印。

等下一折戲敲鑼打鼓地演罷，各人的情緒也收拾好了，方皇后聽林公公附耳輕語一番，便笑著起了身，欣榮長公主上前兩步扶住，只聽方皇后緩聲緩語地招呼著。

「皇上已經往鳳儀殿去了，兩位大長公主也出了府了，咱們便也回了吧。」

安國公石夫人心頭一揪。這也只有皇家這樣相看兒媳了！平日裡哪家的公公還親身過來相看兒子媳婦兒呀？

「皇上這幾天日理萬機，卻還要騰出時間過來，臣婦於心不安。」陳閣老夫人更敏銳一些，西北是戰是和，皇帝還沒拿出個章程來。可看最後入選的這三家，自家是堅決地主戰，閔家更別說了，信中侯都還在西北沒回來，安國公石家在朝堂上沒實權，說不上話。

三中有二，是主戰的。

這算不算間接地表明了皇帝的態度了呢？

閔夫人走在最後，神色如常，既沒搭腔又沒變臉色。

方皇后心裡卻知道皇帝過來是做什麼。女兒像母親，安國公夫人沈不住氣，陳夫人卻又有牝雞司晨的嫌疑，看來看去，還真是只有閔家最好，這也算是兩個小兒女的緣分吧。

應邑走在後面，慢慢地走，從最初被欣榮激怒，到將才的情緒失控，她感覺自己渾身上下都空空的，腳更是軟得沒了氣力走路。

中寧在旁邊扶著她，湊近耳朵說道：「沒氣力撐著就別硬撐，要不要去太后那邊坐一坐？怎麼這幾天瞧妳臉色，都有些不對勁？」

應邑感覺腰痠極了，卻咬著牙搖頭。

方皇后是個多精明的人，給她一個一，她能猜出十來。

天色沈了下來，小宮娥在前頭一人手裡拿著一柄長長的六角宮燈，廊間高高掛起的琉璃宮燈將走廊照得明明亮亮的，待一行人到了鳳儀殿，裡間的擺設已經規規整整的了，貔貅瑞獸的香爐擺在花斛旁邊，裊裊飄起來一縷青煙。

蔣明英立在門廊裡，身後跟著兩個留著頭的小丫鬟，見是人回來了，揚聲喚道：「掌燈！」

便有幾個留著頭的小宮娥躡手躡腳地進了裡間，又有兩盞紅彤彤的宮燈搖曳起來了。

一行人進去按著位分坐定，留出一個上首來，又在左右下首留了兩個位置。

沒隔多久，萬陽大長公主和平陽大長公主就相攜過來了，又是一番見禮揭過不提。

等天色完完全全地暗下來時，皇帝終是來了。

今日幾個外命婦就不避到隔間裡頭了，只是將頭埋得低低的，皇帝的眼神從三個小娘子身上掃過，瞧不清楚喜好，沈聲道了句。「都平身吧。」

氣氛一下子變得拘謹了很多，信中侯是和皇帝一起長大的，閔夫人自然是見慣了天威，可憐了安國公夫人和陳夫人，垂下眼瞼，方皇后問一句便言簡意賅地答一句。

幸好還有欣榮長公主和平陽王妃在插科打諢。「我記得以前聽人說，有一回柳文憐去唱戲，中山侯夫人打賞了五十錠白銀，中山侯劉家可真算是有錢了。」

平陽王妃噗哧一笑，回道：「他們家在通州有莊子，在保定也有良田，連在高青都置了產地，他們不富誰富？」

方皇后含著笑靜靜聽著，沈水香安寧沈靜，今日嗅起來又夾雜著一點別樣的回甘，再朝皇帝望過去，見皇帝聽得倒是津津有味，欣榮是放在方皇后宮裡養大，他也一向把欣榮看作像女兒一樣的妹妹，又聽皇帝笑著問：「那妳今兒個賞了多少？」

欣榮瞪圓了眼睛，語氣透著歡快。「整整二十兩！今兒個出來到嫂嫂宮裡頭，身上就沒帶多少銀子，哥哥您看，錢袋子一下空了。我賞了二十兩給柳文憐，您就賞二十兩給欣榮吧！」

皇帝哈哈大笑起來。

皇帝周衡並不是一個平易近人的君王，相比先帝來說，他的君臣之別分得更清，今日過來有對二皇子的重視，對選妃的重視，也有方皇后力邀的緣故。

「您來，臣妾心裡就像有了桿秤似的，皇上本來膝下子嗣就不豐，統共三個兒子。二皇子既是您的長子，又是皇家下一輩第一個娶親的，您不得慎重些？人都是有偏好的，萬一臣妾喜歡這個，那臣妾同您轉述的時候一定是偏向那家娘子的，可萬一您看重的偏偏又是另一個呢？」

一番話說得皇帝連連稱是。

見天色徹底沈了下來，華燈初上，方皇后便笑著讓人傳膳。

講究食不言，寢不語，滿室靜謐得只能偶爾聽見瓷器碰撞的聲音。

時間拖得越久，應邑感到自己越發地撐不住了，腹中絞痛，額角直冒冷汗，她死死咬住唇瓣，不讓呻吟聲溢出來。

皇帝用過一勺清燉鮒魚片後，便揮手示意將這道菜撤下去，餘光卻瞥到幼妹一手緊緊捂住肚子，一手死死扣在桌緣上，滿頭大汗，不禁蹙了眉頭，低聲向方皇后說道：「妳看應邑是不是不舒服？」

方皇后一抬眼，眼神卻自有主張地飄忽到了壁櫃的香爐上頭，聲音漸輕，卻在這空曠的大殿裡顯得清晰且震耳。「應邑，妳怎麼了？是飯菜不合口味？」

應邑忍著痛，正要開口回話，心上卻又泛出一陣噁心，「哇」地一聲歪了頭吐在了青磚地上，侍立在旁的幾個宮人趕忙上前來清掃。

「張院判在哪裡？」方皇后鎮定的語氣讓在場的人原本不安的心鎮定下來。

蔣明英越眾而上，佝身道：「張院判在花間給溫陽縣主上藥。」

皇帝帶了些慶幸地，溫聲急言。「幸好就在旁邊！溫陽縣主的藥晚點兒上不礙事，讓他快過來給應邑長公主……」

「別！」應邑趕忙抬頭，眼神裡閃過一絲慌亂，加重了語氣。「別，只是受了風寒，我去母后宮裡頭歇一歇就好了，別掃了大家的興致！」邊說邊扶過身旁侍女的手起了身。

方皇后蹙著眉頭看，似乎是拿不定主意地朝皇帝望過去。

應邑一起身後，竟惹來欣榮的一聲驚呼。「三姊的裙子後面有血！」

# 第三十章

眾人譁然，中寧哪裡還坐得住，心中念頭千回百轉，應邑陡然的深居簡出，穿著的寬大外袍，長公主府裡明令禁止的不許燃香、不許熏香，哪裡還猜不出來到底出了什麼事！

幾步大跨步上前，一把攙住了應邑，提了提聲量。「說妳糊塗，小日子來了都記不住！」

「小日子來了怎麼會吐？」方皇后肅然立身，緊接著中寧的話，又餘光瞥見皇帝也面露疑惑，便一句趕著一句地說出口。「把張院判請過來。扶應邑長公主去裡間躺著，別讓她胡亂走動！」

場面陷入了詭異的安靜。

蔣明英快步上前，想要扶過應邑。

應邑靠在中寧的身上，心裡頭只有一個念頭，不可以讓太醫過來，否則，紙怎麼可能捂得住火！

「我說了我沒事！」應邑捂著肚子側開身子，一把甩開蔣明英伸過來的手。

皇帝雙手撐膝上，沈吟出聲。「快把應邑長公主扶到裡間去。請張院判過來，獨擅千金之科的王醫正也一併請過來！」

一錘定音。

蔣明英快步往外走去請王醫正，去花間請張院判的碧玉已經斂裙跑沒了蹤跡。

方皇后看了中寧一眼，親身從左側扶過應邑，口裡同在座幾位交代。「病來如山倒，這也不知是怎麼了！欣榮妳先招待著幾位長輩和夫人，本宮扶三娘進去瞧一瞧。」

皇帝隨之起身，問道：「朕也跟著，要不要去慈和宮報個信？」

方皇后微不可見地將眼神落在了平陽大長公主的身上。

「顧太后也是五十來歲的人了，究竟發生了什麼都還沒塵埃落定，去打擾她做什麼？」平陽大長公主邊說邊將手扶在身畔的宮人臂上起了身，婚姻生活的不順利，丈夫的懦弱無能，讓她養成了說話低調的習慣。「也不是年輕媳婦了，做個什麼還需要長輩時時刻刻在旁邊鎮著才安心？我去守著就行了。」

方皇后連連稱是，扶在左邊，中寧在右，一左一右架著走不動的應邑，前頭的人看不見裙上的一灘血慢慢地往四周漾染開來。

坐著的欣榮卻一把將嘴捂住，靠在平陽王妃的身上，腦中閃過一個匪夷所思的念頭，卻不敢說出口。

應邑垂著手，被架在中間，拖著向裡走去。她很痛，養尊處優半輩子從來沒這樣疼過，小腹裡一絞一絞地像是被一雙手一把揪在了一起，一波連著一波，緊縮時的痛苦像潮水一樣向她襲來，腹間瘆疼又脹鼓鼓的，直直往下墜，像是要墜入了無盡的深淵。

欣榮說她裙子上有血，難道她的孩子，只能變成一灘血肉嗎？

她不怕太醫診出喜脈來，她只怕這個孩子沒了。

這是她唯一的孩子，是她與她最心愛的男人的孩子啊！

應邑痛得渾身沒氣力，只能在喉嚨裡發出一道嗚咽的聲音。再一抬頭，已經是滿臉的淚，雙眼迷濛能看見紅彤彤的燈光搖曳在風中。熟悉的、不熟悉的，憎惡扭曲的面孔在她的眼前如同虛影一般相互交錯而過，她癱在中寧的身上，恍惚間像是看見了方福白白圓圓的臉。

方福那個賤婦不是死了嗎？她來做什麼？復仇？她下了地獄，就要把這個孩兒也一同拽下去嗎？

應邑扯開喉嚨尖叫了一聲，手指顫顫巍巍地指向方禮，想撲過去卻險些從中寧的手臂間滑下來，一雙桃花眼睜得大大的，嘴裡囁嚅，聽不清楚在叫些什麼。

中寧將她攏在懷裡頭，一下一下地拍著應邑的背，輕聲安撫著。

方皇后神態自若地吩咐人將應邑抬到炕上，又連聲吩咐人打熱水、上熱茶，先讓皇帝避到了內間，又請平陽大長公主落了上座，這才半坐在了炕邊，拉過應邑的手，發現她手心裡頭汗涔涔的，不由心頭大快。

「妳且忍著點，是吃壞了肚子還是其他的什麼病，咱們都靜下心來好好治，千萬莫要諱疾忌醫。宮裡頭的小娘子從初癸來就月月拿藥將養著，哪會出了嫁小日子一來就疼得上吐下瀉的？」方皇后眉眼緩和下來，溫聲緩氣地勸她。「張院判是本宮素來得用的，王醫正更是皇上欽點的太醫，兩位名家會診，妳只管放心，鐵定診不錯。病多重都不要緊，最怕的就是誤診、延診了。」

這廂是方皇后一人在嘮嘮叨叨，那廂卻能聽見碧玉慌慌張張的聲音。

「溫陽縣主！不好了！張院判……請張院判……」碧玉跑得差點亂了步子，一撩簾子見行昭閉著眼安安分分地坐著，張院判在輕手輕腳地搽著藥，連喘了幾口粗氣，才將話說清楚。

「應邑長公主突發急症，請張院判過去瞧一瞧！」

碧玉話音一落，張院判手隨之一抖，白玉膏清潤的涼意便往下一劃。

「蔣姑姑真沒罵錯妳。」行昭睜開眼，神情不動地先嗔碧玉，又緩緩起了身，笑著同張院判道：「您快去吧，心急火燎地來請您，怕果真是急症！」

張院判佝著腰應了一聲，急匆匆地拾掇了藥箱子，舉步往外走。

「張院判，您等等！」行昭輕聲喚住，張院判的腳步停了停，復而展顏一笑，言道：「醫者仁心，張院判給我上藥的時候，行昭看到的，不是畏縮、不是嫌惡，而是神情專注且眸中有憐憫，這些都僅僅是出自一個醫者對病患至真至誠的關懷，行昭心頭感激。」

張院判聽得很舒坦，心頭卻忍不住狐疑，在這樣刻不容緩之際……

「行昭耳聞應邑長公主一向身子骨康健，如今卻突來急症，來勢洶洶。您一定要沈下心來，堅定地切脈、診脈。行醫問藥最怕的就是誤診，若是因為心裡擔著怕，便將病症藏一半說一半，那害的便是病患自個兒，讓身邊的親眷家人也跟著擔驚受怕，最後大夫自個兒還會落個庸醫誤世的名聲。」行昭話說著，卻像是想起傷心事一樣，嘴角一癟，便嚶嚶哭了起來。「行昭母親便是這樣去的……」

張院判聽得迷迷糊糊，見素來乖巧懂事的小娘子哭得這樣傷心，又覺得行昭十分可憐，轉過身來安撫。「溫陽縣主千萬莫哭，這才搽了藥呢，微臣都記著，若實在是疑難雜症，微臣也不能夠打腫臉充胖子啊，若是診出了病症，那鐵定就是照實說，照方子抓藥了唄！」

行昭淚眼矇矓地點點頭，讓蓮蓉送他出去，扭身便往回走。

蓮玉跟在後頭，似是沈吟了很久，終究問了出來。「姑娘不跟著去瞧瞧？」

「瞧什麼？招呼著大傢伙都去瞧瞧皇家公主是怎麼出醜的？」行昭再出言時，語氣裡已沒有半點哽咽，聽上去十分冷靜。「人都是要顏面的，我一個寄人籬下的外臣女知道了這層皇家秘辛能有什麼好果子吃？姨母不是母親。前戲做足，如今大戲登場，只待各角兒粉墨上演吧。」

蓮玉隔著琉璃窗板，往外望了望，正殿裡燈火通明。此情此景，多像大夫人去時的那個晚上啊。

鳳儀殿五進五出，從行昭待著的花間走到正殿旁邊的裡間，張院判一路上走出了一腦門子汗，鳳儀殿的小宮娥知機，一路領在前頭，自出了花間就再沒說過話。

一進裡間，氣氛沈悶，張院判鼻尖能嗅到淡淡的血腥味，心裡頭一顫，跟著便瞧見了蓋著褥毯臥在炕上、緊鎖眉頭合著眼面色慘白的應邑長公主。

「平身。」方皇后一揮手。止住了張院判的行禮，又加緊道：「快給長公主瞧瞧！一直滲著血，問她肚子痛不痛，她也只說不痛，可這模樣哪像不痛的樣子啊！」

張院判佝著身子，伸手去把脈。

方皇后本是陪平陽大長公主坐在一旁，如今也緩緩起了身，見張院判的神情愈漸凝重，心頭也跟著懸吊吊的，輕聲問：「可是急症？」

張院判如今像置身於火中，又像在凍冰層裡，脈來流利，如盤走珠，指尖在脈上能感到珠子在盤裡滾動時的感覺一樣，應邑長公主的這把脈，分明就是喜脈。

可胎兒的脈動已經變得十分細微了，又聞身後出血，張院判張了張嘴，口中生澀，他竟然在一個寡居的皇家公主身上診出了喜脈！

方皇后問過一遍便沒有繼續問下去了，眼瞧著張院判的臉色從青到白再到青，輕咳一聲，說道：「張院判沒診出來？世事難料，馬有失蹄，人有失手，縱是國醫聖手，也有被疑難雜症困住的時候，可長公主一直在滲血，總要先將血止住吧？」

張院判僵在凳上，腦袋裡一片空白，他兢兢業業、勤勤懇懇一輩子，一路升遷，不僅靠的是他一手精湛的醫術，更是靠他懂得趨利避害，一向離皇家秘辛遠遠的。

懷了孩兒，瞞得過一、兩個月，哪裡瞞得過十個月？瞞得了十個月，到了呱呱落地的時候，又該怎麼辦呢？

張院判發了懵，他知道不將這件事說出來的後果，更知道將事實說出來的結局！

「將話藏一半說一半，害的既是病患，也是病患的家眷，更是醫者自身……」

腦中陡然想起了行昭的話，再抬頭看了看應邑長公主，卻看見了她嘴邊噙著的那抹若有若無的笑，嘴裡囁嚅正想開口，卻聽見了一個有氣無力的聲音——

「張院判，你一定要保住我的孩兒……」應邑嘴角扯開一抹笑，反手握住張院判，聲音低低的，卻含著哀求和決絕的力量。「您沒診錯。含參片也好、喝黃芪也好，求求您一定要保住這個孩子……」應邑的眼淚伴著話聲，簌簌落下，一滴一滴打濕襟口。

「三娘，妳有孕了?!」

平陽大長公主騰地一聲站了起來，鬢間花白的老人家將音量提得高高的。

一陣風「呼呼」地吹來，除了能聽見枝椏晃動的聲音，大殿裡頭的人還聽見了平陽大長公主的這句驚天之語。

平地突起驚天雷，大抵說的就是這樣的場景。

大殿裡頭「轟」地一下炸開了鍋，幾家外臣夫人恨不得將耳朵和眼給捂上。

閔夫人不可置信地朝裡間望去，面色一斂立馬反應了過來，連忙起了身，拉過閔寄柔便要向欣榮告辭。

「應邑長公主突染惡疾，臣婦身為外命婦心裡焦急，只是人都堆在這裡頭，病患最忌空氣污濁……」

欣榮心頭的猜想被證實了，眼從那扇隔板上一閃而過，將才方皇后離開前說讓她招待的那句話，就等於將她放在了鳳儀殿暫時主事人的位置上，面色微沈，一一掃眼過去，腦中電光石火，直覺這件事不簡單。

「幾位夫人就先回去了吧，應邑長公主好與不好，明兒個我都給妳們遞個信。」欣榮臉上稍縱即逝的震驚瞬間換成了嬌俏，邊說著話邊親親熱熱地去挽過閔夫人的胳膊扶著往外走。「妳們家小娘子是個貞靜賢德的，我恨只恨自個兒還沒生兒子……」話裡話外，沒伏筆也沒警告。

閔夫人的心落下一半，再轉頭看了看華燈高垂的鳳儀殿，人來人往的，這等醜事想捂都捂不住。

方皇后是個謹慎冷靜的人，走一步想十步，將才分明就覺出了應邑的不對，還默許這些人都留在殿裡頭，或許她壓根兒就沒想捂住。

石夫人緊緊挽著陳閣老夫人，再將亭姊兒捂在懷裡頭，低聲教訓。「剛剛妳什麼也沒聽見！」

欣榮陪著幾個夫人出殿門，皇后沒出來讓王嬪走，王嬪根本不敢動，斂著頭規規矩矩地坐在桌邊。

萬陽大長公主掃了王嬪一眼，緩緩起了身，扶著宮人的手臂便往裡頭走去，一進去就聽見了皇帝壓抑著震怒的聲音——

「這到底是誰的孩兒！妳若鐵了心不說，朕就一個一個地問，從妳身邊的丫頭到妳府裡頭的嬤嬤，看看是牢裡頭的刑具硬氣，還是人的嘴硬氣！」

萬陽大長公主「唰」地一聲撩開簾子，眼前是狼狽不堪顫顫跪在地上，嚶嚶哭著的應邑，一臉鐵青坐在上首的皇帝，還有面色如常、眼中帶了些憐憫的方皇后。

平陽大長公主見她進來，眉眼一挑，指著跪在地上的應邑，語中有揶揄和鄙夷。

「都說大周朝的公主一輩一輩的有過之而無不及，今兒個算是瞧見了。小娘子嘴硬，只哭著要保自個兒肚子裡的孩兒，餘下的什麼也不肯說，氣得皇帝不行。」

皇帝一聽，更加抿了抿唇，再垂眼看看哭得涕淚俱下，還不忘緊緊捂住肚子的幼妹，氣上加氣，連聲道了幾個「好」，提高了聲量。「張院判，配一碗落胎藥來，藥力要狠，要讓長公主一氣喝下去再沒了後顧之憂！」

「您這是關心則亂，在說氣話呢！」方皇后攔住皇帝，上前兩步輕輕提起應邑的手，素日冷肅的語調緩了緩。「如今在場的都是妳的至親，妳有什麼就說，捂著幹麼啊？妳也是三十歲出頭的人了，今後就算是嫁了人還能有多少機會能懷上孩子？這世上女人家最辛苦的就是一輩子沒孩子。」

方皇后話說到這，神情黯了下來。看著應邑微抖且毫無血色的唇瓣，還有裙後愈漸加深的殷紅，慢條斯理開了口。「皇上是誰？是妳親哥哥，是妳一母同胞的兄長，妳不鬆口，妳叫皇上怎麼幫妳作主？怎麼保妳肚子裡頭這個為父不詳的孩兒？」

應邑一聽，佝下身子捂著肚子，明明就沒了精氣神的人，眼陡然迸發出一道精光，又如同隕落星辰一樣堪堪黯淡下去。

她直搖頭，像停不住似的，哭著去拽皇帝的手，語聲淒厲，似乎是用盡了一身的力氣，唸著。「哥哥，孩子快保不住了，我能感到他在一點一點地往下滑，哥哥……」

皇帝眉間鎖得愈深，到最後索性一把扭開頭，不再去看她。

方皇后嘆了口氣，帶著徵詢的口氣問皇帝。「您看，要不就先讓張院判……」

「皇后，如今可不是宅心仁厚的時候。」平陽大長公主打斷方皇后的話，皺著眉頭將應邑從皇帝腳下拉開。「前朝高陽公主和辯機和尚通姦，辯機被斬，高陽幽禁。萬一三娘懷的是小廝、和尚、街頭走巷無賴的種呢？保下來平白打咱們周家的顏面嗎？您別忘了，您的大公主歡宜還沒嫁人呢！索性先將孩兒落掉，再一步一步地把孩子父親身分逼出來，是賜碗藥下去也好，還是杖斃也好，這都是後話了。」

應邑往前撲，撲了個空，縱是痛得像一把鈍刀在她的體內一點一點地磨，她也清楚地知道不能將賀琰講出來，至少不能在這個時候講出來。方福才死了多久，她的孩子卻已有兩個多月，心頭將逼死方福那一串手段又想了一遍，如果、如果被查了出來，就算她是公主，也逃不掉三尺白綾，更別說賀琰了！

說了，玉石俱焚。不說，就只有拿孩子的命去填。

應邑死死咬住牙關，捂著肚子癱在炕邊，究竟是哪裡出了錯？一環扣著一環，她怎麼會被逼到這樣的絕境裡？

皇帝也覺得平陽大長公主的話有道理，應邑打死不說，難保不是因為男方身分實在上不了檯面，終是下了決心，半合了眼，朝張院判敷衍地招招手。

應邑想將手握成拳，卻發現手指已經僵成了一根木頭，用盡氣力，也沒辦法握緊。

「等等！」方皇后沈吟一言，再抬眸，眼裡似乎是有恍然大悟和下定決心。

自己親妹做下這等醜事，皇帝的耐性已經要消磨殆盡了，一聽是方皇后的聲音，到底斂了怒氣，抬了抬下頜示意她繼續往下說。

「如果三娘肚裡的孩子父親是一個身家清白，既不是下九流，甚至還是官宦人家出身的人呢？」方皇后幽幽開口。見皇帝陡然大怒，連忙上前按住皇帝，加快說道。「您切莫怪罪臣妾知情不報，臣妾是實在……是實在沒往那處想啊！誰能想到三娘就……就……唉……」

應邑已經是出氣多、進氣少了，耳邊「嗡嗡」地聽方皇后的話，心裡撓得直慌。

「快說。」皇帝聽出了些門道。

方皇后往外殿看了看，再四下瞧了瞧，長長嘆了口氣。「臣妾也是才聽說的，好像是三娘和馮安東馮大人走得很近。馮大人曾是梁將軍的妹夫，出身不顯，在廟堂上的名聲也太過剛直了些，或許三娘是怕您和太后不同意，才一直瞞了下來，如今卻看三娘打死不說，想來是為了護著馮大人。臣妾看您似乎是決心已定，又憐憫這對情誼深重的有情人，這才忍不住揭開這層紗。您自個兒想想，應邑多大了？膝下也沒個孩子，如今總算是有了，雖然男方有些缺憾，但也還算是湊合吧。」

應邑渾身發抖，大口大口地喘著粗氣，眼神如同餓狼般慘烈地看著方皇后。

原來是拿著把柄在這兒等著她！

要她拿她與賀琰的情分和她後生的幸福來換肚子裡頭的這個孩兒！

若是不順著方皇后的話說，皇帝就會毫不猶豫地落掉孩子，隨後便會逼問出賀琰，光是德行不究，賀琰的前程就算是完了，她將賀琰的前程搞毀，他們之間的情分也算是徹底完了。

「方……禮……」應邑怒極攻心，口中陡然湧起一股腥甜，「哇」地一聲，一口血吐在地上，噴濺起了幾滴，堪堪沾染到方皇后繡著暗金絲凰紋斕邊上，天碧色的底，配上幾點殷紅，顯得好看極了。

方皇后不在意地將腳抬了抬，看皇帝神色晦暗不明，又讓縮在角落裡的張院判出來。

「快給應邑長公主瞧瞧！」

皇帝斂了眉頭，問：「妳在深宮內幃中，聽說，聽誰在說？」

外間有欣榮和王嬪窸窸窣窣說話的聲音，方皇后蹙著眉頭說：「是王嬪同臣妾說的，二皇子路過馮府的時候見著了，再在周圍細細問了問，原來左鄰右舍也都知道。王嬪是個謹慎的人，和臣妾漏了幾個意思，也沒說明白，想來是為了護著三娘的閨譽吧。」

「閨譽？別人曉得幫她護著、捂著，她自己卻不知羞！我們皇家的聲譽都快被一個跋扈的公主敗光了！」

皇帝、平陽王、應邑三人同母，顧太后歷經沈浮一步一步爬上去，經歷過的生死艱辛，應邑不清楚，他和平陽王卻一清二楚。吃過苦的爹便捨不得自個兒孩兒受委屈，對自個兒妹妹也是這樣的心。

到底是從小寬縱到大的血親，看應邑吐血，皇帝心頭一揪，擺了擺手。「把她抬到羅漢床上去！這裡不是正經休養的地方，過會兒膈著她了，又該叫喚了！」又轉頭吩咐。「把王嬪叫進來！二……」皇帝一頓，這種事情怎麼好叫二皇子，開腔。「就把王嬪叫進來！」

應邑面色如紙，慘白地癱在應聲而入的丫頭懷裡，一雙眼睛半睜不睜，只死死地盯著方皇后。

方皇后眼神向下，從應邑身上蔑過，倒是個聰明的，一想就想明白了。

不怕人聰明，走在老林子裡，不管你怎麼繞，是個死局就只能落得個死的下場。

應邑被人抬著入裡間，張院判跟在後頭，腦子轉得極快，皇帝被說服保孩子，皇后也只說了瞧大人，那就維持現狀便好了。這廂的人將走，一屋子的血腥氣還沒散開，王嬪便靳著手臂，邁著蓮步，嫋嫋進來了。

王嬪不急不緩地走進來，這步唯一不能確定的棋，讓方皇后心裡頭打著鼓。充盈鼻腔的血腥氣味，王嬪像是沒聞到，將才她在外殿就細細地想了這前因後果，想明了就算實話實說，對她也不構成什麼妨害。

「應邑長公主和馮安東往來甚密，是妳同皇后說的？」皇帝沈聲問。

王嬪眼瞼微垂。從蔣明英將走到院子口，就有小宮人將她追了回來，不讓她再去請王醫正一事上，就能夠看出，應邑自個兒已經承認了有孕，至於有沒有說出馮安東，這就不得而知了。

一個女人願意冒天下之大不韙，承認寡居有孕，至少表明她對這個男人是懷著一種保護的心態。

王嬪點點頭，柔聲緩調。「是嬪妾。皇后娘娘是應邑長公主的嫂嫂，嬪妾不敢去煩太后娘娘，便將事給皇后娘娘說了。」

「別的人……」皇帝想起將才皇后所說，馮家的左鄰右舍都說看見過應邑往來，終究還是沈聲問道：「別的人知道嗎？」

「這件事是二皇子無意當中撞破的……」王嬪飛快抬起頭，沾上了二皇子，將才不急不緩的模樣變了，她盡力將二皇子從這件事中淡化出去。「二皇子同嬪妾說後，嬪妾便囑咐他，切記再別說出去。二皇子哪裡不知道這件事的嚴重性，自然是滿口應承，那孩子又是個心寬的，如今再問他，只怕他也快忘了。」

方皇后鬆下一口氣。從將才皇帝又去請王醫正，這擺明就是皇帝要多一個人多一重肯定，再到皇帝宣進王嬪，她一顆心一直懸著，若是王嬪立時反水（注），一著不慎，滿盤皆輸。

除掉應邑肚子裡的孩子，雖也大快人心，可還不夠！

皇帝將才已經信了，或者說是不得不信了，馮安東如今確實是最妥帖的人選。

應邑是顧太后的掌中寶，三十歲出頭卻膝下無子，如今好不容易懷了一個孩兒，怎麼又是在這樣的情形下懷上的呢？

是下狠手將孩子落掉，一了百了，還是心一軟，成全了這兩個人，好歹給顧太后、給應邑一個寄託和念想？

皇帝陷入了兩難。

同樣陷入兩難的還有裡間昏昏欲睡的應邑，張院判心裡頭慌張，下手施針卻還是穩穩當當的，足千里、地機穴、水泉穴挨個施過去，應邑呼痛的聲音便小了些，裙後的滲血也不那麼強烈了。

應邑不知道該怎麼辦了，尚有一絲微弱的希望竟然比全然陷入絕望更讓人害怕！

方禮為主，平陽大長公主將利害關係拿出來，王嬪作證，三方夾擊，欺負她沒氣力說話，竟然讓皇上連連稱是！

想著索性破釜沈舟將賀琰坦白出來，皇帝看重皇家體面勝過親緣血脈，那就大不了做一對死鴛鴦，可她的孩兒又該怎麼辦呢？

他還沒有用他胖胖的小手拽住爹娘的拇指，他還沒能出生來看看這個世間，他若是生了出來，一定會長著阿琰一樣筆挺的鼻梁，和她一樣的眼睛……

應邑蜷在蠶絲軟緞被裡，哀哀地哭著，她哪一邊都不想放，可卻被逼得無法做出選擇。

張院判將白布墊收在藥箱裡，往西邊不經意地一望，卻見那個溫順柔良的小娘子的院子裡還高高地掛著兩盞素紋燈籠，這樣晚了，大概整個鳳儀殿今夜都沒有辦法入眠了吧？

「小廚房裡的薏米今兒個要多了，都泡好了，倒了十分可惜。」蓮蓉立在櫃角，同黃嬤嬤輕聲說著話，眼神卻帶著焦灼地掃了眼還盤腿坐在炕上描紅寫字的行昭，心裡記掛著前殿的事，又心疼行昭。

她快步從架子上取了件披風給行昭披上，小聲說著。「您和皇后娘娘在鼓搗些什麼，我是不知道。我卻知道，您才傷了身子，要早些就寢歇息才好！」

行昭手頭一頓，一滴墨便迅速地被吸進了紙裡，索性擱下了筆，順勢拉緊披肩，笑著轉了身。

「進進出出、來來往往的，我便是想睡也睡不了啊。」她邊說話，邊支起身，將朝著正殿的窗櫺打開一扇，正殿裡頭像在正演著皮影的場子，明亮得不像話。「妳和黃嬤嬤快去歇了吧，前邊的事不完，我也歇不著覺。」

注：反水，意指反叛，投向敵方。

蓮蓉皺著眉搖了頭，入了宮，尊卑便更甚了，往日還能在姑娘面前擺擺譜，賣賣嬌，如今遭蔣姑姑教導得只認準了一條，主子便是主子，不是什麼姊妹，主子更不是什麼需要人憐憫和保護的小妹妹。

「您歇不著，我更歇不著。」蓮蓉覺得心裡頭沈甸甸的，前殿裡那聲尖利的喊叫嚇得她汗毛都立了起來，派小丫鬟去問，卻被攔在了門口，話裡帶了些嗔怪。「您是這宮裡頭和皇后娘娘最親的人了，我去打探，竟然還被攔了下來，裡邊也不曉得發生了什麼。除卻幾位夫人被欣榮長公主送了出來，蔣姑姑走到院門口被叫了回去，便再打探不到事了。」

「妳且放寬心吧，皇后娘娘不護著姑娘，護著誰去？妳以為還在賀府呢，生死不由人，到底還有其他幾個姑娘和郎君，失了咱們姑娘一個不少，多一個不多。」蓮玉腿腳還沒好全，半坐在椅緣邊，手裡頭做著針線，耳畔雖時有尖利的叫聲，卻從來沒覺得這樣心安過。

再看行昭，發現小娘子訥訥的，直勾勾地望著桌面放著的那盅薏米杏酪珍珠羹，放下手裡頭的針線，輕聲喚了一喚。「姑娘……姑娘……」

行昭一激靈，朝著蓮玉緩緩展開一抹笑。

回馬燈似的，畫軸慢慢拉開來。

【破冰傳】是柳文憐的一齣好戲，十載未見情郎，這和應邑何等相似？看戲看戲，情到深處便不可自已，看到似曾相識的場面，只會勾起人的無盡遐思。

可有孕的婦人忌諱動怒、大喜大悲。

薏米和杏仁，體寒的人吃不得，有孕的婦人更吃不得，她不懂醫理，可卻知道前世懷著惠姊兒的時候，周平甯身邊的奶嬤嬤不許她吃薏米，也不許她吃杏仁。可做燉鮒魚湯，不放薏米下去怎麼會好喝呢？做碧水凝露羹，不放回甘有嚼勁的杏仁，又怎麼好吃呢？

單聞沉水香，味太淡了，放三味麝香再加一味蘆薈膏，便正正好，嗅起來既清雅又沈凝。這還是太夫人教她的呢！

明明在場都是好好的人，沒有體弱也沒有身嬌，更沒有懷著孩子的婦人，縱使這些是相沖的，可也沖不到常人身上來啊。

行昭輕笑一聲，單手執起了那盅薏米杏酪珍珠羹，羹湯黏黏稠稠的，她愛吃甜食，方皇后卻也不許她吃多了，小廚房便想著法兒、變著花樣地來討好，裡頭赫然有幾塊將化未化的紅糖。

黏稠又鮮紅，應邑的那個孩子，是不是最後也會成為這樣呢？

行昭能在紅褐色湯水裡瞧見自己的模樣，她能看見自己在笑，笑得越發開心，笑著笑著，眼角便有一大滴淚直直墜了下來，清脆一聲滴在湯水裡，就像極了血與淚的交融。

「姑娘！」蓮玉低呼一聲，忙將手上拿著的繡花繃子放下來，湊上去攬住小娘子的頭，一下一下地撫著她的背，溫聲安撫。「您所受的委屈，讓別人怎樣償都不為過。」

兩世為人，前世的她倨傲自負又固執執拗，卻從來沒有害過人，手上從來沒有沾過血。今生，溫和包容，待人待物多了一分了然，少了一分自我，心卻狠了起來，如今也沾染上了第一滴血。

「是不會讓她失去這個孩子的……」行昭流下第一滴淚後，眼眶便再也沒有淚水了。靠在蓮玉的懷裡，輕輕說道：「她逼母親去死，我不可能讓她失去了一個本來就不應該有的孩子就這樣算了的，太便宜她了……」

「一命還一命，母親的命，只能由她自己來償還。」行昭的聲音悶悶的，蓮玉聽得心驚肉跳，方皇后的擔心好像成了事實。

行昭眼前一片漆黑，蓮玉的身上芬馥馨香，行昭從她懷裡掙開。

黃嬤嬤心裡疼極了，抹了一把眼淚，撩開簾子拉著蓮蓉出門去。

行昭像積攢了一籮筐的話想說出來，看著蓮玉便直愣愣地開口。「大庭廣眾之下暴露有孕，引起皇帝足夠重視，應邑懷了兩個月甚至更長，而母親才死了一個月，為了賀琰，應邑不可能一開始就咬出他來，可孩子就保不住了。這時候拋出一根救命草，只要應邑認下馮安東就是孩子的父親，那皇帝為了遮掩事實和保全顏面，也會讓應邑保著孩子嫁進馮家……」

行昭粲然一笑，抬頭望了望天，繼續說道：「我的母親死了，她卻懷著孩子繼續過著富貴榮華的日子，天下哪有這樣的道理呢？問世間情為何物，直叫人生死相許。應邑看什麼看得最重？為了情愛，她不惜鋌而走險，不惜忍氣吞聲，不惜犯下罪孽。我們且等著吧，就算是應邑為了保住孩子，承認馮安東是孩子的生父。可當外面的流言沸沸揚揚之時，就算應邑揭開謎團說出真相，皇帝願意讓她嫁給賀琰。按照賀琰的個性，也不可能再娶一個與別的男人有過流言的女人了……」

正殿的燈亮了多久，行昭就輾轉反側了多久，一合眸，眼前就遍是混沌與虛無。

滿腔的心事，沈甸甸地，既然壓得人睡不落覺，行昭索性麻溜地爬了起來，吃力地將窗槅挨個撐了起來，從縫中小覷，正殿裡的燈一盞一盞地落了下來，光影閃爍中回歸黑暗。

行昭一顆心放下了。

# 第三十一章

大清早的，行昭便爬了起來，坐在菱花銅鏡前頭，左瞧瞧右瞧瞧，小娘子面色紅潤，一張粉黛未施的臉就像才剝殼的雞蛋似的，到底是仗著年輕，底子又好。要是放在前世，一夜沒睡，形容邋遢，第二日起來連姨娘們的行早禮都別想見。

心裡頭在胡思亂想著，蓮玉手裡拿著雙凝膏進來，見行昭起了身，便細聲細氣地說：「前殿已經撩了簾子了，妃嬪們的問早禮估摸著還得有一會兒。蔣姑姑遣人來問您是在小苑裡頭吃點東西墊墊肚子，還是去殿裡用膳？」

昨兒個出這麼大的事，鳳儀殿又不是像鐵桶一樣，水火不進，莫說別宮的眼線了，就是顧太后，鐵定也安插了人手在這裡邊。

沸沸揚揚的，今兒個又是一場硬仗！

「去前殿吃，陪著皇后娘娘多用些。」行昭邊說邊起了身，往前殿去。

一進裡間，就看見方皇后已經拾掇妥帖了，穿了件丹鳳朝陽蹙金絲正紅外袍，梳了個高高的墮馬髻，用了一整套的赤金頭面，神態輕快地正在用早膳。見行昭進來了，便笑著放了銀箸招呼她。「曉得妳今早要過來用早膳，特地吩咐準備的素菜。」

方皇后的鎮定讓行昭稍稍心安，笑著斂裙入內，一走近卻還是見著了方皇后妝容精緻的眼下有圈沒遮住的烏青。

「粥是一早熬的棗泥銀耳粥，既去疲又補氣。乳酪不算葷食，妳都要吃完。外疆人就是這麼餵孩子的，妳看人家一個一個的，長得多健壯啊。以前聽別的人家孩子服喪，當家夫人還會偷偷地打個雞蛋，熬個肉粥給小孩兒吃，就怕餓了那三年，小孩子就長不好了。」

行昭一落了坐，方皇后便將一小碗粥推了過來，嘴裡頭在絮絮叨叨。素來都是講究食不言，寢不語，方皇后今兒個卻一反常態地打破了規矩。看著行昭行儀莊重地用飯，心裡頭既暢快又自豪。

入這後宮幾十年，用過的心機、扳倒的人，數都數不清。可從來沒有像這一次，心裡頭忐忑不安卻又滿懷鬥志。

「昨兒個夜裡可還睡得安穩？」

行昭嘴裡含著一口甜滋滋的熱粥，聽方皇后這樣問，緩緩嚥下，笑著點點頭。「安穩。就是應邑的叫聲太淒慘了，讓人聽著有些瘮得慌。昨兒個可晚了，張院判估摸著是忙完這邊的事了，又提著藥箱急急慌慌地過來給阿嫵將藥上完，他瞧上去神色不太對。」

「張院判是個機靈人，否則我也不會用他這麼久，他一向知道什麼該說什麼不該說。」方皇后眼裡都是笑，她將欣榮當自個兒孩兒養，卻始終惋惜兩人終究是沒有親緣的。行昭卻不一樣，是她妹妹的骨肉，身上流著和她一樣西北方家的血。

「應邑也就開頭遭了些罪，張院判施了針過後，就穩下來了，肚子裡的孩子命也大，究竟是保住了。」

「若是保不住，這一個局豈不就都廢了？」行昭神情有些怏怏，拿銀箸挾起碟裡的那片玉蘭花炸脆，喝下一碗熱粥，頓時感到腹中有了著落，起身探了探外面，有一、兩個未留頭的小宮娥神情專注地拿著笤帚掃青磚，安靜得只能聽見「簌簌」地掃地聲。

將那片炸得金黃的炸脆擱在了碟裡，愣愣說著。「阿嫵可怕她拚著不要這個孩兒，也要說出臨安侯，求皇上作主，皇上又心疼胞妹，若再順水推舟，最後應邑還是嫁進賀家。」行昭想起了那個夢，應邑穿著大紅的嫁衣……

「她不會。」方皇后拿帕子輕拭嘴角，看了看擺在落地柱旁邊的自鳴鐘，輕聲說：「按照妳說的計謀，一步一步逼著她，將她逼到了絕境時，再拋出一條救命的繩子，如果既能保全孩子又能不讓賀琰涉險，我不信應邑會做出玉石俱焚的選擇，她不敢拿這兩樣東西來冒險。」

方皇后聽行昭提起皇帝，眼色一黯，幾十年的夫妻情分，誰坐上了皇帝這個位置都不可能成為一個好丈夫，何況方家的境況是因為皇帝的一再試探造成的，胞妹的慘死是因為皇家公主的逼迫造成的，如果兩個人的心裡都將仇恨埋得深深的，那麼再深的情意都只會在相互算計中消磨殆盡。

所以昨天她選擇讓平陽大長公主做遮擋，她卻以一種無奈與好心的立場推波助瀾。

牆角的西府海棠開得正豔麗，重瓣的粉紫紛紛紜紜自成一片彩霞，方皇后心頭澀澀的，腦海中無端想起，她才嫁進定京城的那些日子，西北放野了的小娘子陡然被拘在了四四方方的宮廷裡，看到的什麼都是灰撲撲的一片。她個性強，顧太后又在折難她，皇家的媳婦兒哪有日日在婆母面前立規矩的。有時候，她站得累了，皇帝就偷偷塞給她幾顆楊梅乾，兩個人相互眨眨眼睛，不說話，卻好像什麼都明白了似的。

皇帝登基早，朝政都是由幾個大臣把持，等皇帝長大執政了，開頭的恩愛就漸漸變成了相互的敬重，開頭的心有靈犀就轉變成了要在各人身邊安插人手，開頭宮裡只有她一個人，卻慢慢地就多了王嬪、惠妃、德妃、淑妃。

年少時候的愛慕來得常常沒有理智，暈頭暈腦地撞進去，再想出來也就難了。

方皇后輕聲一笑，好歹她算是出來了，總比她那可憐的妹妹好了太多。

行昭想不明白方皇后突然低落的原因，只好將杌凳拉近，握了握方皇后的手，將小手覆在大手上，以表安慰。

自鳴鐘是稀罕物，鳳儀殿有一座，儀元殿有一座，顧太后推說用不著，便將那一座賜給了平陽王府。自鳴鐘「滴答滴答」極有規律的聲音讓行昭感到寧靜，蔣明英的腳步聲伴著「滴答」的聲響進來，躬著身子小聲稟告。「王嬪和淑妃來得最早，您看要不要就先去正殿了？」

方皇后抬了下頷，長長吁了一口氣，轉頭笑著囑咐行昭。「應邑長公主如今歇著呢，若是她醒了，就讓人端了飯菜送到裡間去，顧太后怕也聽見了風聲了，妳也不要怕，她要來都會先經過前殿，不能直接就到裡間來。」

行昭重重點頭，方皇后還沒走出裡間，林公公就急急火火地進來了，語聲卻沈穩著。「皇上在前殿厲聲斥責了馮大人！」

行昭頓感啼笑皆非，方皇后亦是抿嘴一笑，交代蔣明英。「等應邑醒了，妳就將這個消息說給她聽，叫她自個兒好好地想一想後果。」

馮安東沒家沒室沒兒女，看上去是這樣一個良配的人選，都讓皇帝積了火氣。如果將那人換成賀琰，皇帝又會是怎樣的一番動作呢？應邑應當能夠想到。

行昭多了個心眼，探出半個身子笑著問：「皇上訓斥馮大人什麼了？」

前殿已經有一番鶯鶯燕燕之聲了，方皇后笑著拍了拍行昭的手背，也沒再聽後言，便往前頭去。

林公公佝著腰，覷了覷方皇后臉上滿是信賴，將腰佝得更加恭謹了，字斟句酌。「將馮大人上回當場撞落地柱的事又提上來說了一遍，馮大人當時說了句『武死戰，文死諫。將軍就該死在戰場上，而不是下落不明。文臣就該以死表忠諫，而不是縮頭縮腦。』皇上當時氣得一把將摺子甩在了馮大人臉上，口裡直讓他立馬去死。」

行昭跌坐在靠椅裡，捂著嘴笑得看不見眼睛，皇帝心裡頭藏著怒，馮安東還做出一派正人君子、萬世忠臣的模樣，皇帝再想起自個兒妹妹昨晚的慘狀，不能將氣撒在妹子身上，還不能將氣撒在臣子身上了？

蓮玉跟著在後頭笑，出聲問：「那馮安東又去撞柱子了嗎？」

「哪能啊，皇上氣得拂袖而去，馮大人立在殿裡頭，木愣愣了半晌，始終想不明白，都多久前的事了，怎麼又被提道，還讓皇上生了這麼大的氣。」

林公公想了想，又添了一句。「馮大人沒急急慌慌去找向公公探主意，倒是臨安侯一下朝就去向公公那裡問了，向公公是皇上身邊積年的心腹，哪能輕易地就全捅出來了呢，只敷衍了幾句，奴才看臨安侯的臉色有些不好。」

行昭神色一斂，這完全是意外之喜。

皇帝態度的轉變，讓賀琰丈二和尚摸不著頭腦，馮安東是因為什麼被斥責的？是因為他死諫方祈？這會不會讓賀琰認為，皇帝在改變對方家的態度呢？

一想歪，再接著歪處想下去，只會讓自己心驚肉跳。

行昭又請林公公去外間用飯，又讓碧玉去瞧瞧應邑醒了沒，便安安心心地坐下來，合眼養起了精神。

裡間的周折，外殿正襟危坐的方皇后自然不知道。

「昨兒個夜裡，溫陽縣主可是又有些不好了？臣妾突然頭疼想叫張院判來瞧瞧，太醫院的人卻說張院判一晚上都在鳳儀殿裡。」惠妃眼睛亮亮的，小巧的下頷舒展開來，手裡端著盞牡丹花開青花舊窯茶盅不喝也不放，只拿眼帶了些神秘，往上小覷了方皇后一眼。

昨兒夜裡不太平，應邑長公主留在了宮裡頭，連著王嬪也極晚才回永壽宮，她左思右想覺著不對，又怕小產那事遭捅了出來，便心急火燎地派人來打探，卻被人攔在宮門口，左問右問也沒問出個什麼名堂來，見方皇后神色如常，卻沒有想搭理自個兒的意思，暗忖鐵定不曉得是出了什麼樣的醜事，才叫方皇后這樣捂著藏著！

惠妃心上來了氣，便將茶盅擱在案上，頸脖探得老長，就去同坐在下首的王嬪說話。

「溫陽縣主可是皇后娘娘的心肝兒，臉上破了個疤，是好不了了還是怎麼著了？」

王嬪一雙清妙目往上頭瞥，方皇后低著頭喝茶，一副紋絲不動的模樣，便展了笑，正要回惠妃，素來不開腔的陸淑妃倒說話了。

「溫陽縣主臉上才留了多大塊疤？七、八歲的小娘子慢慢治，哪有治不了的。話若是傳出了宮，溫陽縣主以後又該怎麼嫁人？皇上素讚惠妃是個『口齒伶俐，清麗雅致』的妙人。可且記著口齒伶俐，不等於頭腦清醒，什麼話該說，什麼話不該說，惠妃還是好好地學吧。」

陸淑妃說話慢極了，安安靜靜地坐在右上首，平日不出聲、不出氣的，這一番話卻說得惠妃氣結，她一路從貴人做到妃子，皇帝喜歡她，宮裡頭的人自然也不敢刁難她，陸氏一個失了寵的老婦還敢和她嗆聲？

張嘴就要還過去，卻聽見上頭方皇后語聲沈凝出言。「惠妃既然頭疼，這幾日就歇在自個兒宮裡吧，不用來問早禮了。」

話音一落，惠妃喜上眉梢，卻聽方皇后繼續說：「白日夜裡索性也都別出來了，本宮特地撥個太醫給妳使，自個兒待在宮裡頭，好好靜養些時日吧。」

惠妃瞪圓了眼睛，這不就是禁足嗎？

她孩子落了，皇后死了妹子，這才被放出來，自個兒身上的嫌疑都還沒洗乾淨，這就迫不及待地要把禁足還到她身上來了！

方皇后邊說邊眼神冷厲地瞥了眼惠妃，像一把開了刃的利劍。

惠妃一窒，將嘴裡頭的辯解全都吞下去，大不了她過會兒哭著去求皇帝！

「這些日子宮裡頭事情都忙，二皇子的好事將近，這是咱們皇上頭一個兒媳婦，闔宮上下都在忙，誰要挑事、尋釁自個兒都悠著點，想清楚點。」方皇后舒了口氣，語聲裡帶著些精疲力竭，眉頭蹙在一起，彷彿無可奈何又愁上心頭的模樣。「果真是一波未平一波又起，皇上如今在氣頭上，妳們服侍得也經心點，千萬莫在宮裡頭四處打聽傳言，牢牢記得這一條——禍從口出。唉，今兒個就都散了吧，蔣明英將主子們都送出去吧。」

方皇后欲言又止的神態，卻將眾人的好奇心都勾了起來。

陳德妃與陸淑妃面面相覷，陳德妃反應極快，緊跟著站起福身。「臣妾謹記皇后娘娘教誨！」

鶯鶯燕燕跟著起來行禮告辭，一出宮門口，惠妃便將王嬪一把拉住，順勢拐到了往太液池的小道上。

滿殿的人一走，留下兩列空蕩蕩的椅凳透著空落落的風，方皇后頓覺支撐著挺起來的力氣像是全被抽走了似的，彎了彎脊背，靠在椅背上，瞇著眼睛，腦袋裡千轉百回。

蔣明英送了人，被外院的內侍攔了攔，聽內侍附耳說了句話，便加快了步子進來，面帶喜色，埋首在方皇后耳邊低語。

方皇后猛地一睜眼，手縮在袖裡抖得厲害，語氣裡有明顯的歡欣與興奮。「走，咱們進內室去！」

內室坐北朝南，幾戶窗櫺大大打開，便將整間屋子都照得透亮了。

穿著高腰素色襦裙的小娘子規規矩矩地端坐在雞翅木方椅上，手裡拿著一卷書，低著頭看，神情專注極了。

聽外頭有聲響，行昭一抬頭，是方皇后回來了，邊笑邊將書放在身側，提了提裙裾緩緩起身。「估摸著是張院判開的方子裡有安神的效用，應邑長公主如今還未醒呢。」

小娘子大大的杏眼，黑而濃密的眉毛，圓圓白白的臉，認真柔和的神態，讓方皇后一下子忍不下了，似是在笑又像是想哭，身子一軟便癱在了炕上，朝行昭招手，全身像是沒有氣力，卻仍舊急聲出言。「妳舅舅……妳舅舅還沒死……方家軍精兵三千人馬，就只剩下了三百，可主將還是大難不死……」話到最後，方皇后的眼裡閃爍著瑩瑩淚光，嘴角的弧度卻越展越大。

山重水複疑無路，柳暗花明又一村。

行昭愣在原地，腦海裡反覆回想著大夫人那日抽到的那句籤文，原來是在方祈身上應驗了。

行昭心頭湧上澎湃的情緒，似喜似悲。方祈的生還，這對忐忑不安的行昭與強撐底氣的方皇后是一個天大的安慰。可又像人都已經落了氣，救命的解藥這才送到手裡頭……

母親啊，您為什麼不能多等等啊！

行昭忍了忍湧上眼角的淚意，輕手輕腳地拿帕子為方皇后擦拭了眼淚，一開口，才感到喉嚨生澀。

「廟堂並沒有關於舅舅進關的消息啊。」行昭邊說腦子裡邊飛快地轉了起來，蹙著眉頭看著方皇后。既然還沒死，還能將訊息傳到定京，那為什麼平西關沒有一點戰報傳回來？

方皇后就著絲帕輕輕拭了淚，微微頷首，輕聲緩語。「因為他還沒有進關，或者說，他就算要進關，也不會從平西關進來，妳舅舅會選擇從秦伯齡將軍鎮守的川蜀一帶，繞道入關。」

方皇后的話像給行昭打開了一扇大門，陡然福至心靈，脫口而出。「有時候分崩離析，並不一定要外敵強悍。兄弟鬩於牆，這才是最大的危機。」行昭無端想起來年前被指派到西北任提督的梁平恭，又想到平西關破後，也是那梁平恭力挽狂瀾……

「年前西北人事調動，從定京城裡調了梁家去任提督，又調了顧太后的自家人任守備，咱們方家在西北經營多年，突然有外人闖入，一塊餅就這樣大，難免有利益衝突。韃子看準時機進攻，打了大周一個措手不及，腹背受敵，舅舅索性帶著三千方家軍破釜沈舟闖出關外。」行昭縱是兩世為人，也都是被養在深閨的小娘子，朝堂上面的事是一竅不通，就算如今思路清晰，也覺得自己說得漏洞百出。

低下頭咬了咬唇，往方皇后身側靠過去，低低說：「可是就算有利益衝突，梁平恭怎麼就敢幫著韃子打大周的主將，他也不怕落下個千古罵名？西北養著的方家軍都是舅舅的心腹手下，就算梁平恭是過江龍，舅舅還是地頭蛇呢！俗話說的好，強龍不壓地頭蛇，舅舅為人烈性，怎麼著也得和梁平恭拚一拚吧？怎麼會被逼得只帶了三千人馬就闖關去呢？」

如同雨後初霽，終於能夠透過厚重的雲層見到一縷暖陽。

方皇后撐著這麼些天，總有一塊石頭壓在心上，喘不上氣，可不堅挺著，又能怎麼辦？就算身上已經是千瘡百孔，也得先騰出一隻手來，將應邑給收拾了，難道要眼睜睜看她得意地嫁進自家妹妹的家裡去嗎？

連夜聯繫留在定京城裡的方家死忠部屬，費了好些天的工夫才與關外搭上話。如今心上的石頭被搬開了，方皇后行事說話更有底氣了。

「妳說對了一，說岔了二，說錯了三。」方皇后親暱地伸手攬過行昭，笑意盈盈地解釋。「韃子是因為西北內亂才打了進來，這一點沒說錯。我看啊，妳舅舅也不會是被逼得往西北老林深處闖。皇上年前的大動作調兵，明晃晃地擺著是對方家的防範，妳舅舅這招不叫做破釜沈舟，而叫做釜底抽薪。叫皇上看一看，方家經營的西北也不算太牢靠，來一個梁平恭，原處上的將軍就要被逼得往外走了。您自個兒瞧一瞧，我們方家是既規矩又老實，還有點無能和怯懦，這是在安皇帝的心。」

行昭垂下眼瞼，靜靜地聽著。

方皇后說完這一長番話，卻止住了話頭，她一向能從一看到十，可這次是因為她的失算和方祈的錯估形勢，讓方家被人打了一個猝不及防，還失去了一向受寵心愛的胞妹。

行昭看不清方皇后眼底的情緒，心裡頭卻也在隱隱發疼。

男人們的鬥爭，常常會順著門牆延伸到後院裡來，神仙打架，凡人遭殃。

說來也好笑，女人們卻大多不是依靠自家的男人活的。她的母親是依靠娘家活著，她的姨母是依靠自己的手腕活著，卻還是常常會受枕邊人的拖累與算計。

「派出去的探子也只在西北老林裡碰見了零星散落下的幾個殘兵，說得不清不楚的，但是能肯定的是妳舅舅一定還活著。」方皇后半合了眼，她心裡很清楚方祈的盤算，方祈是個鐵血男兒漢，一時的服軟是為了而後的硬氣，這一出去是鐵定要掙個大功再回來的。

面面俱到，卻將妻子兒女留在了平西關裡，若真像猜測的那樣，梁平恭和方祈起了齟齬，桓哥兒、蕭娘還有嫂子不就危險了嗎？也不曉得方祈是故意還是算有遺漏。

皇帝派人去圍方家老宅，也不知道究竟是出於保護還是威脅？

皇帝不同她說，她也不問，他們這樣相互之間猜猜忌忌的也有些年頭了吧？

方皇后長嘆口氣，既然走出來了，便也不再想了，前頭的老爺們在拚命，後面的女人們也不應當拖後腿，方皇后開了口正要說話，行昭卻快她一步，沈聲緩言。

「舅舅只有立了大功凱旋而歸，才能洗刷掉別人潑到他身上的罪名。」心裡頭又念著行景，行昭眼眸一黯，口裡細細碎碎地唸著。「哥哥是同舅舅的親信一同走的，阿嫵一直篤信舅舅一定沒事，可哥哥是侯府郎君，喜歡看兵書是喜歡看，但不是還有句話叫做紙上談兵嗎？趙括熟讀兵法，可也慘敗於麥丘。阿嫵甚至怕哥哥連西北都還沒到，就……就……」

景哥兒是行昭在賀家最後的牽掛。

方皇后沒有言語，對行景的擔心沖淡了喜悅，抿了抿唇，一抬眸卻見碧玉埋著頭、斂著裙快步進來，口裡說道：「應邑長公主醒了。」再抬了抬頭，覷著方皇后的神色。小心翼翼地說道：「她點名要喝燕窩粥，要吃胭脂鴨脯，還有白花酥……還想見太后……」

方皇后神色一凜，應邑也算是個聰明人，陣痛和顧忌淡去之後，也開始了自救。

「她要吃什麼、要喝什麼都給她呈上去，讓人把張院判和皇上都叫過來。」方皇后邊語氣淡淡地說，隻字不提顧太后那一茬，邊轉身牽過行昭，笑著同她說：「走吧，咱們一道去瞧瞧應邑長公主。」

行昭嘆了口氣，事要一樁一樁地解決，應邑這一步棋走到這裡，捨掉不走，未免太可惜了些。

展顏一笑，行昭仰著臉重重點了點頭，似是又想起了什麼，衝著方皇后輕聲說：「欣榮長公主昨兒個在宮裡頭陪著王嬪陪了可久，平陽大長公主和萬陽大長公主也累著了，您要不要派林公公去和這幾家打個招呼，表個恩典呢？」

這是怕外面的聲音不夠大吧！

方皇后百密一疏，既然火都已經燒了起來，乾脆再添把柴火，讓火燒得更旺。方皇后捏了捏行昭的手，笑著喚來林公公，條理清晰地吩咐道：「先去欣榮府上，她昨兒個也應了那三家，無論好與不好，她親去也好，派人也好，總要去吱個聲。再去平陽和萬陽兩位大長公主府上，一言一語都要說清楚，應邑長公主的胎保住了要說，王嬪過後說的話也要說，皇上的默認也要說，顧太后的靜默無聲也說。」

行昭想了想，叫住欲離的林公公，加上這麼一句。「再煩勞欣榮長公主親去幫阿嫵瞧一瞧賀家三姊姊吧，這時候賀二夫人也在家裡頭。」

方皇后詫異地低下頭看了看行昭，隨即笑了起來，直接通過賀家二爺賀環的嘴傳到賀琰的耳朵裡頭去，比讓京城裡頭沸沸揚揚再傳到賀琰那裡去，直接敏銳得多。

林公公轉身看向方皇后，方皇后詫異之後輕輕一笑，擺擺手，示意他照著去做。

方皇后不知道該憂還是該喜，皇家的孩兒大多早慧，行昭從狼窩出來，性情大變，如今在宮裡頭也要步步驚心。

方皇后嘆了口氣，輕輕握了握行昭的手，口裡呢喃一句。「這樣也好……」復而語氣變得清明起來，提了聲量。「咱們走吧！」

# 第三十二章

應邑昨兒個是歇在正殿裡間的，碧玉走在前頭，一撩簾子，就是滿鼻子的藥味。應邑神情快快地躺在羅漢床上，初夏的天了，身上還搭了一條薄毯子，額上箍著一個抹額，身後靠了個厚厚的絳色喜福亮紋軟墊子。

應邑一見方皇后身後還跟著個行昭，再無他人，便似笑非笑地勾了勾唇角。「皇后娘娘是怕單個兒見我？溫陽縣主又小又傻，她能幫妳做什麼呀？」

行昭低眉順目地行了禮，沒搭話，她頭一次看見應邑一張臉唰白的模樣，心裡暢快得像有個小人兒在敲鑼打鼓做排場。

方皇后也不惱，笑盈盈地在雞翅木太師椅上落了坐，帶著輕笑說道：「棒打落水狗，向來不是本宮的作風。皇上今兒個責難了馮大人，也不曉得三妹心裡頭是什麼滋味。」

「什麼滋味？我哪有什麼滋味？一個小小的御史，能讓我有什麼滋味？」應邑一時間摸不透皇后到底知不知道她與賀琰的關係，從皇后昨兒個的態度來瞧，再到今日的洋洋得意，實在不像知道真相的樣子。

方皇后輕聲一笑，見案桌上擺著的碗口大的芍藥花，有一朵已經是蔫蔫的了，乾脆撩了袖子一把將那朵花掐了下來，嘴角抿了抹笑。

「馮大人是忠臣又是能吏，縱然是出身低了點，妳也是二嫁了，肚子裡頭又還懷著人家的種，妳就是想賴也賴不掉的。」方皇后轉身將那朵花遞給蔣明英，面容十分關切地勸。「女人家盼個什麼？不就盼個丈夫、孩子好嗎？與其讓皇上一直責難著馮大人，還不如尚了妳，到時候成了一家人，皇上就不得不慈眉善目地對馮大人了。」

應邑聽著，本就是故作鎮定，如今心裡又開始慌了起來，一把將抹額扶上頭去，厲聲打斷方皇后的話。「我不是說我要見母后嗎？」

方皇后一笑，方家在經營西北，她入宮這麼多年，若是連一個鳳儀殿也守不住，一個消息也鎖不住，這個皇后她趁早莫當了。

顧太后就算是知道了應邑在鳳儀殿裡頭，可皇上昨夜不也在嗎？顧太后素來對自己一手養大的兒子有十足的信心，早晨沒傳出什麼消息來，以顧太后的性子，多半會等到皇帝進後宮再行動。

「母后到底年歲也大了，好消息入她老人家的耳朵裡就行了，等皇上指了婚，再讓人把消息遞到慈和宮去也不算晚。」方皇后仍舊笑意盈盈，還探過身去將抹額給應邑輕扶正了。

應邑氣結，心頭一波動，小腹便隱疼了起來，顧太后不在，她就像沒了主心骨似的，邊朝銀屏使了眼色，邊冷哼一聲，側開頭避開方皇后的手，厲聲出言。「妳是媳婦兒，母后是婆母，妳是皇后，母后是太后，無論公私，妳都算作是忤逆！」

「妳說誰忤逆！」

方皇后扭身朝後看，皇上面色冷峻踏步進來，一句話說得低沈。

方皇后連忙起身問禮，行昭斂首低眉屈膝。

皇帝將方皇后扶起，一雙眉蹙得緊緊的，抬了抬下頷，指著行昭。「溫陽怎麼也在這裡？」

「阿嫵聽應邑長公主有些不好，特地來瞧瞧她的。」行昭垂下眼瞼，神色怯怯的，偷偷看了看應邑又迅速轉過頭來。

小娘子欲語還休的神色讓皇帝想到了自己的女兒，又想起行昭多舛的命途，皇帝嘆口氣，溫聲說：「屋子裡頭藥味重，妳的傷都還沒好，四處跑仔細傷好不了了，一輩子臉上都有個疤。快去花間歇著吧。」

行昭連忙拿手捂住左臉，眼珠滴溜溜地轉，臉上盡是後怕。「怪不得惠妃娘娘說阿嫵的臉好不了了，以後嫁也嫁不出去……」

皇帝見兩顆跟西域葡萄似的眼珠子轉得機靈，一直陰霾的心情好了一點，又聽行昭後語，不禁蹙了蹙眉頭。

這個惠妃，四處惹事。

方皇后看著行昭告黑狀，心頭哂笑，這個傻孩子，她下令讓惠妃禁足，哪裡需要她來解圍？

「惠妃最近有些輕狂，她又嚷著腦仁疼，我已經讓她在自個兒宮裡頭歇幾天了。」方皇后瞥了眼臥在床上半死不活的應邑，三言兩語解釋了，讓蔣明英帶行昭出去，口裡說著。「小娘子心好，鬧著要過來瞧三娘，我也拗不過，如今聖上過來了，總算能將這小魔星帶出去了。」

皇帝笑著擺擺手，他的兒女一向沒在他身邊，如今有個活蹦亂跳的小娘子當成女兒養在身邊，哪會有不喜歡的。

蔣明英應聲牽過行昭的手出去。

應邑一嗤笑，和方福一樣，又懦又蠢，告個狀都不會。

皇帝一聽應邑的笑聲，火氣又騰騰地冒起來。

「妳也好意思說皇后忤逆？昨夜妳疼得慌，朕是妳哥哥，又心疼妳，便將這事拖到今日再說。妳不僅不檢討，還敢厲聲斥責妳嫂嫂？」

皇帝偏題嚴重，方皇后心裡頭嘆口氣。

「三娘身子還弱著呢，您就不能好好說話？」方皇后帶了些嗔怪，眼神蔑了眼應邑，溫聲緩語道：「拖到今日便是極限了，一日一日地過，三娘的肚子就一點一點地大起來，昨兒個這麼些人都聽見了、看見了，若不早做決斷，怕是瞞不過去。」

皇帝面上忍著氣，終是忍不住開口。「昨兒個妳和平陽都攔著不要落胎，三娘又哭求，朕就不該一時心軟，如今後患無窮！」

「哥哥！你就賞一碗落胎藥下來，妹妹一口喝下去後，你就再賞碗毒藥，一屍兩命，倒也乾淨！」應邑哭得抽抽噎噎，頭靠在羅漢床柱上，痛不欲生。

「皇上！」方皇后面露憐憫，看了眼應邑，再去拉皇帝的衣角，急急道：「三娘是一時糊塗，可馮大人也未必就不是良配。皇上，您莫早下定論，三娘孩子懷了，也死心塌地地跟著馮大人了，灑出去的水還有收回來的？三娘，妳說是吧？」

應邑將頭低低垂下，眼裡映滿了蠶絲被上繡的福字，福氣、福氣，別人都說她有福氣，可她一生坎坷，哪裡得到了福氣？

手不由自主地縮了起來，慢慢攥成了一個拳，尖尖長長的指甲刺破掌心，鑽心地疼。她一直在避免正面承認，好像這樣就還有一線生機似的。

應邑的沈默讓皇帝的怒火愈盛。

「讓她說？她除了求朕保住這個孽子，還會什麼？金枝玉葉，養尊處優長大，就可以為所欲為了嗎？朕是皇帝都不能隨心所欲，她卻還要讓別人跟在她後面，處處幫她收拾殘局！」皇帝冷聲說，又想起昨夜裡張院判的話——「長公主年歲也不算小了。若是這個孩兒不要，這輩子大約都生不了孩兒了。」又看幼妹全無血色的一張小臉，再開了口，這次的語氣卻緩和了一些。「朕今兒個細細瞧了瞧馮安東，身長九尺，三庭五眼長得都還好，個性雖是木訥了些，但是算是個老實人。梁平恭也算是朕的心腹大臣，幾下能搭上關係，倒也划得來。」

方皇后從來沒擔心皇帝會不妥協。

應邑的頭越垂越低，方皇后也不催她，立在一旁。似是想起來什麼，開口說道：「昨兒個為二皇子相看，確定了人選，再隔個兩年也得娶進門了，三娘的婚事要不趕早要不趕晚，否則和侄兒一道嫁娶這是什麼道理？」

皇上想了想也覺得有道理，將眼落在應邑身上，只等她開口，心裡卻鬧不明白了，馮安東分明是她先看上的，珠胎暗結，怎麼他妥協了，應邑倒還退縮了？

皇帝的眉頭再度蹙緊，一雙薄唇抿得緊緊的。開口便問。「妳若是在擔心孩子的問題，只管放下心來。現在定親，左右都是二嫁二娶，兩、三個月就嫁進去。衛國公那頭的除服，朕去幫妳說道。生了孩兒就搬到宮裡頭來住，住個四、五個月，到時候孩子的生辰一瞞下來，誰還能說什麼？」

皇帝想的也算是萬全，其實說一千道一萬，皇帝倒是個念舊情又心軟的人，否則也不會突然派人去圍了方家，更不會讓秦伯齡領著軍馬去找方祈。

方皇后心頭一嘆，微不可見地甩了甩頭，走到這一步，還談什麼舊情？

應邑還是沒說話，一雙手縮在被裡，方皇后能隱隱約約看見兩個拳頭，還曉得忍？還曉得不開腔？

妳逼著方福的時候，怎麼沒見這樣的形容！

皇帝將什麼話都說了，應邑還是沒反應，耐心耗盡，直直甩了一句話。「要嘛抓緊時間嫁進馮家，要嘛一碗藥喝下去，自己選！」

應邑一聽，猛地抬頭，嚶嚶哭起來，一撲過去拽住皇帝的衣角，哭得不能自已。

「難道孩子並不是馮安東的?!」方皇后驚呼一聲，忙慌轉頭看向皇帝，急急出言。「所以三娘才會一直不出聲，難不成當真應了平陽大長公主說的，孩子的父親是個上不得檯面的市井無賴，或是長公主府裡頭的小廝管事……皇上，皇家血脈怎容這等賤民玷汙！」

「不是！」

應邑一聲尖利的呼聲，讓避在隔間的行昭都渾身一顫。

「不是市井無賴，不是小廝管事！」應邑更加死死地拽住皇帝的衣角，如同抓住了一根救命稻草。

方皇后緊緊相逼，立馬出言。「三娘，那孩子的生父到底是誰啊？」

「是賀……」應邑哭得滿臉是淚，脫口而出，話到嘴邊卻消無聲息。理智告訴她不能說，方皇后的手段一定要定京城裡傳得沸沸揚揚的，若說，孩子沒了，賀琰會受拖累，嫁進賀家就會真正變成一個夢了！

方皇后蹲下身，眼神犀利直勾勾地與應邑對視，應邑想逃，方皇后卻緊緊追上。

「是賀？」方皇后微微瞇了眼，一臉洞察地望著應邑。

應邑邊哭邊使勁搖頭，淚眼矇矓地捂著肚子朝皇帝爬過去，終於崩潰，將臉埋在軟緞被裡，放聲大哭起來。

方皇后卻在哭聲裡聽見了幾句模模糊糊的話，她幾乎想放聲大笑，強抑住心頭的衝動，面上似乎是長長吁了口氣，面容慈和地緩緩轉身，語氣拖得很長，輕聲說道：「三娘說的是『是和馮大人的孩子』。三娘是懷了馮大人的孩子，皇上，您可以放心下旨了，馮大人是咱們大周的忠臣，您一道旨意下去，馮大人只有感恩戴德，叩拜接旨的。」

方皇后的聲線偏低，這番話說得還特意壓低了幾分，無端地讓人信服。

應邑的心像被人狠狠地揪成一團，從高高的臺上重重摔下來。她撕心裂肺地哭，想把心裡頭的憤懣與破碎惡狠狠地哭給世間來聽，年少時的執念又被撕碎了，明明方福已經死了，她已經一步一步地走近了賀琰，走近了她一生的歡欣！

只差了最後一步，只要慢慢謀劃，就觸手可及……

憑什麼！憑什麼啊！

她方方面面都想到了，卻被逼到了這個境地，她不甘心！

應邑一手捂著胸口，一手緊緊抓著緞面，淚眼矇矓中看見了方禮的臉，她在笑，她在笑！溫溫柔柔的樣子像極了方福，難道是報應？她每一點都想到了，旁人怎麼可能將方福的死聯想到她的身上來。

皇帝蹙著眉頭看，側首輕聲問方皇后。「三娘怎麼哭得這麼撕心裂肺的模樣？叫人磣得慌……」

方皇后緩緩蹲下身子，將皇帝被應邑抓縐了的衣角一點一點地撫平，目光溫和，少了將才的咄咄逼人，轉頭看了眼哭得昏天黑地的應邑，難得地衝皇帝展顏一笑，語氣平和又帶著一些意味深長地說了一句話。

「三娘這是歡喜呢。」

一句話說完，應邑的哭聲頓了一頓，接著哭得更凶了，捂著肚子直叫疼。

方皇后起了身，高聲喚道：「讓張院判進來，給應邑長公主瞧病。」蔣明英應聲而去，方皇后笑著轉了頭同皇帝說道：「這件事宜早不宜遲，正好二皇子的婚事相看到也就差最後一步了。索性雙喜臨門，兩道聖旨一起發下去，咱們家既娶媳婦兒又嫁女兒，讓宮裡頭熱鬧熱鬧。」

皇帝不想聽應邑哭，束著手，只交代了一句「張院判好好醫，再想一想該怎麼束腹，不叫人瞧出來」後，便和方皇后一道往外走，口裡商量著這兩樁婚事。

「三娘的婚事就近辦，孩子不等人。老二的親事也等不得了，如今都十五歲了，再耽誤兩年就十七歲了，往前總想著讓他大點再成親，年紀小成親不懂事，相看生厭容易成怨偶，大點了左右也能懂事些，多一些和和美美也沒什麼不好。」

皇帝的話沒有重點，方皇后心裡知道這是在鬧心呢，只柔順地點頭稱是，又問。「是擬聖旨的時候才將消息透漏出去，還是擇近就先將消息放出去？」

皇帝沈吟半晌後，一錘定音。「朕晚點就擬聖旨，早定早好！」

方皇后點點頭，快了步子跟在皇帝後頭，直說：「那臣妾立馬遣人去欽天監，算一個近點的吉日來，再算個明年的吉時，就都定下來也好。」

行昭避在隔間，豎起耳朵聽得清楚。

蓮玉心裡頭像初春時節百花齊放那樣痛快，捧著果子喜氣洋洋地立在旁邊，行昭將眼神從書上拿開，神情溫和地說她。「得幸妳沒尾巴，否則現在已經翹得老高了。」

沒有白紙黑字，鐵板釘釘，就別先將尾巴翹起來，尾巴一翹，別人也好就地拿刀砍下來。

這是大夫人的死帶給她的教訓。

到晌午時候，兩道聖旨接連發了下來，行昭的心才落回了地面上，乖巧地盤腿坐在炕上和方皇后一道聽林公公說話。

「應邑長公主的婚期定在六月初六，是欽天監算出最近的好日子。」林公公興高采烈地說完這件事，想了想又說起下一件事。「指的信中侯家的長女給二皇子做正妃，安國公石家的長女是二皇子側妃，陳閣老家的也被指了婚……」

行昭聽著眉頭一皺，抬抬眼看了方皇后，方皇后也是一臉驚愕，隨即便恢復如常，示意林公公繼續說下去。

「陳閣老家的長女被指給了四皇子做正妃。」

陳家長女被指給四皇子做正妃！

前世的陳皇后陳婼是陳家次女，她的姊姊這一世被指婚給了四皇子?!

一個家門不可能出兩個王妃，更不可能有一個王妃和一個皇后，就算是再信賴這家人也不可能！陳婼這一世要想再嫁進皇家，擠掉閔寄柔，除非她的姊姊暴斃而亡，否則這一世無論是二皇子妃，還是過後的皇后，閔寄柔都能把位置坐得穩穩的了！

行昭長長吁了一口氣，心裡說不清楚是喜還是悲。不能嫁給皇帝，是不是意味著總算是有情人終成眷屬，陳婼和周平甯終將會在一起呢？

行昭驚愕是因為世事難料，方皇后的驚愕卻來自於消息的突然，蹙著眉頭問林公公。

「皇上怎麼琢磨要將陳閣老家的指給老四？下旨的時候，皇上身邊還有別的人沒？」

林公公想想道：「除了向公公，倒沒別人了。二皇子妃和四皇子妃的旨意都是一道下的，沒分先後，估摸著皇上是思前想後才給雷厲風行地定下來的。」

四皇子一向不打眼，有腿疾，生母又不顯，若說老二和老六還能拚上一拚，老四就只能當個閒散王爺。

陳家是遼東一帶的大戶，一連兩朝的內閣裡都有遼東陳，近百年的根基打下來，就像在朝堂上新長成了一棵大樹，往四處伸展的根緊緊地抓在土地裡，支撐著上面的藤蔓綿延相互攀扯交纏，陳家的實力不容小覷。

方皇后陷入沈思，行昭也仰著頭在想。

想要拉攏一個家族，能夠締結共同的利益是最好的辦法，可天下都是皇家的，就像一張餅都是自個兒的，憑什麼為了拉攏你，還分給你一半？

只能結姻親了。

行昭與方皇后對視片刻，方皇后笑著讓林公公先下去，口裡與行昭說著話。「三個小娘子都嫁進了皇家，皇上是不想那日宮裡頭的事情流傳出去。閔家長女是早就相看好的二皇子妃，石家長房的沒落，連帶著整個國公府都在朝堂上說不上話，母家勢弱，所以就被指給了二皇子當側室。陳家風頭勁，可在朝堂裡立場太鮮明，乾脆指一個閒散的宗室，說出去也是王妃，不至於讓陳家心有不甘。」

方皇后在言傳身教，行昭卻不置可否。

為了掩飾一個長公主的醜惡，讓堂堂大家小姐去做妾室，天道公理何在？

側妃、側妃，縱然有個妃字，縱然也上皇家的宗祠，能埋進皇家的墓裡，那也是做小。穿不得正紅，說不得大聲話，連轎輦都只能讓四個人抬，眼睜睜地瞧著六人抬的小轎從自個兒身邊過去！

前世她為了所謂的愛情，奮不顧身就算是作為側室也要嫁給周平甯，其中有愛更有不甘心。可是摻雜了不甘心的愛意，讓人更多地看重的是輸贏，輸了痛苦得不能自已，贏了就真的高興嗎？

如今再回過頭去看一看那個執拗的、將別人的好意踩在腳底下的自己，行昭只覺得喉嚨發緊，面有赧色更帶著悔意。

應邑一事塵埃落定的喜悅，被陡然灌入腦海中的悔意沖散了些許。

行昭沈斂的神色看在方皇后眼裡，卻是另一番涵義，讓這個秉持穩沈的皇后微不可見地點了點頭。

暖閣高几上擺著一盞碧璽琉璃翠玉花斛，裡頭卻放著幾大枝黃燦燦的佛手，亮而香的佛手低低垂下，好像讓整間屋子都染上了清香與靜謐，行昭深深一個呼吸，腦子裡一瞬就清醒了很多。

兩道接連發下去的旨意，讓鳳儀殿陷入無言的狂喜，在定京城裡卻像一道驚雷，劃破蒼穹，叫一切魑魅魍魎無處遁形。

「敢問向公公……這旨意果真沒有送錯地方？」馮安東跪在鶴松柏陽刻影壁前，擱在眼前的那抹明黃像是堪堪刺傷他的眼睛，馮安東不由自主地往身邊偏了偏，不可置信地繼續問道：「怎麼突然就將應邑長公主許到馮家來了呢？長公主不是……」

到底住了口，眼直直地看向公公。

向公公唸完聖旨，將卷軸合起，沒理馮安東的問，笑咪咪地伸了手，下頷一揚，示意他來接。

馮安東目瞪口呆地盯著向公公，簡直不敢相信。

晨間皇帝才斥責了他，他還以為方家的事敗露了，皇帝在遷怒，可晌午將過，賜婚的聖旨就來了，還是給同那臨安侯有苟且的應邑長公主賜婚！

他馮家的祖墳坐北朝南，埋在河道口，埋在山坳間，是請高人來算過的好地方，祖墳埋好的，燒香燒貴的，往日他被梁平恭壓得連妾室都不敢納，一輩子沒做過什麼太缺德的事，怎麼倒楣就遇上了這等子事了呢！

前些日子一眾男人還聚在一處，笑那兵部的萬筆錄，他才發現他新娶進來的媳婦兒和她娘家表哥說不清道不明。男人最怕什麼？不怕升不了官、發不了財，只怕腦袋上頂著個綠帽，讓人指著鼻梁罵龜公！

馮安東的血性也上來了，將頭朝旁邊一扭，堅決不去接那旨意，他馮家受不起這等窩囊！

「馮大人當真不接旨？」向公公也不急，將聖旨夾在懷裡頭，從身後小徒兒的手上拿過拂塵，向臂彎一甩，慈眉善目地看著跪在地上的馮安東，心裡頭鄙夷，在儀元殿上撞柱子想要用皇家的體面來成全自個兒的千古流芳時倒十分硬氣，如今將女人家的肚子搞大了，倒成了個縮頭烏龜了！

可見，是不是男人啊，還真不是身下那東西說了就算的。

「皇上這道旨意來得不明不白的，恕臣沒有辦法接旨！」馮安東一把伏在地上，脫口而出，話說得是擲地有聲。
向公公在皇帝身邊近身服侍了一輩子，做到這個地步屹立不倒，沒兩手真本事拿不下來。
向公公怒極反笑，尖細的嗓子吊了起來，「鏗鏗」低笑，像極了夜色迷濛裡從破舊宮殿中陡然飛出一群磣人的蝙蝠。
馮安東往後縮了縮，沒言語。
「馮大人是個鐵血的漢子，奴才心裡頭佩服極了，可大周歷經數十朝，到如今都還沒聽說過敢抗旨的臣子！」向公公臉上帶著笑，話從輕到重。「皇上給咱家的吩咐是頒聖旨，您卻讓老奴回去沒辦法交差，老奴也是左右為難啊。」
馮安東伏在地上，心裡頭直跳。禍從天降、禍從天降啊！
向公公繼續言道：「讀書人裡頭難得有您這樣生死置之度外的。一道旨意不滿意，就敢逆了皇上的意，咱家當差幾十年，頭一回碰見。聖命不可違，尋常人家都還有一口唾沫一個釘的說法，皇上說出來的話、頒下來的旨意，就沒有收回去的，到時候，也只能用您的腦袋來成全皇上的顏面了。」
抗旨不遵，是砍頭的大罪。
馮安東聽得心驚肉跳，是戴著綠帽子活著，還是烈性地死去？
他額上青筋暴起，原本撞在柱子上傷的那道疤又開始隱隱作痛，幾根手指在地上蜷在一塊兒，又一根一根地展開。

好死不如賴活著，自個兒是二娶，應邑是二嫁，心裡頭又都藏著一個共同的秘密。定京城裡有關應邑和臨安侯的風聲倒也還沒傳出來，別人也不知道。

前朝的公主私下淫亂的還少了？人家的駙馬還活不活了？

先接著旨，保住項上人頭，再慢慢謀劃，要不索性就把應邑給娶了？那娘兒們長得媚氣，說話又軟綿，手上還捏著梁平恭的證據，又是當今聖上的親妹，娶了她虧不著。

皇帝又不知道應邑的醜事，把她賜婚給自個兒，難保就不是存著抬舉自個兒的心？晨間的喝斥，難不成是看成自家人的預兆？

好運氣和壞考慮總是常常相伴而來，只看看是利大於弊，還是弊大於利了。

馮安東緩緩地嚥下心裡頭的氣和急，等嫁進來了再慢慢調教那娘兒們就是了！

向公公居高臨下，冷眼看著馮安東的掙扎，半晌才笑著出聲。「馮大人可是想好了？您這兒還是第一處頒旨的，咱家還要趕往別處去呢。」

馮安東在地上伏得更低了，他沒有辦法說出謝恩領旨的那番話。

讓人難耐的沈默。

「您敢辜負皇上，咱家可不敢原原本本拿著聖旨回去！」

向公公冷笑一聲，將繪著九爪龍祥雲滿布的緞面卷軸放在了馮安東身側，看著這男人就讓人噁心，再不想同他多說什麼，轉身就往外走，走到一半，又折了回來，看馮安東還跪在地上，索性撩了袍子，半蹲其旁，湊近身去小聲說道：「皇上是今兒個晌午立的旨意，當時火氣大得很，咱家偷摸同您說道，您這事做得也忒不地道了點，把應邑長公主的肚子搞大了，開頭還想不認帳！」

馮安東猛地抬頭，滿眼恐慌和不甘心。

向公公笑咪咪地躬了身子往後移了移，繼續說：「可憐人家應邑長公主還一直替您遮遮掩掩著，咱家看著您將才的神情都臊得慌，做男人做到這個分上，馮大人也算咱家見過的頭一個了。」

馮安東的臉色由白轉青，面容扭曲得像隨時隨地都要跳起來，掐住向公公的脖子。

向公公仍是滿臉笑意地望著他，他會怕這個？內侍間裡頭什麼髒玩意兒沒見過，死人、殘肢、破心爛肝，都說太監是下賤人，是沒種的人，連男人都稱不上。可馮安東將才的反應實在是不地道，讓一向謹慎做事的向公公都起了怒氣，想來刺他一刺。

「皇上氣極了，自家妹妹寡居在家卻懷了孩子，您是孩子的父親卻還想推卸責任，不接旨意。修身齊家都做不好，皇上又怎麼放心讓您擔上重任，幫襯著平定天下呢？若是仕途不順了，您可一定要靜下心來，別慌，這可都是有緣由的！咱家今兒個賣您個好，您記著就成，可別唸叨著還了。」

# 第三十三章

向公公離開了馮家，又往閔家、陳家宣了旨意，閔家是歡天喜地地接了，信中侯到底還在西北，不敢太過鋪張，只請了通家之好擺了三天的流水筵，帖子遞到行昭跟前，方皇后作主給推了，這就是後話了。

陳家沒表態，既沒放鞭炮慶賀也沒人前是笑臉，人後做苦臉，規規矩矩地接了旨，該怎樣做還怎樣做。

石家是側妃位分，皇帝不好頒旨下來給自己兒子指側室，只讓向公公說了幾句，定了在正妃進府之前先將亭姊兒抬進去的承諾，算作是撫慰，向公公便耷拉著拂塵回了宮。

突如其來的噩耗驚得石夫人哭得癱在安國公跟前，亭姊兒是個性子烈的，把三尺白綾搭在屋樑上放話「誓不做小」，石家太夫人急急匆匆趕過來，厲聲訓斥，老人家看事情的角度又和年輕人不一樣。

「妳見過哪家正房沒進門，側妃先入門的？妳又見過哪家正房和側室一塊兒娶的？這是皇家曉得自己理虧了，在和妳做顏面呢！娶妳的是皇家，妳嫁的是皇帝的長子！有嫡立嫡，無嫡立長，二皇子今後怎麼樣，誰也不知道。若當真得幸成了皇帝，閔家娘子是皇后，妳也是一宮主位，鹿死誰手，誰能先生下兒子還不一定呢！我們家不攀附誰，可也得罪不起誰，亭姊兒妳白綾一搭，倒是解脫了，留下整個石家的給妳陪葬。妳若當真安心，老婦也無話可說！」

亭姊兒抽抽噎噎地孤零零站在凳子上，就著白綾抹眼淚，邊哭邊小聲埋怨。「誰家都不往前湊，只有母親削尖了腦門往上擠，也不想想咱們家是有出皇后的命嗎？老老實實地將我許給規規矩矩的人家不好嗎？一心只曉得求富貴，要鯉魚躍龍門，咱們家也得有那個運氣啊。」

石家太夫人眉頭緊鎖，別人不曉得出了什麼事，她卻清楚得很！

富貴險中求，這是正道理。終日打鷹，卻遭鷹叼了眼睛，這是技藝不佳，他們石家也認了，可為了回護一個人的面子，就將別人的臉面揭下放在地上踩。

三家人聽到了宮裡頭的秘辛，皇帝索性下旨將三家的小娘子都娶進門去，既是安撫也是警告。為了個不爭氣的長公主，將別人家的閨女指婚去做妾，護短護得也忒狠了點！陳家風頭正勁，閔家老牌勛貴，瞧來瞧去，只有她們石家是個軟柿子，能夠由人搓揉捏扁。

「君子報仇，十年不晚，到時候妳成了貴妃，妳成了皇貴妃，妳成了皇后，就將今日受下的委屈全都討回來，從今日妳惹不起的人身上，讓她一點一點地還回來，這才是正道理。」石太夫人言語澀澀，伸出手示意亭姊兒下來。「好孫女，祖母知曉妳心裡苦，誰也未曾想過咱們家的閨女會去給人做小，妳且忍下來，終會守得雲開見月明的……」

這廂，石家祖孫抱頭痛哭。

那廂儀元殿裡年近七十歲的衛國公前腳將走，向公公後腳就進來了，言簡意賅地朝皇帝稟告。

「馮大人立時還沒摸著頭腦，等反應過來時，形容十分震驚，倒也接了旨。可卻沒主動同奴才商議該怎麼嫁、他們家要怎麼娶。估摸著，任誰遭這麼大個繡球拋到腦袋上，都不能立馬恍過神來……」

向公公婉轉了語言，綿裡藏針地邊說邊看上首，見皇帝表情嚴峻，立刻止住了話頭。

「該怎麼嫁怎麼娶？都不是頭一回婚嫁的人了，又做下了這等醜事，還能怎麼商量？」皇帝將手裡頭把玩著的唐仕女美人青玉鼻煙壺放在摺子上，神情似是十分疲憊，敷衍似的揮揮手。「讓禮部拿個章程出來，合方大長公主是怎麼嫁的，就照著例子嫁。應邑原先的嫁妝也還在公主府擱著，再適當添添加加也差不多了，嫁妝單子做好了直接拿給皇后看，別再拿這事來煩朕了。」

合方大長公主嫁了三回，一次比一次嫁得寒磣，這是要比照哪一回的例來呢？

向公公心裡頭暗忖，卻也不敢再出聲問了，躬身應了是，小步退出了儀元殿，又神色匆匆地往回事司去。

定京城被這兩道聖旨炸開了鍋，比起二皇子妃這樣國之大體、頭等大事的塵埃落定，人們似乎更喜歡聽寡婦二嫁的花邊消息，大街小巷裡頭一片喧闐。欣榮長公主及時的拜訪，既像是給如同一場洪水鋪天蓋地而來時，打開了一道寬廣的河渠，更像是在滾燙的熱油上灑了一窪水。

噼哩啪啦地炸得直響，水霧升騰覆在面上，卻又讓人瞧不清楚，想要湊近去看，又怕遭熱煙燒了臉面，得不償失。

流言沸沸揚揚而起，自然也是幾家歡喜幾家愁，定京城的眼睛都落在了馮家、衛國公家、梁家身上，殊不知在城心中央，九井胡同裡頭也有家人既坐立不安，又赧色上臉，一顆心像被熱油澆在上頭，又疼又燙，卻又不敢叫出聲來，生怕別人將目光從一團亂麻的中心點，轉移到自家的身上了。

閒光靜言會有時，流花東水無常在。

一連幾日，儀元殿裡頭的聖意不斷，封了二皇子為豫王，先在吏部領差事，翻年就出外闢府單住。隔了幾日，又接連封了四皇子為綏王，在宗人府裡頭跟著平陽王學差事。六皇子為端王，領了戶部的差事，跟在黎令清手下做事，這兩個皇子倒沒說另闢府單住的話。

二皇子是十四、五歲要成親的年歲，闢府單住極正常，可六皇子才十、十一歲，就進了戶部學做事，這在大周還是頭一例，淑妃的重華宮裡頭這幾日賀喜的、請安的沒斷過，連外臣都有託親眷送禮進來，有自己遞帖子進來，想方設法地想同重華宮搭上關係，鬧鬧嚷嚷，淑妃索性閉門謝客。

方皇后聽了笑著同行昭解釋。「要想讓別人忘掉一件事，就要拿另外一件事來遮掩住，皇帝開頭的兩道旨意放下去，就是為了混淆視聽，讓別人將眼落在二皇子的親事上。可欣榮接連拜訪閔、石、陳三家連著賀家，卻又將應邑那事給挑了起來，皇上的目的就沒有達成，所以乾脆再掀起波瀾，這還不信壓不下去。」

果如方皇后其言，又是讓欽天監擇日，又是讓定國寺選修繕府邸的地址，終日都忙忙碌碌的，定京城裡總算是有了新的談資，舊的傳言便暫時銷聲匿跡了。

皇帝放了心，便加緊催禮部、戶部和馮家拿出東西來娶應邑了。上面要得緊，下頭的人自然抓緊時間埋下頭來趕工，不到三日禮部就將整個流程定了下來。又因著應邑長公主是住在宮裡頭的，戶部便派了人去長公主府挨個清點放置的嫁妝，又趕緊加班加點回來置出一本冊子，恭恭敬敬地送到鳳儀殿來。

「原先在高青置的萬畝良田被水淹了，這件事本宮怎麼不知道？」方皇后端坐在椅凳上，單手拿著本厚厚幾十頁的冊子，眼神沒抬，緩聲說著。

下首抬出了盞琉璃繪仕女圖雞翅木大屏風，隱隱約約能瞧見有一個黑影規規矩矩地立在後頭，這是戶部遣來回話的。

方皇后的語氣裡聽不出喜怒來，那人想了想冊子寫下的「高青萬畝之地因洪而毀，故而特撥通州三千畝地忝添其上」的話，萬畝良田換通州三千畝地，怎麼看也是應邑長公主虧了。可明白人都知道，通州靠近定京，是什麼地價？高青又是個什麼地價？兩廂權衡，堪堪平均。戶部斟酌著這樣辦，也是因為向公公過來吩咐的那句話「比照合方大長公主二嫁之時的分例添置」，戶部還特意去翻了翻合方大長公主二嫁時候是什麼分例——不盈不虧，故而才敢放心大膽地拿等價的東西去換上原來的。

「是前年山東洪澇的時候遭的災。」那人邊回話邊透過屏風想瞧方皇后的神色。「那時候衛國公世子正纏綿病榻，高青的地又隔得遠，估摸著應邑長公主也沒這個心思去管那些雜事。」

方皇后幾下看完，將冊子遞給安靜坐在身旁的行昭，抬抬下頷示意她也看看，邊說：

「可見應邑長公主不是靠著這萬畝良田過活的。通州的地界好，靠近定京，這幾年的地價是成番往上漲，京城裡頭有頭有臉的人家都在通州置地辦產，可也已經是千金難買了。都置辦給了應邑長公主，等歡宜公主出嫁的時候，又拿什麼來置辦？難不成置辦到福建、湖廣那邊去？」

那人一聽方皇后這番話，明白幾分了，心裡頭無端想起前些日子京城裡頭傳得沸沸揚揚的那則傳言。難不成果真是因為應邑長公主不守婦道，這才讓皇上急急匆匆將她給嫁了，連帶著對那長公主的態度也淡下來了？

這才反應過來，原來皇家這是要按照合方大長公主三嫁時的分例嫁應邑！

連忙屈膝，誠惶誠恐地認錯。「皇后娘娘所言極是，實屬臣等思慮不周。」

行昭捧著冊子一頁一頁地翻，耳朵邊聽那人連忙請罪，心頭哂笑，認錯認得這樣快，倒是個能屈能伸的。應邑的嫁妝沒什麼特別，添添減減，大概的價值和頭一回嫁的時候差不多。

方皇后發話。「六月初六沒幾天了，庚帖也換了，小定也下了，你總要在擇屋的時候把嫁妝拿出來吧？難道要叫定京城裡的人都看皇家的笑話不成！」沒說還冊子，蹙著眉頭又讓林公公去送那人出門，再派了人去慈和宮瞧一瞧顧太后，側首和行昭說道：「顧太后可不是個會忍氣吞聲的人，這次咱們這樣整治應邑，她只派了人把應邑接回慈和宮就沒了音信，倒叫我心裡頭慌。」

行昭也覺得奇怪，想了想，正要說話，就看見蔣明英進來通稟。

「臨安侯太夫人來了。」

蔣明英的聲音並不高，甚至還有一種令人心安的沈穩。

縱然這樣，也讓行昭心頭一緊，血氣湧上臉，一張臉由白變紅再變得慘白。

方皇后側眸望著行昭，沒開腔，有些事情必須親身經歷過，才能曉得其實面對並沒有那麼難熬，面對令人恐懼的事情如是，面對讓人又愛又怕的東西更是這樣。

行昭喉頭發緊，太夫人為什麼而來，她琢磨不透。但能肯定是因為應邑被賜婚馮家，這一道驚雷將原本平靜的水面炸得面目全非。

「請臨安侯太夫人進來吧。」

行昭知道方皇后的緘默不語是在等著自己做出決斷，索性將心放沈，話一出口才發現其間帶著不可言喻的苦澀和消沈。

蔣明英轉首看向方皇后，方皇后笑顏愈甚，衝蔣明英抬抬手，又同行昭輕聲說道：「妳住進來這麼些天，她都沒想著來看過妳，指婚一下去第二天就遞了帖子到回事處，可見不是安心來瞧妳的。」

行昭垂下眼瞼，看著擱在膝上的那雙微抖的手，一時間不曉得如何回答，前世對祖母的依賴、信任還有尊敬，使這一世母親死後，太夫人一連串的鐵血遮掩和對她的算計防備顯得更為齷齪，也打了她個措手不及，倉皇狼狽中只好選擇了一條避其鋒芒的路走。

行昭一邊將手慢慢蜷在一起，一邊使勁眨了眨眼，半晌之後才吶吶出聲。「小時候阿嫵挨著祖母住，春夏秋冬，阿嫵的衣食住行都要經祖母的手。母親性格溫和，是祖母告訴阿嫵

『以德報怨，何以報德』的道理。冬天阿嫵怕涼，祖母便時時刻刻都牽著阿嫵的手走，就怕手心受了寒，往後要吃罪……」

方皇后靜靜地聽，不動聲色地打量著眼前這個神情中透露出掙扎的小娘子，輕輕勾了唇角，將阿嫵攬在懷中。她是阿福的女兒，就算受盡苦難，也會因為對方待她的好，心裡頭會留下一塊柔軟的地方。

不像阿福那樣軟懦，卻留存了和阿福一樣柔軟的心。

方皇后感到欣慰。

可現實卻只能讓人必須用堅硬而冰冷的盔甲將全身上下遮擋得嚴嚴實實，不留下一絲縫隙。

行昭的頭埋在方皇后懷裡，深深吸了一口氣，眼眶無淚，所有的悲哀早就在母親去時流得一乾二淨了，語氣慢慢變得清朗起來。

「這樣好、這樣慈悲的太夫人，最後也在兒子與宗族，媳婦與嫡孫之間，毫不猶豫地選擇了前者。打壓孫女，驅逐異己，包庇罪行，讓人不寒而慄。或許百年之前的賀家是表裡如一，家訓如何宗族子嗣就當如何，可如今的賀家就像一塊枯木，外表光可鑑人，內裡腐朽惡臭，金玉其外，敗絮其中罷了。當一個人、一個家族被滔天的富貴和權勢迷了眼睛，什麼都看不清時，必定走向死亡。」

方皇后驚詫於行昭這番話，欣慰與歡喜像一波又一波的海浪撲在胸口，緊緊摟了摟小外甥女，緩聲道：「仁者，情志好生愛人，賀家沒有一點做到。妳牢牢記著，縱管權勢如流花饜錦，也要無愧於心。」

行昭緩而鄭重地點點頭。

宮牆肅立，灰漆綠瓦，鳳儀殿裡遍種海棠，如今更是花期之時，重重疊疊的粉紫花色接連在一塊兒，似是淡妝又像濃抹，綿延蜿蜒鋪開。又偶有未留頭、著青衫襦裙的小宮人眼角帶笑，小碎步中卻暗含雀躍地行於花間，好一幅端麗宜人的仲春美人圖。

賀太夫人卻沒有心思耽於春好光景之間，她有更重要的事情要做。

一踏進正殿，賀太夫人便看見行昭神色乖巧地規矩坐在方皇后身側，小娘子嬌俏明豔，方皇后穩重端莊，氣氛卻是融洽和睦。

太夫人心裡頭升上了一股說不上的心酸，面上卻笑吟吟地屈膝行了禮。

方皇后趕忙讓蔣明英去扶起來。

行昭小踱步過去，也一福福到頭，神色清明，言語親暱卻語氣客氣。「您身子骨可還好？府裡頭可還妥帖？事務算不算冗雜？阿嫵可有些日頭未曾見著您了。」

太夫人登時淚盈於睫，顫顫巍巍地伸出手來握住行昭不放，一副千言萬語梗在心裡頭，想說卻找不著始末的神色。

行昭只笑著垂頭，任由太夫人握著手，不問也不再說。

「前些日子聽說您病了，如今瞧著氣色還算好。」方皇后笑呵呵地打破僵局，吩咐人賜坐又讓人上茶。

太夫人坐在左上首，拉著行昭落坐左下首，方皇后看在眼裡，又接著笑說：「老人家頭一等的要緊事就是好好將養自個兒，不是有家有一老，如有一寶的說法嗎？母后如今也不大出慈和宮門了，嫌太陽曬得慌。本宮看啊，這是在操心應邑長公主的婚事呢。所以說，論兒女長得再大，在父母跟前，永遠還是那個要父母操心的小姑娘、小郎君。」

行昭被太夫人揪著手不放，倒叫人不方便動彈了。

耳朵聽著方皇后的話，心裡頭笑，摸不清楚別人來意的時候，最好化被動為主動，免得悶頭挨打。

太夫人一笑，神色如常，轉頭看了看行昭，孫女臉上的那道疤已經變得淺淺的了，若不是肉長出來那道新嫩的粉色，旁人不仔細看，壓根兒就瞧不見，心裡頭落下幾分，又升起意味不明的其他情緒。

「是呢。」太夫人附和著方皇后的話，轉了神情，眉眼稍稍一黯，又道：「天下無不是之父母，做孩兒的遇事要多想想，自家父母待她的好，待她的恩，再大的怨懟也就去了。做子女的恪守本分，才能家宅和睦，才能一家子過得團團圓圓的。皇后娘娘，您說是不是這個道理？」

行昭心下一凜，太夫人話裡有話，在她跟前說這樣的話，這是在勸她，更讓人不得不細心琢磨。

方皇后不置可否，邊笑邊抬眼，語聲清朗。「自然是這個道理。臨安侯太夫人像是多有感慨的模樣，可是臨安侯有些不妥當了？是對太夫人不甚恭敬，還是對老侯爺心有怨懟？本宮記得老侯爺臨去的時候很是將鬧了一番，難不成臨安侯又將這事上了心？」

太夫人蹙著眉頭緩緩抬眼，前句話是在打下基墊，後幾句話才是重點，如今卻說道不出來了，方皇后這招借力打力用得讓人憋氣！

行昭反握住太夫人的手，面容焦灼地勸。「祖母，有什麼事您別揣在心裡頭，父親有什麼做不對的，阿嫵是小輩不好說。您心頭有什麼事就給皇后娘娘訴苦，皇后娘娘於公是上位，於私更是父親的大姨，傾聽您的心事在情在理。」

太夫人到底是沈浮顛沛一輩子的老人家，神色未變，卻將手一把抽出來，長嘆了口氣，道：「哪裡是臨安侯的事，老身是為了溫陽縣主過來的。這孩子要服三年喪，身上帶著孝，皇后娘娘仁心仁德，讓阿嫵住進宮來，老身卻日日睡不好，心落不下，就怕阿嫵一不小心衝撞了宮裡頭貴人的喜氣。這不，二皇子要成親，應邑長公主要嫁人，留一個服母喪的小娘子在宮裡頭，多有不便。」

真相大白。

行昭抬首看了看坐在上側的方皇后，心裡淒涼，臉上卻笑靨愈深，杏眼變得亮極了。計劃被打亂，應邑懷著賀琰的孩子，錯嫁到馮家門，這一看就是鳳儀殿處心積慮的手段，顯然也有行昭的「功勞」。

賀家唇亡齒寒，又怕方皇后破釜沈舟下定決心，收拾完應邑後轉過頭來打擊賀家，索性先將自己接回家去了，一舉數得，既將她控制在賀家的羽翼下，又能讓方皇后有所忌憚，還能切斷賀家與方家的聯繫。反應如此靈敏，從後宅入手，只能是太夫人的主意了。

屋子裡陷入了難耐的沈默，上殿的方皇后坐得筆直，下頭穿著絳紅色萬字連頭不斷紋的太夫人也笑意盈盈，行昭安安靜靜地坐在下首，將手放在膝上，腦中的思考卻不斷。

首先打破沈默的是方皇后的輕笑聲。

「賀家如今連個當家主母都沒有，您身子骨也日漸不好，本宮記得臨安侯夫人大殮禮的時候，還是二夫人出來主持的局面，本宮去，您都臥床不起，身邊還要養一個七、八歲的小娘子，您顧得過來嗎？」

太夫人連連搖頭。「您將才也還在說老身的氣色好了不少，就算再苦再累，阿嫵不也是賀家的兒孫，不也姓賀？老身捨出一張老臉，捨掉一條老命，也得勤勤懇懇地將阿嫵帶大、說親，看著她嫁人生子。」太夫人說著說著，話裡帶出幾分真心，愛憐地轉首看了看行昭，語氣低落。「行景志氣大去了西北，阿嫵是老身看著長大的。老身今兒個僭越說句話，皇宮裡頭規矩多，這孩子又是個素來沒心眼的，就怕說錯句話、辦錯件事……」

方皇后被矯情得動了真怒，提高聲量打斷太夫人的話。「臨安侯府是個規矩小的地方，小到正經娘子的深閨都能一點就著！」

有句話叫做婊子立牌坊，說的便是賀家人！

一句話說得不長，卻振聾發聵。

垂手立在角落的宮娥們屏氣凝神，眼觀鼻鼻觀心，皇后不是個會輕易發怒的人，如今的怒氣卻浮在字面上，清晰可聞。

蔣明英知機識趣，朝兩側使了眼色，宮人們便低頭佝腰地排成兩列魚貫而出，靜謐的大殿之中只能聽見衣料翩擦，窸窸窣窣的細碎聲響。

「嘎吱」一聲，兩扇門相對而合，中間的光由廣變窄，再變成一條透著白光的細縫，最後只有一縷光從門檻連著門緣的縫隙裡鑽了進來，斜斜直直地映射在青磚地上，光影吻上行昭的裙襬，素青色變得透亮，暫態像極了鄉野山間涓涓而流的清泉碧水。

行昭低著頭，微微合了眼，心裡五味雜陳，有話想脫口而出，理智卻告訴她不可以。

正殿的靜謐被明暗交替的光景渲染得愈加沈悶。

「今兒個老身過來，也是想將這件事情說道清楚。」賀太夫人清清嗓子溫聲出言，轉首望了望行昭，彷彿絲毫沒有被這緘默的氣氛影響，語氣如常，甚至帶了些嗔怪和縱容地朝著行昭繼續說道：「懷善苑起火，京城裡頭傳得沸沸揚揚，皇后娘娘愛惜外甥女，自是無可厚非，老婦也能想到皇后娘娘是怎麼想賀家。畢竟阿福的死、景哥兒的離去在前，阿嫵院子起火在後。」

行昭向上仰頭，伸展喉頭，沒有言語。

抿唇豎眉坐在上首的方皇后倒是舒展了眉頭，靜靜望著賀太夫人，也沒有言語。

賀太夫人語調沈穩，娓娓道來。「阿嫵是老婦在身邊養大的，是什麼性子，老婦最清楚。失火前，因懷善苑裡頭的丫鬟不聽話，老婦便派了嬤嬤去教訓，估摸著這就在阿嫵心裡頭扎了根刺吧。幾天後，懷善苑就燒了起來，您便將阿嫵接進宮了，為這事，老身幾十年的好姊妹個個都修書來問，說的話著實不好聽，老身悶著苦在心裡頭。回信時還得回護著阿嫵的臉面，是實實在在生了場氣。阿嫵打小時的吃穿就是老身一手在打理，如今哪家的老夫人不是在含飴弄孫、頤養天年了？皇后娘娘也警惕著些，莊戶人家有句話叫偷雞不成蝕把米，實在是要養成識人分明的本事。」

每一個字都像一把尖錐，疼得行昭不敢眨眼。

話裡有話，字連著字，硬生生的疼讓行昭一直含在眼眶裡的淚意蕩然無存，太夫人往日的慈悲面目和溫柔心腸如今到哪裡去了？拿她的聲譽來威脅方皇后，拿話來挑撥她與方皇后的關係，拿往日的恩德來換回今日的順從。

方皇后輕聲一笑，一針見血。

「臨安侯太夫人以為是阿嫵自己放的那把火？」

賀太夫人一愣，隨即也樂呵呵地笑開，眉眼溫和慈藹地看著身側的小孫女，笑著回道：「大火過後懷善苑裡的松香氣味濃烈，本來五盒松香是安安穩穩地放在雜物間。老身當時就有些疑惑，陰雨連綿的日子火勢怎麼可能燒得這麼旺，原來是阿嫵將松香放失了手……」

「妳只說，是與不是？」方皇后斬釘截鐵出聲打斷其後話。

賀太夫人轉開眼神，抬了眸子目光變得犀利起來，執掌臨安侯府幾十年的婦人怎麼可能只是個慈眉善目的親切老太太？

「話已至此……」太夫人邊說邊斂了笑。面容肅然，語音清朗。「那皇后娘娘就要問問阿嫵了。是放失了手，還是存心想一把火燒了臨安侯府，老婦不得而知，希望在皇后娘娘跟前養了這麼些日子，能將這小娘子的秉性脾氣給糾過來。到時候老婦帶著阿嫵在老姊妹間走動的時候，也能將頭昂起來，胸挺起來，叫她們眼熱我們賀家養出來的好姑娘。」

這是行昭頭一次見到這樣嚴肅的太夫人。氣勢凜然，又從容不迫地咄咄逼人，話中藏話。

太夫人以為自己手裡頭捏著一張好牌，行昭卻不這樣認為，如果當真要狠下心來與太夫人博弈，耍賴也好，舞弊也好，她只能贏，退後一步就是無盡深淵。

賀家人是不會按照規則來的，你照著規矩來他們便潑皮；你若不照著規矩來，他們便覺得自個兒吃了天大的虧，哭著嚷著不能夠了。

可惜，世間哪裡有被悶頭挨打之後，還不許別人打回去的道理？

方皇后沒接話，卻見行昭臉上掛著笑，嘴邊兩個小梨渦被帶了出來，心裡頭安了許多。

小娘子清清嗓子，隔了半晌才啟唇，說得不急不緩。

「祖母英明，就是阿嫵放的火！」

# 第三十四章

行昭清泠泠的語音響在空蕩蕩的大殿裡，竟然還會有若有若無的回聲。

方皇后不可置信地瞪圓了一雙鳳眼，小娘子說得風輕雲淡、理直氣壯，沒有她預想的遮掩和反唇相稽，而是理所當然的一副模樣，還敢直勾勾地望向賀太夫人。

心裡頭千回百轉，嘴角卻自有主張地翹了起來，這是在鳳儀殿的地頭上，就算是承認了又能怎麼樣？賀家的小娘子驕縱一把火將自己的閨閣給燒了，這句話說出去，賀家幾房的娘子、郎君還要不要嫁娶了？賀家百年的名望還要不要維護了？太夫人和賀琰行事都顧慮著賀家，可行昭卻沒這個顧慮。俗話說得好，光腳的不怕穿鞋的，火都敢放，自己的一張臉都敢燒，還有什麼不敢做！

太夫人驚愣得說不出話來。呆愣愣地看著爽快承認了的孫女，腹腔裡打好的一肚子說辭，可連嘴都張不開，還怎麼說出來！

行昭痛快極了，笑顏愈深，眼神一閃一閃的，又說道：「母親去後，阿嫵心裡頭一直不痛快，祖母將才說對了一半。可阿嫵放火燒了屋子，是因為臨安侯府四四方方的天日復一日地錮著人的呼吸。你們逼死了母親，如今又想逼死我！可我一定要好好活下去，帶著母親溫柔的笑和溫柔的期望活下去。」

太夫人怒極，一巴掌拍在身側的小案上，手顫顫巍巍地指著行昭，口裡直叫。「孽子……孽子！老身果真是白疼妳了！」看了看方皇后的神情，又說：「一派胡言！方將軍不見蹤跡，妳母親幾夜幾夜地睡不成覺，最後索性選擇撒手人寰！哪裡來的逼她？賀家是規矩人家，興旺了幾百年……」

行昭唰地一下站起身來，面容清麗的小娘子神情冷峻，太夫人為之一凜，後頭的話卡在喉嚨裡頭。

「父親才是孽子！」行昭揚高聲調，哀哀吼道。「父親才是那個置賀家百年興旺而不顧，罔顧人倫道義，悖離祖宗教訓的人！方家還沒亡呢，父親便這樣急不可耐了？逼死母親連我的面也不曉得避一避，您一向是阿嫵最為信賴和欽佩之人，您卻只曉得一味偏袒父親，就算父親犯下此等誅妻滅子的罪行，您也只會跟在後頭幫忙收拾殘局，您的規矩與道義在哪裡？沒有規矩就會亂，兵弱於外，政亂於內，此亡國之本也，多少公卿世家就是折在這上頭的！阿嫵只等著看臨安侯府金晃晃的匾額敗在您與父親的手上！」

太夫人僵在凳子上，眼神直愣愣地看著喘著粗氣卻神情倔強、脊梁挺直的行昭，她像從來沒有認識過這個孫女。

兒子是她畢生的心血，老侯爺不喜他，她便押著賀琰一天比一天苦地唸書背詞，她就算手上染血也要為兒子保住那個位置，保住他的尊嚴。兒子喜愛應邑，她卻不喜，心裡頭也覺得對方氏甚為愧疚，可又有什麼辦法？

事已至此，犯下錯處的是她的兒子，她會指責他，可又不由自主地幫他善後，為他收拾局面，為他做盡惡人。只因為這是她懷胎十月，身下掉下來的一塊肉，是她寄予一輩子希望和懷念的人。

太夫人淚眼矇矓，腦海中陡然浮現出她按下大夫想要施針的那隻手，賀家對不起方福，賀琰對不起方福，她更對不起方福……

方皇后疾步下殿，一把將行昭摟在懷裡，一下一下地拍著行昭的背，居高臨下地瞥了一眼像是頓時老了十歲的太夫人，輕聲緩語道：「賀太夫人若是想拿這件事四處傳得沸沸揚揚，妳只管去，且叫妳嚐嚐傷敵一萬自傷八千的滋味。妳若是想藉著長輩的由頭插手阿嫵的婚事，本宮勸妳趁早死了這條心。天地君親師，君王天家可排在長輩親緣的前頭。本宮再奉勸妳一句話，聖旨下了就沒有收回來的道理，到時候應邑肚子裡頭的孩子不論姓賀、姓馮，她都得老老實實地嫁到馮家去，妳讓本宮失去了一個妹妹，妳就賠給本宮一個孫女和一個未出世的孫兒，這筆買賣卻還沒算完！」

太夫人的手緊緊握在雞翅木搭手上，咬著唇半晌沒說話，她是被突如其來的賜婚慌了神，更低估了方皇后和行昭！

「蔣明英，送賀太夫人出宮！」方皇后揚聲喚道，門「嘎吱」一聲開了，撲面而來的光亮將大殿裡漂浮的微塵衝擊得一掃而空。

行昭從方皇后懷裡掙開，面上扯出一絲苦笑，輕聲說：「祖母，您記著，姨母不是母親，阿嫵更不是母親。賀家經營多年，交際有多廣，阿嫵知道。您要四處張揚是阿嫵自己處心積慮放的火，您且去，阿嫵不怕。」

太夫人背影一頓，加快了腳程往外走。

行昭看著這蔚藍清透的天，再看看那個漸行漸遠、已日漸佝僂的身影，悲從中來。撕破臉皮，比火燎在臉上，更疼。

太夫人出宮回府後，臨安侯府便傳出太夫人臥床不起的消息，彼時方皇后正為那樁婚事籌謀，忙得腳不沾地，偶然聽見了蔣明英的回稟，只吩咐張院判去臨安侯府看看，又怕太夫人拿孫女避開侍疾、忤逆不孝的話頭做文章，便又讓林公公去賀府瞧一瞧。

「就說溫陽縣主的傷還沒好，總不能花著一張臉去祖母跟前侍疾吧？賀太夫人向來是個菩薩心腸，又兒女雙全，怎麼也輪不到一個久居宮中的孫女去侍候。」話到這裡，輕笑一聲，滿含嘲諷。「再去本宮庫裡把那支成形的人參拿出來，再添些東西一併送到賀府去，就說是阿嫵的心意。」方皇后眼裡只盯著那本冊子，心不在焉地繼續吩咐。

林公公應聲而去。

立時，行昭正在東裡間描紅，頓了頓筆頭，毫尖懸空，一筆垂柳豎斷在中道上，隔了良久，伴著一聲幽幽的低嘆，終究是一筆拉下。

橫平豎直，恰如當初。

四月過得快極了，五月伴著初夏的升溫與煩人的蟬鳴，接踵而來。

五月五日天晴明，楊花繞江啼曉鶯。

端陽節這天，宮裡頭一早就忙碌起來，司膳間備上幾千屜筒粽，裡頭塞著小棗或是銅錢，再派到各宮去給宮人們分食。宮室裡頭將艾草和菖蒲束在一塊兒，插在門楣上，要不就懸在堂中。空氣裡，淡淡的艾草苦味兒，和蒸糯米泛起的清甜夾在一塊兒，倒叫人一時間不曉得該以袖捂面，還是該深深吸口氣，好打起精神來。

午晌未至，又過了行早禮的時候，鳳儀殿裡頭依舊人聲鼎沸。

行昭走在廊間，隔老遠便能聽見前頭宮室裡有女人喜氣洋洋的高亢聲音。

「本來臣妾不曉得老四到底是去做些什麼的，只曉得老四要到宗人府裡頭去當值。老四天天早出晚歸，卻一直都樂呵呵的。問他吧，那個悶葫蘆只曉得低著頭笑，半天說不出個所以然來。臣妾心裡頭就更疑惑了，索性就把他身邊的宮娥給喚過來問，哪曉得是……」

行昭一撩簾子進去，便看見陳德妃坐在凳子上，斷了話頭，得意洋洋地立著身子。左右瞥，想讓人接著問下去的樣子。

行昭不禁抿嘴一笑，皇帝憐惜這個兒子有腿疾，加上平陽王善揣上意，吩咐下去的職位是個頂清閒卻又有面子的——給宗室發放核對爵祿。大周宗室的爵祿是年初發，到了五月大都進入了核對和預留的時間了。四皇子每天只需辰初去點個卯，監督著下頭的人撥弄幾下算盤，四處溜溜彎就可以大功告成回家去了。

日子閒得不行，四皇子琢磨著又管上了梨園的伎樂，每天就多了個走處，敲敲小鑼，聽聽小曲，過得極清貴又輕鬆。

「日日看水袖聽昆腔，哪兒還能愁眉苦臉的啊！」淑妃難得地湊趣，選了兩樣差事中最不正經的一樣，笑著調侃德妃。「要臣妾看老四是個最有福氣的，民間有句話叫做老婆孩子熱炕頭，再過個幾年老四媳婦兒也有了，兒子也有了，每天去當完散財童子再去聽柳文憐唱戲，只會過得一日比一日快活……阿嫵也過來了啊，戴彩線、喝陳艾水了嗎？」

陸淑妃一扭頭便看見穿著一襲鵝黃色繡銀灰素色暗紋襦裙，梳著雙丫髻俏生生立在旁的行昭，輕呼一聲，便十分關切地朝行昭招手。「快過來讓我瞧瞧，歡宜也總唸叨妳！聽皇后娘娘說妳的臉要好了，怎麼現在看起來還有點紅紅的？」

一句話連著一句話，透著暖意。淑妃待她的親切，和方皇后的寵溺還有皇帝的偶爾關心不無關係。

縱然心裡頭知道，行昭還是被一句連著一句的歡快感染得笑得越發燦然，先向在場的陳德妃、陸淑妃、王嬪、宋婕妤行了禮，再笑著偎到方皇后身邊去，高高地揚了揚手腕，朗聲回。「戴了戴了！蔣姑姑一早就送了五彩線來。陳艾水也喝，廚房師傅沒放紅糖，陳艾加菖蒲的味兒既嗆人又苦。您也記得帶香囊生香辟邪！」沒提臉上的傷，回完話，只看著淑妃笑。

陳德妃最喜歡這樣明麗的小娘子，亦是笑起來。「皇后娘娘是個不喜歡說話的，鳳儀殿裡頭除了那個叫什麼……碧……碧玉的丫頭喜歡說說笑笑，倒沒在這兒見過第二個這樣的小娘子了。」

又想起陳閣老家那個老實規矩的小娘子，聽旁人說閔家娘子溫柔淑德，石家娘子開朗活潑，到了陳娘子身上，就只剩下了個規矩敦厚的詞，規矩可以叫做木訥，敦厚可以看成軟弱。

陳德妃眼眸一黯，四皇子好歹是她養大的吧，就這樣為了掩飾皇家秘辛，草草地訂了這麼一樁親事，她卻連女方的人都沒相看到！應邑若不是個喪門星，她就將這個茶盅給吞下去！

陳德妃頓了一頓，掩飾般又笑開了，補充道：「不對！欣榮也算一個，欣榮嫁了人，溫陽縣主就進宮來住了，臣妾可是不止一次地唸叨皇后娘娘好福氣，盡招來這樣乖巧伶俐的小娘子來養。」

淑妃喚行昭是阿嫵，德妃喚行昭卻是溫陽縣主，淑妃娘家陸氏是靠方氏活的，德妃卻是定京城四品堂官的女兒，這就看出了就算同樣是一條船上的人，也會有親疏遠近。

好在德妃有分寸又心寬，否則也不可能把老四給她養。

方皇后笑著點點頭，滿心欣慰地看了看身側的行昭。自打那日太夫人走後，小娘子沈寂了幾天，這才又重新笑起來。

話說開了就有這點不好，原先粉飾太平的那層紗被一把揭開後，露出赤裸裸的猙獰與醜惡，讓人想捂住眼睛假裝看不見。可到底還是揭開了好，否則被從薄紗後頭突然竄出來的蟲子惡狠狠咬上一口，到時候痛的就不只是眼睛了。

「碧玉姑娘的臉都紅到了耳根子後頭了。」王嬪輕拈了方帕子捂著嘴笑，接德妃的話。

應邑下嫁馮安東一事塵埃落定，王嬪厥功甚偉，可方皇后卻顧忌著二皇子，對王嬪的態度一直不溫不熱，不似對淑妃那樣和藹可親，也不像對德妃那樣常常抬舉。

王嬪心裡頭明白，既不惱也不慌，一步一個腳印地走，總能走出一條通天的道來。

方皇后笑呵呵地嗔德妃。「我宮裡頭的人妳也敢埋汰！淑妃埋汰了妳，妳埋汰回去便是，拿我宮裡人撒氣叫什麼道理？」德妃直喊冤，方皇后不理，笑著轉了頭又問行昭。「欣榮和歡宜都在東裡間，妳要不要去瞧瞧？過會兒，三個小子也要過來請安，妳正好避開。」

行昭一怔，隨即笑著點頭，告了禮後又往東裡間去。

估摸著方皇后是要開始同她們說正事了吧？

行昭輕手輕腳地繞過八角屏風，耳朵能聽見正殿裡頭有清亮婉轉的女聲，有柔糯低吟的女聲，也有爽朗歡喜的女聲。美人兒向來不嫌多，春蘭秋菊，各有風華。這些卻都是一個男人的女人，且為了爭奪這個男人的寵愛，就算是志趣相合，也不可能做到完完全全的親密無間。

就像方皇后，將門嫡女，心氣高又傲，如今也學會了在這女人堆裡盤桓推拖了，如果她前一世也能彎下腰來，是不是就會走進了死胡同再也出不來了呢？如果母親懂得隨機應變，知道到哪座山唱哪首歌的道理，是不是就不會活得這麼心酸，也不會去得這麼突然了呢？

行昭面帶苦笑地將隔板放下，聲音頓時消弭在耳朵邊，專心致志地數著步子往裡頭走，青磚亮得光可鑑人，人的影子在上頭被映照得綽綽約約、模模糊糊的一片。

三步兩步就走到了東裡間，與外殿的熱鬧相比，顯得更靜默。

也是了，歡宜是個沈靜的個性，欣榮長公主雖然是個好熱鬧的性子，卻也安靜得下來。

行昭一走進去便笑著先同欣榮行了禮，又拉著歡宜的手落了坐，欣榮嫁人才不過一年，歡宜也要滿十三歲了，幾個姑娘湊在一起，說道的大都是「京裡又在一窩蜂地穿起了蝙蝠珍珠扣的小襖子」，要不就是「張大人家嫁女兒，才抬了三十六抬嫁妝，我覺著奇怪就去打聽，原來張大人家裡頭是繼室當家，將原配的嫁妝給昧了下來」的話題。

行昭和歡宜哪裡曉得京裡頭在流行什麼、誰家的姑娘又出嫁了，只笑吟吟地聽著欣榮說。

欣榮眼神一轉，落在行昭身上，笑著差歡宜去前殿打聽一下。「去瞧瞧老四什麼時候來，讓他進來也給我請個安，好歹他這樁親事，也有他姑姑我在煽風點火！」

這是在說揭穿應邑有孕的事，歡宜自然聽不明白，卻也笑著退下去了。

歡宜一出門，欣榮便拉著行昭的手，低聲附耳說了幾句話。「那日我去臨安侯府見到了三姑娘行明，她說荷葉在她院子裡過得很好，王嬤嬤也去了賀太夫人身邊當差，妳母親的嫁妝被鎖在正院裡頭，兩個月字輩的丫頭守著的。」

行昭感激地看著欣榮，卻聽她又將聲音壓得更低了。「三姑娘還同我說了樁奇事，回春堂的一個老大夫，就是妳母親毒發之時請來的那個，回去後就懸梁自盡了。」

行昭一點也不吃驚，跟欣榮一樣壓低了聲音，忙問。「敢問，三姊說的就是懸梁自盡，而不是其他？」

欣榮生在皇家，長在掖庭。在皇帝還沒即位，她還被養在妃嬪膝下的五、六歲時，見過的陰毒手段和殺人滅口的凶狠就不比別的人少了，聽行昭這樣問，欣榮也不吃驚，笑著頷首。「你們家三姑娘是個光風霽月的小娘子，有股事無不可對人言的勁頭。三姑娘說的是懸梁自盡，那能肯定的是，至少她知道的消息就是那老大夫懸梁自盡了。至於事實究竟如何，就要去問問別的人了。」

行昭愣了一愣，隨即莞爾一笑。

欣榮長公主年歲不大，行事言語卻自有一番道理了。這和養在方皇后身邊不無關係吧？前世的她也在方皇后身側，卻一無是處，蠢得為了個男人瞎了眼，教誨勸導的話一句也聽不進去。

欣榮看眼前小娘子的神情從歡喜到疑惑再到黯然，左思右想，腦子裡滿滿的都是方皇后對她的好，將她當作親生的女兒養育，告訴她怎麼做人、怎麼行事，最後給她找了一門看似不那麼風光，好處卻落在裡子的好親事。

「無論是哪種死因，先臨安侯夫人的去世都叫人不能不懷疑啊。」終究是感情勝過了理智，欣榮將聲音壓得更低，輕聲說出心中所想。

給侯夫人瞧了病，沒瞧好，便回去轉個身就死了，這在宮裡頭常見。貴人主子的病沒瞧好，遇上個是非不分的貴主，能把太醫給拖下去，要不賜死陪葬，要不流放。可誰也沒聽說過大周幾百年來，還有大夫因為沒瞧好一個侯夫人的病，而遭受株連的。

行昭垂了眼瞼，嘴角彎了彎，能在她跟前說出這句話的人，不多。

她感懷欣榮的好意，更敬佩方皇后的真心待人，若是方皇后不誠心誠意地待養在她宮裡頭的小九，照欣榮伶俐知機的個性，哪裡會將窗戶紙捅破，將話擺在她跟前來？

「阿嫵萬千感激欣榮長公主的指點。」隔了半晌，行昭才輕了語調，後退三步鄭重地屈膝行禮道謝。欣榮知道這些就夠了，叫別人知道太多，也不曉得於她是福是禍。

這廂話音將落，那廂就伴著衣料窸窸窣窣的聲響，響起了歡宜略帶些歡快的聲音。

「二哥、四哥還有六弟過來給九姑姑問安了，母后才准了咱們去春溶塢坐船玩！」哪有小娘子不喜歡玩的？

就是欣榮長公主聽著也高興，朗聲同行昭展眉笑開，將一抬頭便看見二皇子、四皇子和六皇子依次走進來。二皇子周恪筆直挺拔，髮束玉冠，劍眉星目的男兒漢卻善穿寶藍這樣鮮亮的顏色。四皇子周憬膚容白皙，一雙鳳眼挑得老高，神情怯怯地，一拐一拐跟在二皇子身後。

再隔幾步就是著一件象牙白的袍子，除卻衣襬處繡著的那抹淺青色的竹節紋路和拿來束髮的一支白玉簪，全身上下再無他物的六皇子周慎。單手接過前頭宮人撩開的簾子，示意跟在後頭的歡宜先走，而後便三步併作兩步地跟上了前面的步子。

二皇子打頭，先給欣榮長公主深作了個揖笑著唱福，將平身，便同行昭笑起來。「一猜妳就在裡間陪著九姑姑，外頭母后和幾個娘娘零零碎碎唸叨的東西，哪裡會有小娘子願意聽的啊！」

「幾位娘娘分明嫌棄臣女蠢鈍幼稚，貴人們唸叨的，臣女哪裡聽得懂！」行昭笑著同二皇子打著花腔，見過二皇子幾面，便愈加覺得這樣的少年郎莫說在皇家，連在公卿貴家都是獨樹一幟難得的純良率直。

行昭捂著嘴笑眯了眼，又轉身同四皇子、六皇子屈膝行禮，口裡說著。「臣女請四皇子安，請六皇子安。」

「起來吧。」一語聲沙沙的，卻也能聽見其中的平和清朗，四皇子沒出聲，這是六皇子開的腔。

行昭從善如流，起了身便退到欣榮長公主身後，又是一福身，算是告罪。「說了要陪著皇后娘娘用午膳的……」這是在推託不跟著一道去春溶塢。

歡宜趕忙插口。「皇后娘娘也讓妳跟著一道去！今兒個日頭這樣好，咱們能泛舟到湖心島去，透過鏡面模樣的太液池能瞧見東六宮與西六宮的模樣，還能瞧見長得層層疊疊的樟木林，一湊近還能聞到香味。」

欣榮笑著將行昭拉過來，小娘子心裡想著什麼她哪還能不知道？見慣了或明或暗耍盡手段往皇家子弟跟前湊的小娘子，越發覺得行昭這樣知進退、曉禮儀難得。

「小娘子嘛，就該四處走走。連通家之好都沒太避諱七歲不同席的規矩，這三個小子都能算作是姑表兄弟，又有我這麼個長輩在場，一道去玩玩，正好讓妳心裡痛快點。」

方皇后是想讓自己也跟著出去玩鬧一番，然後開開心心、歡歡喜喜起來吧？

行昭心頭一酸，母親沒給她的，方皇后全部都給了她，為她想、為她做、為她算計，什麼都為她想到了。

歡宜親親熱熱地牽過行昭的手，暖光灑在溫婉嫻靜的面龐上，面上細細密密的一層細絨像被搽上了一層金色的光，領著行昭往外頭走去，嘴裡直唸著。「咱們午膳就在湖心島上用，邊喝著惠州水煮的龍井茶，邊吃魚膾，快活著呢！」

行昭仰著臉笑著點頭。

一行人浩浩蕩蕩地往太液池走，分了兩條黑木輕舟坐人，縱然是欣榮嘴裡說著不避諱，到底還是分三個小郎君坐前頭那條船，歡宜、行昭和欣榮坐後面的船。

每條船上都跟著幾個身強體壯的婆子，掌舵的掌舵，搖槳的搖槳，別的都縮在角落裡頭不開腔答話，時時看著這頭，就怕有意外發生，身後還跟了一條官綠小船，隔得不近不遠。行昭暗忖，皇帝的三個兒子可都在這上頭，等於是大周的全部身家了，謹慎排場更好，若有個什麼意外，今兒個跟著的幾個人連著欣榮，連著她，也都別想活了。

出也出來了，左右這些時日過得心裡頭委屈，行昭便徹底放鬆下來，輕笑著同欣榮與歡宜說著話，從「宮裡頭的胭脂鴨脯好吃還是翡翠白玉羹更好吃」到「襦裙上是繡桃杏好看，還是一片素色繡暗紋更好看」，東拉西扯地，伴著清風徐徐又有梨園子弟在宮牆那頭幽幽地吹起了竹笛，行昭一顆心放鬆下來，偶然抬頭便兀地看見六皇子佝下身為四皇子擦乾落在船舷上的幾滴水珠。連皇家都能兄友弟恭，侯門卻不得清淨，實在可笑至極。

六皇子一抬頭，正好看見小娘子微張了嘴，面色光潤地瞧著這頭，眼神亮極了，像一枝還含著苞且挺得筆直的玉蘭花。不，如今小小的、嬌嬌俏俏的人更像開在富貴人家的西府海棠。

六皇子下意識地將手往袖裡縮了縮，摸到了一封封著青泥印的信箋，頓感喉頭苦澀，忙移開了眼，望向別處。

行昭不禁愣然，耳邊卻正有欣榮長公主的柔聲軟語。

「過會兒的魚膾讓明師傅來切，他刀工是膳房最好的，切得像澄心堂紙那樣薄薄一層，手拿起來瞧，能看見後頭的物與景。」

六皇子這樣個性的人，沈穩冷靜又寡言，活脫脫又是個賀琰和黃沛。

行昭無意去揣測六皇子的言行，便笑著轉過頭來，繼續與欣榮說話。「這樣薄！怕是筷子一挾，魚肉便碎了吧？哪兒還能吃下去啊！」

「這就是明師傅的得意之處了！魚肉不僅能夠挾起來，還能沾了醬，然後放進嘴裡嚼，一嚼便是魚肉的清甜味道，還摻了些鮮味兒，好吃得很！」

欣榮瞪圓了眼睛，提高了聲量說話，卻見前頭二皇子立起身來要去划槳，嚇得連忙高喊。「老二！快坐下，掉下去了可不是好玩的！」

二皇子登時興味索然，搖搖晃晃地又蹲下身子來，卻與六皇子咬耳朵。「果真是孔聖人說的話對，唯小人和女子難養也……」

明明是在說著悄悄話，卻大聲得讓兩個船上的人都聽見了，欣榮大聲笑著喊。「咬耳朵都不會，可真真是讓人著急呢！」

眾人隨著笑出了聲。

正近晌午，湖畔有碧波青柳，南北小橈通，食過午膳，歡宜便拉著行昭穿過樟木林，將擋在眼前的那枝礙眼的枝椏拉下，細聲細氣地指著遠處的玉樓飛簷告訴行昭。「妳瞧，重華宮看起來像個太極圖，可未央宮像個福字，所以未央宮是歷代寵妃住的地方。」

行昭探頭向外看，連連點頭。

歡宜又拉著行昭要換個地方瞧，一轉身卻見著六皇子立在身後，行昭嚇一大跳，斂了神色又行了個禮。

「大姊您去瞧瞧四哥吧，中午非得要喝梨花釀，如今醉了拉著二哥不肯撒手……」六皇子素來平和的語氣裡帶了些急切。

歡宜對這個胞弟素來忍讓和寬縱，眉眼輕笑地帶著調侃望了望他，也不揭穿，便先讓行昭一個人留在這兒，舉步往那處走去。

行昭連忙跟上去，卻被身後六皇子一聲壓抑而急促的低語纏住了手腳。

「溫陽縣主，慎有急事要同妳說！」

# 第三十五章

行昭一轉身，便看見了一個身形頎長，神容焦灼的少年，單手拂開擋在眼前的窄長香樟樹葉子，有光透過如層幃般細密的香樟葉，在少年的臉上或明或暗地投下了斑駁點光。

六皇子還是個十、十一歲的小郎君，清俊秀雅，眉頭緊蹙，一雙眼睛亮得像浩瀚天際裡熠熠生輝的星辰，可行止之間又像山野中淅淅瀝瀝落下的帶了些迷濛的一場煙雨。

若說二皇子像是個瀟灑倜儻的俠士，那麼六皇子就是一個執扇寡言的文人。

行昭心嘆一聲，拋開先入為主的偏見，不得不承認六皇子實在是一個相貌出眾的少年。可世間多的是金玉其外，敗絮其中的好皮囊，賀琰不也是個定京城裡赫赫有名的美男子嗎？

行昭輕笑一聲，微不可見地往有光的地方動了動，垂下眼瞼，邊十足恭敬地福了身，邊輕聲緩道：「不知六皇子喚臣女所為何事？」

六皇子感覺自己袖中的那封信像有千鈞，又像有火在燒，燒得滾燙滾燙的，還會發出滋滋的聲響來駭人，終覺不妥，半道改了心意，話到嘴裡又轉了一個彎。

「慎只是想同溫陽縣主說，方將軍，哦，也就是妳舅舅，是一個極英武又有文韜武略的人。他平了苗安之亂，穩固了平西關，西北的兒郎不認提督，只認得大將軍，這些都是方將軍的功績。方將軍以血肉之軀保家衛國，於大周，方將軍就是再世的衛青，不，是岳飛……」

少年的聲音沙沙的，從一開始的猶豫和不確定，越說越柔和，帶了些安撫的神色。話到最後，六皇子不自在地輕咳一聲，轉頭避開了行昭的眼神，露出來的耳根子卻紅紅的。

六皇子在賀琰面前都能侃侃而談，能幫二皇子解圍和救場，如今說著話卻結結巴巴，語無倫次。行昭越聽越糊塗，聽到後來不禁心驚肉跳，岳飛可沒有好下場！

忙仰起臉，緊張地看了看比她高了半個頭的六皇子。草草地蹲了蹲身子，神情感激地迎合著。「臣女謝過六皇子誇讚。」

腦子裡卻飛快地轉個不停，方家的探子在西北老林每隔半旬就遞個信回來。也沒聽說西北又出了什麼幺蛾子啊？六皇子最近才領了命去戶部當差，就算接觸到了前方戰事，也只能對一對錢糧帳冊，上哪裡去接觸到更深的東西？莫名其妙地提及舅舅，就像那回莫名其妙地送了盒膏藥來……

行昭摸不清頭腦了，再迅速抬頭覷了覷六皇子紅通通的臉，瞧不出什麼喜怒來，舅舅是方家的希望，是雪恥，還是將背上沈重的、看不見的謠言枷鎖過活，就看舅舅要怎麼回來了！

她與方皇后有這個力氣對付應邑，可能將胳膊伸得這麼長去對付權勢烜赫的臨安侯嗎？

像三伏天被冰水一激。行昭感覺心裡頭沁涼得憋著慌，探出半個身子，神色如常卻慢了語速問。「六皇子可是在朝堂上聽著了什麼風聲？按理說這並不是臣女應當過問的。可正如您說的，方將軍也是臣女的舅舅，是皇后娘娘的親哥哥。早些說，能讓我們都有個準備不是？」

她以為方祈戰死沙場了！

六皇子手在袖裡緊緊攥著那封信，指節發白。這封信讓他夜不能眠，日不能食。

沈下心來細細一想，從信的出處再到藏匿的地方，其間破綻百出，他是一個字也不信，卻也能想像得到這封信在朝堂上引起的軒然大波。當他將這封信一目十行看完時，頭一個在腦海中浮現的竟然是那個左面頰還有著一點淡淡粉疤的小娘子，眼神極亮卻不會刺傷誰，安靜卻不會讓人尷尬，別人說什麼都能笑著接下去，對金枝玉葉的歡宜是這樣，對在鳳儀殿當差的那個小宮娥也是這樣。

母親已逝，胞兄生死不明，父族態度晦暗，已經都這樣可憐了，又何必再拿這些個東西讓這個小娘子再次深陷泥沼呢？所以今早才會特意選了這身素淨的衣裳，才有了此刻生疏的安撫，和心頭那股沒頭沒腦的情緒。

揪著信封的手指漸漸鬆開，再等等，再等等吧。終有水落而石出的時候，世間從沒有風沙會一直擋住眼睛的道理。

六皇子神色一鬆，釋然一笑，像二月破冰而出的新綠抽芽，笑著搖頭，一邊將藏在袖裡的信塞得更進去，一邊彎下腰同行昭說著話。「無事，只是定京城裡謠言猛於虎，溫陽縣主只要牢牢記得妳舅舅是一個頂天立地的男兒漢就好了。」

行昭驚愕，素來沈穩靜言、與她並無瓜葛的六皇子，是聽見了定京城裡的謠言，如今當真只是為了安撫她？

一雙杏眼睜得老大，一瞬間又神色如常，行昭笑著輕聲道：「流丸止於甌臾，流言止於智者。只要皇上和您都記得舅舅為大周做了些什麼，就算外頭人再怎麼說，也動搖不了根本。」

六皇子一怔，隨即笑著點頭，其間思慮說不出口。

當今皇帝，他的父親是個什麼樣的人，他心裡清楚，先帝有六個兒子，顧太后出身不高，連帶著皇帝壓根兒就沒有選入立儲的考慮裡，可就這樣一步一步地爬，終究是他登上了九五之尊。

一個原來就沒有希望的人，就算出人意料地有一天拿到了這件東西，也會整日處於患得患失的反覆情緒裡。所以新帝登基的時候，才會有奪爵削券十二家公卿，才會有幾個王爺除卻平陽王掌著宗人府，其餘的都被圈在定京裡做一個手無權柄的清貴人的局面。

六皇子的顧慮，行昭無從知曉。

一下午，整個湖心島上就只能聽見二皇子時不時的一聲驚呼，和四皇子跟著二皇子亦步亦趨時的哼哼唧唧，還有欣榮長公主指著他們笑時清脆泠泠的聲音。

少年不識愁滋味，陡驚孤雁向南飛。

春溶塢的安逸在天際盡處堪堪染上一抹昏黃時結束了，鳳儀殿的幾個宮人手裡打著六角宮燈，候在太液湖畔，將各家的主子領到鳳儀殿的兩個小偏閣裡，小娘子梳妝的梳妝，小郎君換衣的換衣。

再擺桌用膳，行昭身上帶孝沾不得葷腥，照舊避在花間裡頭，等用完膳再出來時，只剩下淑妃正笑意盈盈地領著一雙兒女告辭。

「原以為兩個都是安安靜靜的，如今一試便被試出來。阿青的衣裳上沾著香樟葉子沒理乾淨，阿碧回來的時候臉都還是紅紅的，一看就是瘋鬧得不像話。」

行昭福了身便乖巧地坐到方皇后身邊去，淑妃說到阿青的時候，六皇子的臉不自在地板了一板，倒遭方皇后瞧見了，直笑。「老六怎麼說也是在戶部領差事的人了，妳還阿青、阿青地喚他，跟喚個小娘子似的。」又望了望外頭天色，直讓他們趕緊回去。「你們宮裡頭離這兒遠，叫他們抬了轎輦送妳和歡宜，老六今兒個還回千秋館吧？」

淑妃笑著攬了攬身側的女兒，答了聲「是」，方皇后便又讓人拿了一匣子東西出來，讓六皇子拿著。「老二不喜歡文，老四喜歡看戲，你是個喜歡寫字、琢磨的人，這匣子有上堂徽墨、紫毫湖筆，你且拿著用。」

因為淑妃的關係，方皇后待六皇子一向不錯。

六皇子道了謝，淑妃一行人便福了福身，往外頭走去。

大殿裡頭瞬間變得空落落的，幾個宮人低眉順目地藏在柱子後頭撐燈，蔣明英侍立在方皇后身側，蓮玉候在三步之外，明明還有這麼多人在，行昭卻覺得空寂得讓人難耐，索性歪了頭靠在方皇后身上，半合了眼睛。

方皇后笑著捏了捏外甥女的臉。「這是怎麼了？玩得累了？早些睡吧，今兒個好容易無拘無束一次，從明兒到六月初六便得將腦子裡的那根弦繃得緊緊的了……」

行昭心裡頭想了幾遍，隔了半晌才細聲細氣地將今兒個六皇子的異樣從頭說了一遍。

方皇后一挑眉，輕輕拍拍行昭的背，輕聲緩語。「老二是個率直魯莽的，老四是跟在老二後頭的，老六卻是兄弟三人中心思最縝密，話最少的那個，我看著他長大，淑妃教養出來的也能稱得上是個君子。他對妳舅舅是這樣評價，那心裡就是這樣的評價，否則急急忙忙地過來同妳說這個做什麼？妳舅舅在做什麼，我能猜得著一二，現在卻還不是時候公開，咱們要穩穩當當地等著他回來。」

六角宮燈亮亮的，高高掛在懸梁上的是圓的，被蒙上了一層薄薄的桃花紙，被宮人們拿在手上的是方的，上頭還繪著各式各樣吉祥的圖案。

行昭睜了眼，直直地望著那些個暖融融、黃澄澄的燈籠和它們發出的光，重重點了點頭。

過後的一個月，正如方皇后所說，煩事瑣事接踵而來，鳳儀殿裡進進出出的人一直沒見少。

皇帝雖然隱隱約約透出了些看淡應邑這樁婚事的意思，可在顧太后示意下，六司偶然也會呈上來幾件逾矩的東西，皇帝瞧了瞧單子倒也沒說什麼。

眾人像是有了個主心骨，總算是確定皇帝的最終態度了。

皇帝的態度明瞭了，各司各房的人像是在夜空裡找到了一條明路，一邊覷著鳳儀殿的態度，一邊覷著慈和宮的態度，一邊還得顧慮著皇帝的態度。

行昭進出時，常能看見有六司的姑姑拉著蔣明英縮在鳳儀殿的灰牆琉璃瓦下，也不曉得在說些什麼。

方皇后只笑著抱著行昭親暱說：「應邑和顧氏不一樣，顧氏脫不了小家子氣，窮慣了的一旦富起來，自個兒手裡頭攥著的也要，眼裡望著鍋裡頭也要，沒臉沒皮地也不在乎，她願意爭這些俗物，咱們儘管給。無論什麼珍奇古玩，只要不是皇帝加她封邑、賜她良田、封馮安東官爵，都不是什麼大事。再者，應邑自小長在錦繡富貴堆裡，在她眼裡頭怕是拿著一疊房契放在她跟前，也比不上賀琰一個眼神。至於皇上……」

方皇后想了很久，才輕聲笑道：「皇上心軟又護短，既狠不下心又耳根子軟，有時候卻比那些心如磐石、英勇豐毅的男兒漢更能讓女人過得好一些。」

男人的心軟常常代表著藕斷絲連和割捨不下，只要慢慢耗，總有贏的那一天。

行昭暗暗點頭，又想起來方皇后對顧太后與應邑的評價，也是入木三分。

讓應邑懷著賀琰的孩子嫁給馮安東，這是對應邑最狠的報復。

喜歡財的就把財富奪走，喜歡美人兒的就讓美人香消玉殞，看重那所謂的情意的……通常會被傷得更重的，將感情看成全部生命的女子，往往不得善終，前世的她是，母親是，應邑也會是。

行昭攥著方皇后的手，輕輕點了頭。等應邑嫁進馮家，馮安東不是個忍辱負重的，到時候一個想著舊情人，一個綠雲罩頂，兩個各懷心事的男女被捆在一起，你死我亡，又是一齣好戲。

日復一日地過，到六月初一，方皇后特意沒帶行昭，留了林公公在鳳儀殿，只帶了蔣明英去慈和宮給顧太后請安。

遠遠走來，就能嗅到檀香濃郁安寧的氣味。走到廊間，檀香一縷一縷地從湘妃竹簾裡飄出來，方皇后被宮娥恭恭敬敬地請進了正殿裡，一撩湘妃竹簾，見上首的太師椅沒人，再左右看了看，見顧太后盤腿半合眼地坐在炕上。

顧太后聽外頭有窸窸窣窣的聲音，微微張了眼，看方皇后穿著一襲絳紅丹陽朝鳳十二幅綜裙精神奕奕地進來，微勾了唇角，幽幽開口。

「近來可還好？宮裡頭接連著喜事，妳這個皇后身上的擔子最重，裡裡外外都要妳打理，原以為會看見個憔悴黃面的老婦。」

方皇后斂眉抿嘴一笑，沒急著答，微屈了膝笑著唱福。「母后過譽了，應邑和老二的婚事定下來，臣妾是極高興的，就像沈屙盡除，通身都舒爽起來。」

「沈屙除盡？皇后未免說得太輕狂了些吧！」顧太后猛地睜開眼睛，這幾個月來積攢下的怒氣被憋在心裡頭，讓她的語氣顯得時而咄咄逼人，時而優柔寡斷。「應邑這樁婚事，哀家是極不滿意的，馮安東既是鰥夫又和梁平恭扯不清楚，朝堂上的名聲也不算好。可既然是皇后在煽風點火，讓皇帝認下了，哀家也只好顧全你們的顏面，暫且不將鬧起來。」

話說得好聽，未嘗也不是遞了個梯子在方皇后腳下，讓方皇后就坡下驢。事已至此，與其梗著脖子不嫁，還不如嫁過去慢慢謀劃。

是讓馮安東像第一任丈夫那樣命喪黃泉，還是尋個錯處索性和離，再結前緣，顧太后和應邑的盤算大約也就是這樣了吧。

自從嫁了人、入了宮，方皇后感覺自己像是要將世間全部不要臉的人都看了個遍，其中以低微出身的顧太后為最。

方皇后沒說話，專注地拈起茶盅蓋子將浮在亮褐色茶湯上的茶沫拂去，動作輕柔而緩慢。

顧太后勃然大怒，這個兒媳婦從來沒將她看在眼裡！

「六月初六是個好日子，皇家嫁女兒是大事，皇帝去與不去都再說，皇后卻是一定要去的。」顧太后忍下怒氣，她慣會忍下氣、吃得了苦，這是年少時積澱下來的經驗，她一向不懂什麼謀定而後動的高深道理，可她懂得忍氣和瞧準時機，所以才會一步一步爬到這個位置。

就算是在這個時候，顧氏還在她、方福的姊姊面前，為應邑爭取顏面！

方皇后氣極反笑，小啜口茶，單手將茶盅按放在桌上，皮笑肉不笑。「您不說，臣妾也會去，去看看天家的長公主是怎麼風風光光嫁出門的。馮大人心裡一定歡喜壞了，現成的美嬌娘，現成的兒子，坐在屋裡頭就撿了個落地桃子，怪不得最近連朝也不大上了。」

方皇后邊說邊高聲喚來蔣明英，撩開簾子往外走，再回首一看，慈和宮的空氣裡都透著些腐朽與落寞的氣息，浮在半空中的微塵，在這晦暗不明的房間裡頭，極恣意又一股腦地往透著光的窗櫺飄去。

方皇后冷眼掃過依舊盤腿在炕上的顧氏，顧氏身上穿著的那件蓮青色雙魚紋褙子，像極了半埋在土裡，半露出頭來的，一塊老舊的墳墓。

因為兩樁喜事，朝堂上關於西北是戰是和的爭論小聲了許多，馮安東是堅決主戰派，二皇子妃閔氏的父親又是去向不明的西北護軍，大臣們暗自揣測，皇帝心裡的盤算，西北，肯定是要繼續打下去的！

梁平恭應景似地在平西關外又連打了好幾場勝仗，韃子的氣勢日漸弱了下去，請封恭誦的摺子便頓時如同雪花片一樣飛上了皇帝的御案，皇帝皆留中不發，倒是像想起來什麼似的，總算是記得把馮安東尚主應得的四品世襲州指揮的恩蔭批發了下去。

六月初六，諸事皆宜。

鳳儀殿外頭端來的幾口碗蓮被帶了些暑氣的風吹皺了花面，一大清早行昭便被蓮玉鬧醒，蓮玉朝窗櫺外頭努努嘴，行昭便趴在窗緣邊靜靜聽，噼哩啪啦的鞭炮聲響在皇宮的西北角裡。

慈和宮就在西北角，而應邑從慈和宮出嫁，繞著皇城轉一圈，再到長公主府拜堂成親。

行昭抿嘴一笑，將手伸進綿青色襦裙的一邊袖裡，邊將頭從中間鑽了出來，邊含糊不清地說著話。「民間嫁女兒也放得鞭炮啊，鎮邪驅魔，好叫自己女兒一輩子過得順順當當的。」

蓮玉腿腳已經全好了，蹲下身幫忙理了理裙裾，笑道：「我可從沒聽說過哪家的閨女二嫁三嫁的也敢放鞭炮，抬著大轎趁著天黑逛一圈，這也都算隆重的了。宮裡頭飄著的紅條，慈和宮貼上的雙囍窗花，用雲天錦羅繡成的大紅遍地金嫁衣，生怕別人不曉得這家有女子二嫁了。」

「皇上讓按著合方大長公主的分例來辦，宮裡人自當盡心盡責地辦，說起來這也是顧太后的慈母心切，與皇后娘娘的孝順恭謹。」

牛不吃草還能強按頭不成？顧太后願意將女兒推到風口浪尖，方皇后自然也要使出全身氣力來迎合了。

行昭銜蓮玉眨眨眼睛，順身坐在菱花銅鏡前頭，先搽了雙凝膏再在傷上輕敷了一層蜜粉，對著鏡子瞧了瞧，臉上的印已經消得差不多了，便戴著青幃小帽往正殿去，走在廊間腦中想起來方皇后和皇帝說的話——

「小娘子雖然是帶著孝，可避到花間不進新房想來也沒什麼大礙吧？上回和欣榮、歡宜去划船，回來高興了整整三天，我眼裡瞧著心裡卻酸酸的。我又不敢去問應邑，私心想著，阿嫵溫陽縣主的名號都是應邑在母后跟前提了一提才得了的，想來應邑應當也很歡喜看到阿嫵才對。」

皇帝想一想也覺得有道理，大手一揮便讓行昭也跟著去了，只說：「本來就是二嫁，哪兒來這麼大的講究，讓溫陽和閔家娘子、陳家娘子好好相處著，也不是什麼壞事。」

蔣明英向行昭轉述，行昭嚇得渾身雞皮疙瘩都起來了，閔寄柔指的是二皇子，陳家指的是四皇子，她與這兩個處在一起，是什麼道理！

來不及多想，拐進正殿。方皇后也都收拾妥帖了，看了看眼前戴著幃帽、穿著綿青色高腰襦裙，腰間束著一條葫蘆斜倒的杭綢軟緞補子的行昭，整個人像中庭裡的將開未開的那株碗蓮。

方皇后滿意地點點頭，攜著行昭坐上轎輦出了宮門，出了東城再換了一輛素金暗紋華蓋的馬車，將至掛著紅條、大紅燈籠、雙囍福紋的大紅窗紙的長公主府，便有平陽王妃帶著命婦們過來跪在青磚地上候著了。

方皇后先下了馬車，行昭待在馬車裡，有風將幕簾吹起一道縫來，行昭透過縫望向外面，開得豔麗的月季種在舊窯花斛裡，長得矮矮的卻香極了的蝴蝶蘭栽在石斑紋柵欄裡，朱漆綠瓦，牆角飛簷，長公主府端的是一派富麗華貴的場面。

行昭涼了眼神，心卻更熱了，又酸又痛。

方皇后與命婦們在裡間分次落坐寒暄，行昭被閔寄柔拉著到了偏閣的花間裡，聽閔寄柔給她咬耳朵。「臨安侯家還沒來，你們家太夫人一向架子大，皇后娘娘都來了，難不成太夫人帶著行明還準備黃昏的時候過來？」

方皇后在，應邑在，太夫人避都避不及。

外面喧喧嚷嚷的，有小丫鬟神色誇張地進來高呼——

「新娘子來了！」

喧天的鑼鼓由遠及近而來，歡天喜地的鼓吹喧闐讓花間更熱鬧了。

未出閣的小娘子們笑嘻嘻地一個拉著一個跑過去，趴在窗櫺隔板上探頭往外瞧，其實從裡間望出去，只能瞧見灰牆的牆緣。

大約是沒有嫁人的小娘子天生都喜愛看這樣拜天地、和和美美的場面吧。

閔寄柔沒等來行昭的回答，也不惱不催，笑呵呵地拉著行昭和黎七娘也想過去瞧瞧。

行昭從善如流。

花轎顛簸極了，時上時下，左右搖晃，慌得應邑連忙拿手捂住小腹，手一把抬起來撐在花轎內壁上，頭上蓋著的紅紗綢垂在眼前，滿眼的火紅像一把尖刀扎在了她心尖兒上，眼淚轉瞬之間就撲撲簌簌地落了下來。

聖旨像一座銅牆鐵壁立在她與賀琰之間，皇帝不許她回長公主府裡頭住，是為了護著她，可是住在宮裡頭她又上哪兒去和賀琰商量呢！

整整兩個月，賀琰既沒遣人過來說兩句話安她的心，更沒有千方百計遞條子進來，她才不信一個經營幾百年的世家在宮裡沒個接頭的人！

阿琰是放棄她了吧？

她的阿琰是再也不要她了吧？

就像他毫不猶豫地拋棄了方福一樣。

世間輪迴，報應不爽，古人誠不欺我。

頓感悲從中來，應邑全身冰涼，就像深陷囹圄，轎子搖搖晃晃的，她感覺自己的心也在隨著轎子晃過去晃過來，顧太后的安撫像是尚在耳邊——

「虧得妳沒被賀琰哄得將那幾封信全都給了他，妳自個兒手裡頭掐著一封信，等梁平恭回來，再擺出來慢慢和他算。妳不想讓皇帝知道你們都做了些什麼，梁平恭更不想讓信箋和他私賣軍備的事東窗事發！他曾經是馮安東的姊夫，如今是立了功的戍邊將軍，又是妳哥哥的心腹大臣，他手裡還能沒有馮安東的把柄？讓他死死地掐住馮安東不放，妳見過哪朝的駙馬是身上擔著罪名的？我在旁勸一勸，妳回來哭一哭，皇帝能心軟的。」

應邑感覺唇瓣乾極了，喉嚨酸澀，將蓋頭撩起，將簾子掀開了一條細縫，往外望一望。

正好看見長公主府的牆頭有一株紫藤蘿探了個頭出來，綠綠翹翹的，還含著星星點點的幾個粉紫色花苞。

這棵紫藤爬得可真高啊，順著牆爬到一半時，它有沒有恐懼得想立馬退縮下來的念頭呢？

或許是有的吧，只是爬到那裡了，要想再回到原點，就必須有人掐掉它的藤蔓，摘除它的枝葉，讓它痛不欲生，讓它重新變得光禿禿的，難看極了。

就像她一樣，事到如今，她也沒有辦法收手了。

賀琰是她的執念，是她的不甘心，是她的夙願。一次不行那就費盡心力地再來一次，再來兩次，再來三次……

嗩吶的聲音響亮極了，悠悠長長、滿懷喜氣地跟在新郎官的身後走。

相較於應邑壯士斷腕的悲涼，馮安東卻顯得鎮定極了，笑著騎坐在馬上，春風得意地同圍在小巷裡來看熱鬧的人群笑著點頭致意。

綠雲蓋頂？

別人又不知道，別人只會羨慕他的好運氣！

馮安東心頭哂笑，他如今只能感到自個兒頭上的這頂烏紗帽輕輕飄飄的，好像立時就能帶著他飛起來。

到了長公主府，馮安東一抬頭，匾額金晃晃的，黑漆楠木的底，皇帝題的字，恩寵赫然在眼。

撩袍下馬，一腳踏過了長公主府的門檻，再沒回頭看一看落在身後的大紅喜轎。

喜吹班子見府上到了，鼓著腮幫子，紅了一張臉，吹得更賣力了。

外廳有爺們起鬨的笑鬧聲傳到這裡頭來，有小娘子身量高膽子大，便撐在柵欄上踮著腳往外望，有人在催問她，她笑嘻嘻地轉頭過來高聲道：「是新郎官先進來的！」又撐起頭來看了看，揚聲補充道：「新娘子被婆子扶著跟在後頭！走得倒是一步三拖遝，估摸著是頭上戴的鳳冠有個十斤重，壓的！」

又有小娘子笑著問。「新郎官長得可好？」

「長得美貌！身上背了好大一個大紅花團，又勾唇描眉，又敷粉點紅，推上戲臺去，我看比柳文憐還能演青衣！」

眾人哈哈笑起來。

閔寄柔悄悄地扯了扯行昭的衣角，小聲說道：「是四皇子妃陳媛的妹妹，頭一次出來見人。媛姊兒是個不說話的，想不到她妹子倒是個能出風頭的。」

行昭人小身矮，側身站在閔寄柔身邊，靜靜地仰著頭看逆光下的那個張揚歡笑的身影。

那是陳媛的妹妹陳婼。

行昭一進屋子，第一眼就看見她，卻從她的身邊走過。

她不知道該拿出怎麼樣的態度和情緒來面對陳婼，這個在前世裡恨不得將之扒皮抽筋的敵人，讓她的歡哥兒死得不明不白的女人。

前世的冤孽，若是拿到這一世來細細地算，行昭算不清楚。

十一、二歲的陳婼長得好極了，身量高䠷纖細，一張巴掌大的瓜子臉，一雙水靈靈的清妙目，頭髮抿得光光滑滑的，一笑起來就像兩輪彎彎的明月升了起來，站在逆光裡顯得光彩照人，也難怪周平甯會愛上她。

一個愚蠢執拗，一個活潑開朗，誰有眼睛，都會選機靈伶俐的那個吧。

行昭垂下眼瞼，眼裡只盯著自個兒腳下那塊光亮得像鏡子一樣的青磚，見到周平甯時，她的心情就像被拾掇妥當放進盒子一樣安靜。可當陳婼出現在她眼前，她還是會從心底漫起深深的酸澀與仇恨。

可見，恨比愛要來得更持久。

敲鑼打鼓的聲音離得越來越近，好像又有好戲要開鑼了。

閔寄柔見行昭心神不寧，笑著彎腰牽起行昭，拉著又往外走，細聲細氣地說著話。「應邑長公主算起來也懷了四、五個月了吧？我娘說喜袍做得寬大點，補子（注）放寬點，再把花樣都繡在胸前和臂上，就不能讓人瞧出來了。」輕輕一頓，嫻靜溫柔的小娘子難得地語氣裡帶了些譏諷和嘲笑。「睜著眼睛說瞎話，宮外頭的人大抵心裡都有了譜，只是心知肚明不說罷了，急急吼吼地定下親事，再急急吼吼把三個小娘子都娶進皇家，以為這樣就能夠安安穩穩地翻篇了嗎？宮外頭就不會議論了嗎？」

沒明說，可行昭知道這是在怨懟皇家將石家亭姊兒一併賜給二皇子的旨意。

行昭努力把堵在嗓子眼的不舒服壓下去，仰著小臉安撫著閔寄柔。「皇后娘娘也說虧欠了你們，皇上下的旨意，鳳儀殿也是向公公都出了宮去宣旨後才曉得的大概。二皇子倒是極看重姊姊，上回你們前腳去聽戲，他後腳就跟到鳳儀殿來問妳穿了什麼顏色的衣裳。」

閔寄柔頭一次聽見這番說辭，面色紅了又紅，一張臉緊緊繃住，好像嘴都張不開。

行昭笑著拉過閔寄柔往前走，事情都在變好，外廳裡的那對穿著紅衣紅裳的狼狽不也被生拉硬拽地湊在了一起，兩看生厭嗎？

在鋪了塊大紅雙囍紅布，上頭奉著一卷九爪祥雲紋明黃色的賜婚聖旨，還擺著馮家幾個牌位的黑漆木桌前，這對新人站定，尚了公主其實跟入贅之婿沒什麼分別，住在公主府裡頭，用的是公主的奴僕，還得看公主的臉色，自家的親眷爹媽見著兒媳婦也得行叩拜大禮。

應邑心甘情願地想跟著賀琰在臨安侯府裡過小媳婦兒的日子，馮安東可沒有這樣的運氣。

皇帝只賞了東西沒過來，顧太后也沒來，只一個方皇后過來了，長嫂如母，便安安穩穩地坐在了上首，馮安東的老娘老爹戰戰兢兢地，不敢受應邑的禮數，更不敢和皇后並排坐著。

方皇后看不見應邑的臉色，卻仍是心頭大快，若今兒她自己不想來，誰逼她也沒用。她就是要來親眼看看，應邑是怎麼懷著她心愛的孩子嫁到別人家去的！她要來看看馮安東忍不忍得了唯一的兒子是姓賀的！她要來看看，應邑盼星星盼月亮，盼著要嫁男人，如今確實是穿著大紅衣裳出了嫁，一張俏臉會是個什麼樣的神色！

注：補子，又稱胸背，簡稱補，指位於胸前和背後的方形裝飾。

心裡頭快活了，語氣自然也舒暢下來，招呼著馮安東的老爹老娘。「應邑長公主身體不便，明兒個成大禮的時候再讓她給你們行個禮數。」

馮家人如釋重負，規規矩矩地坐到了左次首。

爺們坐在外廳裡頭觀禮，夫人奶奶們坐在裡屋喝著茶嘮嗑，小娘子們圍著柵欄往外看。

司儀官是宮裡頭帶過來的，瞧著幾方坐定，扯開嗓門，在一屋子歡天喜地的敲鑼打鼓聲裡躍眾而出。

「一拜天地！」

馮安東率先轉過身來，朝著明敞敞的門口和空地，一撩袍便跪了下來，磕了三個響頭。

喜婆扶著應邑慢慢悠悠地也跪了下來，輕輕磕了三下。

「二拜高堂！」

馮安東又跪了方皇后，身形俐落，沒見拖泥帶水之態。

應邑直挺挺地站了將近一刻鐘，頭上簪著朵大花的喜婆扶了幾下，應邑還是一襲紅衣杵在原地置若罔聞，喜婆有些上不去也下不來，朝蔣明英望了望求助。

方皇后清了清嗓子，高聲道：「妳身子不妥當，本宮是知道的。可是不跪拜就是沒成禮，沒成禮就是沒成親，這是祖宗定來的規矩。聖旨擺在上頭，這是皇上定下來的國法。祖宗家法，聖意國規，應邑，妳要三思啊。」

聲音從正堂傳了出來，頓時鴉雀無聲，只剩下吹吹打打的喜慶聲還在繼續，突兀而孤寥。

馮安東扭過頭，冷冷地望著那襲紅衣，他忍下這麼大口氣，成了這樁荒唐的婚事，這娘兒們還敢和他裝腔作態！

方皇后嚴峻冷肅，應邑身形一抖，頭一低，半晌之後，動作僵硬而遲緩地將手搭在喜婆的臂上，一點一點地屈了膝，終究是膝頭磕在青磚地上，彎下頭，三個頭磕下來。

大紅蓋頭下的應邑已經是淚流滿面。

方皇后神情淡漠地眼睛往下瞥，應邑大紅色的身影正微微發抖，伏在地上顯得可憐極了。

司儀官鬆了一口氣，瞅了眼方皇后的神情，又滿含喜氣地高聲唱禮。「夫妻對拜！」喜婆歡天喜地扶起應邑，馮安東面色鐵青地起了身，和應邑面對面手裡握著一管大紅綢帶，兩方都彎了腰。

三拜結束。

在皇城腳下，眾目睽睽之下，應邑長公主與馮安東正式結為夫妻。

司儀官揚高了頭，加重聲調。

「禮——」最後一個字縮在口裡頭只說了半截，司儀官睜大了眼睛，含在嘴裡的那個字被一支劃破天際、氣勢洶洶而來的紅纓木樸頭箭的呼嘯之聲嚇破了聲！

那支箭力道極大，準頭極準，帶著凶氣和殺氣從中庭的空地上呼嘯而過，從馮安東與應邑長公主之間穿過，直直地釘在了擺在桌上的馮家榆木牌位上！

榆木牌位受到了強烈的衝擊，「砰」地摔在了地上打旋，木頭與青磚碰撞的聲音漸輕漸無，伴著更漏撲簌簌的聲響，這是滿屋裡最響亮的聲音。

# 第三十六章

半刻靜謐之後，屋裡頭大驚！

外廳杯盞瓷器碰撞的聲音，男人們急促的腳步聲和低沈的喝聲如同壓抑之後，陡然同時交雜在一起，讓場面顯得雜亂無章，裡間女人們此起彼伏的尖叫聲幾乎要衝上雲霄。

蔣明英一個踱步擋在了方皇后身前，低聲一喝。「皇后娘娘，您避到裡間去！」

方皇后朝立在旁邊的林公公使了眼色，林公公趁亂之際，佝著頭往裡間去尋行昭。

「啪」清脆一聲，方皇后一巴掌拍在木案之上，邊起身邊厲聲止住混亂。

「長公主府的侍衛去門外搜尋，將長公主和馮大人請到洞房裡去，女眷仍舊在裡間待著，男賓能武的也守在外廳裡，不能武的到堂內來，局勢比人強，先用屏風隔著，如今不拘這些俗禮，一支弓箭而已，誰會行刺先射牌位不射人！」

話音一落，局面一滯。是啊，若是真要行刺誰會費盡心力射個死人的牌位啊，要知道當朝皇后就坐在旁邊！

喜婆縱然心驚，也明白就算是有行刺也不會衝著她來，拉扯著應邑往裡頭走。馮安東大驚失色，蹲下身來避到自家爹娘身後，探個頭出來，看到方皇后挺直了脊梁往外走，腿軟之餘，心頭卻自有主張地暗讚了一聲。

侍衛有往外去的，有裡三層、外三層將正堂圍得死死的，爺們是武將的便提起刀往外頭走，穿著長衫束髮的就往裡頭走。

紛亂之餘，場面終究是鎮定平靜下來了。

方皇后做下吩咐，面色如常，腦子裡卻飛快地轉了起來。

是馮安東的仇家？還是應邑的對頭？

隔得這麼遠就能將擺在桌子上的牌位一箭射中，此人臂力、準頭和眼力都不一般！

方皇后心裡頭隱隱有了一個猜測，幾步走到門口，中庭裡遍立著籬笆種著紫藤花，枝葉密集地簇在一起，瞧不清楚外頭的動向，卻能聽見人被摔打在地的悶哼和打鬥時候的激烈聲響，方皇后心一沈，舉步想要踏過門檻，卻聽轉角傳來清脆的稚聲。

「姨母！阿嫵跟著您！」行昭提著裙裾，埋頭往這處跑得急，林公公跟在其後。

枝葉後頭隱隱約約有黑影攢動，方皇后側過身子將行昭小小的身子一把攬在懷裡，低聲道：「妳怎麼過來了？快跟著林公公，林公公不是普通的內侍，就算出了什麼事也能護著妳，外頭局勢未定……」

行昭掙開方皇后，站得直直的，輕聲卻堅定。「不是行刺。」頓了一頓，先往外探了探，又細聲細氣地接著說：「一箭射到牌位上，說明來人手法準，眼界好，從外面射到內堂來，要站在巷口的那家飯館二樓才能達到目的，誰來行刺會先射支箭進來，給主人家通報一聲『我要來行刺你了，你做好準備』呢？如果不是行刺，來人射支箭，就只是想表達一下對這樁婚事的不滿和警示，應邑有嫌疑，臨安侯府有嫌疑，可來人又從飯館過來，現在還在外廳與侍衛們大打出手，應邑都委曲求全嫁了，賀琰在兩個月前沒有半點動靜，這個可能性也不大。」

方皇后認真地聽，時不時地點了點頭。

自從阿福走後，阿嫵便好像換了一個人。

從設計在眾目睽睽之下，揭露應邑有孕，再到逼迫應邑承認孩子的父親是馮安東，再到著手重新調查阿福的死因，阿嫵都井井有條地在思考，阿嫵不適合出面，所以需要出面的事只能由她來完成。

可如果沒有阿嫵，方皇后會選擇一個更激烈、更容易給應邑帶來肉體和物質上傷害的方式，卻也不能保證自己能夠順利脫身，而不是像現在這樣鈍刀子來細細地磨，顧氏和應邑卻半句話也說不出來。

「所以，妳認為這只是一個惡作劇？」

行昭平靜地搖搖頭，再望向外頭的時候，神情中卻帶了幾分熱烈和思念，輕聲出口。

「阿嫵覺得……」

話到一半，被一個中氣十足，帶了些驃悍的高昂男聲打斷——

「馮安東！你這個婊子養的！敢說不敢做，敢做不敢認，有種就給老子出來！」

方皇后瞪圓了雙眼，猛然扭頭，透過籬笆上長得密密的紫藤蘿花葉縫隙，能看見有個身長八尺，穿著青衣布衫，滿臉鬍鬚，瞧不清面目的人影背上扛著一個人，外八字走路地不急不緩往裡闖進來。

行昭頓時喜極而泣，沒有急著衝出去而是抬了眼，淚眼矇矓地望著方皇后，手裡揪著方皇后的衣袖，哽咽著訥聲出言。「阿嫵覺得……阿嫵覺得是舅舅回來了……」

像在一直昏黃晦暗的天際上看見了藏在雲層後面的亮光，更像是行走在大漠裡幾十天沒有喝過水的旅人，終於找到了一口泉眼。

方皇后眼眶兀地紅了，鼻頭一酸，一出言才發現聲音沙沙的，輕輕拍著行昭的背。「快去，快去，那就是妳舅舅……」

方皇后與行昭感到痛快，方祈更是痛快得像渾身洗了個澡似的。

馮安東那小娘兒們還敢公然上書，還敢在殿上死諫，吃了雄心豹子膽地敢告他個叛國通敵的罪名！

憑什麼老子在西北流血流汗，喲呵，你他娘的在定京城裡還娶上公主了！雖然是個寡婦娘兒們，但是也沒這麼便宜的事！他穩妥起見連自己老巢都沒敢走，從秦伯齡鎮守的川邊進了國境，穿大巴山的時候，他佝著腰手裡杵著棍在山坳裡走，真是越想越不是滋味，當下就決定管他個三七二十一，先把那臭娘兒們鬧個天翻地覆，再去理那天王老子！

一路過來，身後拖著人，還帶著從西北老林活著出來的三百位兄弟，跑死了幾十匹馬，還是緊趕慢趕，這才趕上新晉駙馬爺的這婚事！

他敢滿嘴噴糞，胡說八道，就休怪他方祈一支箭一夥人趕過來壞了他娘的好事！

方祈一把將身上扛著的那侍衛甩在地上，嫌眼前的那個籬笆礙事，邊用蒲扇樣的手把籬笆推開，邊扯開喉嚨喊。「馮安東！你是個男人就出來！老子頂天立地一個男人，在這發誓，不把你揍得哭爹喊……」

「娘」字沒喊出來，方祈瞪大了一雙銅鈴眼，驚得將想說的話都吞進了喉嚨裡，身上雞皮疙瘩都起來了，縮著腦袋直愣愣地看著一把撲過來，抱著自己腰的那個芬香撲鼻的小娘子。

方祈連夜趕路，草墊子睡過，泥沼裡睡過，野獸屍體旁邊睡過，身上的味道並不好聞，行昭卻將頭埋在裡頭，哭得不能自已。

她的舅舅回來了，猶如神兵天降！

「您還活著……您活著回來了……」混著各式各樣的氣味充斥在行昭的口鼻裡，小娘子的聲音帶著些哭腔，軟軟綿綿的，卻一手將方祈箍得更緊了，口裡悶悶發聲。「我是阿嫵啊……是賀行昭啊……」

方祈大驚，一把就將行昭抱起來，瞪大了眼睛湊近了看，咧嘴一笑，黑黝黝的滿面鬍鬚下面露出一雙極亮的眼睛，和白白淨淨的兩排牙。

「阿嫵都長這麼大了！」

小娘子白白嫩嫩的一張臉，哭得團皺在一起，像個瓷娃娃又像隻嗚咽嗚咽的小貓。

方祈哈哈大笑起來，轉過身去揚聲高喚道：「景哥兒！景哥兒！快給老子過來，你妹子在這呢！」

行昭被方祈一把撈起來，靠在自己身上，他本就聲量大，震得行昭愣了三秒，半晌才反應了過來，一聽其後語，手背三下兩下地將一張臉擦乾淨，趴在方祈的肩膀上急忙往後探。

這樣瞧起來不僅像隻小奶貓，更像隻偷食的松鼠。

方祈笑得更開懷了，蒲扇樣的巴掌沒敢去碰小娘子，將頭偏得遠遠的，不叫自個兒雜草叢生的鬍鬚扎著行昭，刻意低了聲調。「那小子動作慢，總算是對得住妳娘了，把她兒子安安穩穩地給帶回了京……」

方祈話音未落，行昭扭身張著嘴想說什麼，卻被一聲帶了熱切與歡喜的、少年郎沙沙的聲音打斷了。

「阿嫵！」

是哥哥的聲音，行昭扭頭一看，一個穿著青布短打，身體壯實，肩膀寬寬，瘦瘦黑黑的少年手上拿著一把刀急慌慌、興沖沖地往這頭跑。

真正來到這一天，喜悅與酸澀相攜而來，湧在心上，像有一把刀在心間剮絞。

這是她真正的親人們！

母親啊，您若能緩一緩，再緩一緩，不要走得那樣的急，您會看到您有著一個多麼豐神俊朗的兒子。

他和他的父親截然不同，涇渭分明。

行昭手揪著方祈的衣角，眼淚無聲地大顆大顆順著臉往下流，嘴唇動了動，想說話卻開不出腔來，索性將頭埋在方祈的頸間哭得一悶一悶的，胸口噴湧而來的情緒有苦盡甘來的喜悅，有失而復得的慶幸，有陰差陽錯的悲慟與後悔，有辜負期望的愧疚，還有功敗垂成的委屈。

哥哥啊，我們的母親沒有了，再也回不來了……

話在嘴邊，理智告訴她身處何地身陷何時，費九牛二虎之力將話生吞硬嚥下去。

行景幾步跑了過來，眼尖先見到了扶在門框邊上的方皇后，卻還是先拿手揉了揉幼妹的腦袋。一把將刀扛在肩上，笑嘻嘻地直說：「這是怎麼了！連哥哥的面都不想見？是嫌我鬍子拉碴不好看了？仔細我回去給母親告狀！」

幾句話惹得行昭哭得更凶了，行景哈哈笑起來，九死一生，他不信舅舅是個吃裡扒外的人，揹著行囊就去找，如今找著了，還凱旋而歸了，看他不狠狠地搧那傳謠的小人幾個巴掌！

又幾個跨步上去，一撩袍跪在地上，給方皇后行了個叩拜大禮。

方皇后眼眶發熱，將行景扶了起來，淚中含笑地望著方祈。

「方將軍還是這副樣子。」方皇后手在抖，面容克制，語氣裡溢出來的狂喜和放鬆卻清晰可聞。饒是方皇后這樣的人如今也被方祈和景哥兒平安生還擾亂了思維，又哭又笑地立在門口。

「還好禮成了，舅舅也不算驚擾了喜堂。」行昭抽抽噎噎地伏在方祈肩頭，輕聲說了這句話。

方皇后如夢初醒，方祈和行景如今並不知道方家的恩恩怨怨！

還好禮成了！還好塵埃落定了！

方皇后腦袋轉得飛快，心裡漸有了譜，鎮定地轉身揚聲囑咐道：「將才禮成了，新娘子也入洞房坐屋了，請夫人奶奶們去裡頭熱鬧熱鬧，陪著新娘子說說話！諸位大人們都請坐下吧，司膳房裡特意備了五十年的老沈香酒釀，推杯交盞的，大家都用得盡興些吧！」

一錘定音。

沒提那支箭的事，也沒提方祈來尋釁。

原先驚慌失措的女眷們見是方祈方將軍回來了，慌張的、被驚得立在原地的，還有些欣喜得想尖聲叫出來。閔夫人滿臉是淚地癱在黎夫人的身上，邊哭邊攬著閔寄柔急匆匆地衝過來，腿一軟險些跌坐在地上，蔣明英眼明手快一把將其扶起。

「敢問方將軍，信中侯可還活著？」

撕心裂肺地，帶著些壓抑與期望的女人詢問。

「信中侯在轎子裡頭！」行景能夠理解閔夫人的情緒，連忙回道：「伯母不要掛心，閔大人除了受了些皮肉傷，其他都還好。」

閔夫人喜極而泣，顧不得行儀了，抱著眼眶紅紅的閔寄柔哭得肝腸寸斷。

原以為失蹤投敵的戍邊大將陡然回歸，這是石破天驚的大事，方祈可以隨興而為先來射一箭報個仇，方皇后卻不能不打起精神來籌謀規劃，大傢伙的有冤報冤，有仇報仇，而應邑長公主府決計不是個清靜的好地方。

「起駕，回宮！」方皇后當機立斷，轉頭看了看仍舊縮在爹娘身後的馮安東，鄙夷頓起，冷了語調。「馮大人預備蹲在椅子後頭多久？今兒個是你大喜日子，馮大人莫不是還指望著本宮替你去招呼男賓？」

馮安東身形一縮，他現在手抖得不行，當初在殿上死諫的是他，如今被方祈鬧上家門口來的也是他！

「方將軍兵敗而歸，恬不知恥，一攬微臣娶親喜事，二射微臣祖先牌位。皇后娘娘向來以公正端肅持宮秉正，如今是娘家胞兄犯了事，您就含糊其辭，草草了事，您不怕寒了大周滿堂文臣的心嗎！」馮安東左思右想，決意先下手為強，左右都是走魏徵諍臣的路子了，還不如現在將姿態拔高點，往後就算東窗事發也能推說毫不知情。

行昭目瞪口呆，從方祈的懷裡唰地一下起身，馮安東的詭異思緒將她的離情別緒都吹散了些許。

方祈的來勢洶洶，大家有目共睹，馮安東在這節骨眼上還能做出一副魏晉名士的風範來拿出噱頭好成全名聲嗎？他不怕方祈火氣一上來，當場就把他像拎小雞仔一樣拎出來扔了嗎？

「老子看在皇后的面子上不和你這娘兒們爭，你可別給臉不要臉啊！」方祈嘿嘿笑起來，滿臉的落腮鬍子一翹一翹地。「剛才有隻不長眼的蒼蠅飛進你喜堂裡頭了，老子是為你好，一支箭把它給射死了。你看你頭髮光光滑滑的，不曉得抹了多少髮油，過會兒那蒼蠅就得圍著你頭髮飛。蒼蠅可不只是圍著狗屎味去，它可機靈著呢，哪兒有臭味往哪兒飛。嘿，你個小娘兒們，就是見識短。」

哄堂大笑。

行昭捂著嘴笑起來，方祈混跡軍營多年，外粗內細，曉得現在不是說那些謠言的時候，也曉得拿促狹話岔過去了。

馮安東臉一下子脹得通紅，和身上穿著的大紅吉服交相輝映，不說五彩斑斕，也是相得益彰。

方皇后一笑，瞥了眼馮安東，沒再理會他，雲袖一揮，率先走在前頭出了門。

外命婦們簇擁上來去送，平陽王妃先去照料應邑，行景帶著閔夫人去瞧信中侯，小郎君處事變得十分穩妥了，先溫聲安撫。「要先去面聖，見過聖上，估摸著侯爺才能回去，閔大人不是什麼大傷，伯母且放寬心。」

閔夫人含著淚點頭，望著行景瘦削黝黑的面龐，欲言又止，看了看前頭扶著蔣明英舉止如儀上馬車的方皇后，到底輕聲說了一句。「伯母放心你照料著侯爺。倒是你，無論有什麼事都穩住了，姨母和你舅舅是不會害你的。」

行景聽得迷迷糊糊的，點點頭，便翻身上馬，立在高處看陽光直射下的定京城，頓感年少英雄壯志情長。

方皇后與行昭坐在一處，紅眼對紅眼久久沒說話，兩廂對望，嘴角卻都自有主張地往上揚，守得雲開見月明，見到親人還活著的喜悅，不再孤軍奮戰的放鬆，謠言不攻自破的釋然，讓這兩個日益承受著壓力與悲慟的女人想放聲大笑了。

「舅舅與哥哥還不知道……」行昭艱難出言，率先打破沈默，面對現實，沒把後話說出來，方皇后卻都懂了。

這個端麗自持的婦人垂下眼瞼，半晌才輕輕嘆了一口氣，險些又將行昭的眼淚給逼出來了。

行昭將手放在膝上，將頭側過去，風將簾幕吹起，行昭的眼神正好落在背挺得筆直，春風得意的哥哥身上，心頭五味雜陳。

「一樁一樁的解決吧。」方皇后緩聲低吟。「妳舅舅一回來就敢去找馮安東麻煩，至少意味著他手裡攥著能讓皇帝滿意的東西，才會無所顧忌地想要出一口惡氣。皇帝年前換下西北提督與守備，梁家是從龍之臣，一向得青睞恩寵，而現在的顧守備卻是顧太后的外族子侄。既然咱們無論怎麼做都是惹眼，還不如做得再張狂些，叫天下人都知道。」

方皇后說得隱晦，卻讓行昭陷入了沈凝。

一路再無話，馬車「咕嚕嚕」地駛進皇城，鳳輦是可以從正門入宮的，去時是一輛華蓋馬車，回來卻多了幾十匹馬和幾百個人，應邑長公主的事就算傳得再快，也不可能現在就飛進了宮裡。

守門的侍衛目瞪口呆地望著那輛青色繡鸞鳳紋的馬車，再表情僵硬地移向那群跟著的，凶神惡煞、蓬頭垢面的幾百個壯漢，顯得既訝異又呆愣。

再怎麼驚異和呆愣，侍衛看著林公公手裡頭攥著的那方權杖，也連聲唱著諾，開了宮門。

初夏的天已經有了幾分暑氣了，馬車軲轆行在堪堪能過一輛馬車的宮道上，方皇后隔著簾子吩咐林公公。「去儀元殿瞧瞧聖上在不在，若是在，跟聖上說，方將軍和信中侯回來了，就這麼一句話。」

林公公應承，搭著拂塵，疾步越過馬車往前跑。

幾百個兵士就留在了內苑二重門那，方皇后和行昭一輛馬車，信中侯一輛馬車，方祈和行景下了馬，一左一右地跟在前頭馬車旁邊。

從二重門到儀元殿抄近道，要經過一片人跡罕至的黃楊木林，車軲轆壓在葉和草鋪成的路上，細細碎碎的響了一路。

「景哥兒是和蔣千戶一起來的，幸好沒從平西關出境，而是選擇了漠上一個不起眼的小驛站騎著駱駝過來。蔣千戶是在我身邊用慣了的，跟著記號在西北老林中找著我們一大隊人馬，一見到我，他便同我說定京城裡關於我通敵叛國的謠言傳得沸沸揚揚，梁平恭原先的妹夫還一頭撞在儀元殿的柱子上，要死諫。

「景哥兒活抓了韃靼主將托合其，如今正被五花大綁在信中侯的馬車暗箱裡，他是韃靼的秦王，是韃靼現今君王的胞弟，同時也是下一任大王的競爭者。我與景哥兒帶著兵，先是火攻再等夜襲，景哥兒拿著把大刀殺得紅了眼，別人砍他的馬腿他便將那人的頭一刀砍下來，滾進帳篷裡……」

方祈的聲音壓得低低的，響在簾子外面，不似喜堂前那番張牙舞爪，長長的一番話，語氣平淡且內斂。

等方祈、行景還有信中侯一進儀元殿，說了什麼、做了什麼，女眷們就一概不知了，因此方祈在抓緊時間和方皇后交代，安她的心。

方祈猶如喪家之犬被逼得出了關，進了西北老林，就必須幹出驚天動地的大事，才能力挽狂瀾。

行昭抬眼看了看方皇后沈靜的面龐，這是方皇后頭一回得到探子來報時，就說出來的猜測，不由得心頭敬佩。女人家的眼界若只是拘在了後宅裡，那只能眼前一抹黑，思維會變得越來越窄，最後鑽進不可挽回的牛角尖裡。

方皇后靜靜地聽，方祈避開其間的險要，只撿了最風光的時候說。他進大周悄無聲息，是在避著誰？是誰把他逼得只能帶著三百位兵士闖出一條血路來的？當時平西關失守是什麼樣的情形？

一是因為如今在外面，隔牆有耳，他不放心全都說出來；二來嘛……

方皇后再一抬眸。帶著堅決和破釜沈舟之心，輕聲打斷了方祈的話——

「阿福去了……」

方祈登時僵住話頭，釘在原地。

行景也愣了。阿福……母親……去了?!

# 第三十七章

行景腦袋裡一片空白，他只聽見了這輕輕的四個字，他沒看見方皇后的神色，去了？去了是什麼意思？

「母親去哪兒了？」行景伸手緊緊抓住馬車的窗櫺，幾十天的生死搏鬥讓他的個性在血與淚中磨去了稜角與衝動，腦子飛快地轉了起來，參加京中的喜宴，阿嫵不跟在母親身邊而是跟在皇后身邊……

方皇后先抬手讓馬夫停下來，再扭過頭去，嘴唇囁嚅似乎是在思考該怎麼說。

行昭小手握了握行景攀在窗櫺邊的手指頭，眼眶發熱卻語氣沈穩，一字一頓。「母親去世了，三月初七戌時三刻，在正堂的羅漢床上。」

行昭的語氣穩極了，可手卻在抖。

她在發抖，行景顫得更厲害。

「母親……母親是怎麼死的？」行景啞著嗓音，手撐在馬車上，不讓自己倒下。

壯志已酬，器宇軒昂地回來，卻聽到至親已亡的消息。

生死之間，他一直在將自己磨成一把刀，刀刃見血封喉，刀背寬厚古拙，這是方祈教他的，更是他在血泊與死亡之中一遍一遍練習會的。可以悶在泥沼裡一天不出聲，可以潛伏在草叢裡就算有毒蛇和惡蟻沿著他的腳一寸一寸地爬上來也不能動彈，隱忍是刀背，男兒血氣是刀刃，他意氣風發、前途磊落，可他現在只能拿這樣的態度來面對自己母親的死亡！

方祈沈著臉從後面一把將行景撐住，餘光掃過面色悲戚的妹妹和形容哀傷的外甥女，心知事有蹊蹺，只能沈聲道：「景哥兒，想想這是哪裡！」

行景神色一頹，似笑非笑，想哭不哭，整個人都掛在方祈的身上，半晌直不起身來。

那種被尖刀刺破胸腔的絞痛與屏氣又向行昭襲來，她死死咬住唇，感覺到自己的眼眶裡已經充滿了血絲，果斷地爬起身來，跪坐在窗前，湊在行景的耳朵邊，輕聲說了一句話。

「是臨安侯逼死了母親，阿嫵眼睜睜地看著母親將毒藥一飲而盡。可是哥哥你現在不能垮，你要神情平靜沈穩地去面聖，你要一步一步地把地位鞏固下來，你才有資本和賀家那一群人鬥……」行昭輕輕一頓，太夫人慈藹的面容在腦中一閃而過，手緊緊地攥成一個拳頭，慢慢地輕聲又言。「在權勢面前，耍的任何小聰明和小伎倆都是以卵擊石。」

行景瞳仁猛然放大，握著那把明月彎刀的手一直在劇烈地抖動。

方祈見慣生死，卻也紅著眼將行景一把從馬車旁邊拉開，高聲道：「馬車接著走，耽誤了面聖誰也擔不起！」

駕馬的車夫像是什麼也沒聽見，高喊一聲。「得嘞！」將馬鞭高高揚起「啪」地一聲抽在馬背上，馬車繼續「咕嚕嚕」地輾壓在葉子與雜草之上，向皇城，定京，乃至大周國域的中心駛去。

行昭忍著淚跪坐在窗前，馬車裡鋪著素絹忍冬花暗紋的軟緞裡子，青紫色的底，乳白色花紋交雜在一起，倒是讓人心漸漸平了下來。

方皇后一直沒說話，手交疊在膝上，愛憐地看著行昭。

外頭也沒了聲響，只剩下兩個血氣男兒的腳步聲拖遝而沈重。

「長痛不如短痛。」儀元殿近在前方，方皇后終究緩聲出言。「景哥兒現在回來了，他是男兒漢，不像妳，還能避到我宮裡來。他必須拿起刀，回到那個吃人的地方，為了自保而戰鬥，為了復仇而戰鬥。」

行昭眼還是定在素花軟緞裡子上，耳朵邊聽著方皇后的話，行景個性衝動又嫉惡如仇，前世母親死得不明不白，行景被太夫人養在身邊時耳濡目染，日漸接受了宗族觀念為重的謬論。

她怕歷史重現。

母親已經死了，若是親生哥哥還看不清楚、瞧不明白，行昭恨不得像馮安東一樣，衝到柱子前面一頭撞死。

這一世，行景跟在方祈身邊出生入死，眼界寬了，個性沈穩下來了，從將才的那番話就能瞧出來。縱是心頭再恨再痛，也會壓抑著聲音，而不是不管不顧地扯開喉嚨叫喚。

行昭在胡思亂想，未來卻就像這輛馬車，它可不管你是不是在焦灼和憂愁，它只管沒頭沒腦地向前衝。

沒多久，馬車「嘎吱」一聲停了下來，外頭緊接著便響起了向公公尖利又帶了幾分欣喜的聲音。

「林公公將才急急忙忙來稟告，手舞足蹈地，皇上連問了兩遍才聽清楚意思，聽見國舅爺回來了，皇上立馬命奴才在宮門口候著，就怕顯得不莊重！」

沒叫方將軍，叫的是國舅爺。

方祈在外頭先朝向公公頷首示禮，胞妹死訊帶來的衝擊，已經被這個在官場上沈浮幾十年的將軍拾掇妥當，放在了心頭最裡面的位置。

「您可客氣很了！將才我去鬧了鬧應邑長公主府，哪曉得那處的駙馬爺是個沒膽的，竟怕得縮到了凳子下頭去！」方祈憨直一笑，滿臉落腮鬍子就橫向扯開了，反客為主朝向公公做了請先行的手勢，口裡接著說：「成親三日無大小嘛！也不曉得皇上知道了，得不得怪罪我去將金枝玉葉的長公主給嚇著了！」

向公公搭著拂塵佝著腰，笑呵呵地陪著笑，望了眼後頭跟著的行景，再看了看跟在後面慢慢走，還沒到的另一輛馬車，笑呵呵地回。「您是個不拘小節的，皇上怎麼可能怪罪您？您九死一生回京，皇上就像手上握著塊失而復得的珍寶似地了。」

再探頭與馬車裡的方皇后道了惱。「奴才給皇后娘娘問安，給溫陽縣主問安。實在國事繁重，奴才就帶著國舅爺先行一步了，您先去偏閣喝喝茶可好？」

「你們只管去！信中侯身上有傷，不敢駕得快了，過會兒本宮讓人領著他進去。」

方皇后自然從善如流，帶著行昭坐到儀元殿偏廂去。

這裡是皇帝平日裡歇茶小憩的地方，布置得是一派清雅悠閒，方皇后端著茶盅半坐在椅凳上，行昭規規矩矩地端了個杌凳靠著方皇后坐，靜靜地等待正殿裡頭的動靜。

這是行昭頭一次進儀元殿的偏廂，清一色的紫檀色擺設，紫檀木小案上還有一卷沒來得及合上的書卷，鋪著的罩子都是應景的青碧色，用了帶淚痕的青褐色湘妃竹做隔斷，糊著桃花紙的窗櫺，有光從外頭經歷了一番波折才照進來。大約是因為天熱了，只在炕頭下、擺櫃上，還有高几上擺著澎過水、還帶著幾滴水珠的新鮮瓜果，而沒有選擇熏香，處處透了隨意和慵懶。

與行昭以為的帝王莊重，大相逕庭。

矮几上擺著一隻繪唐代仕女美人圖的舊瓷鼻煙壺，釉色光滑，看得出來是主人家的愛物，常常在手裡把玩摩挲，行昭的眼光順勢抬高，看方皇后神色如常，只是緊緊抿了嘴，眼神直直地望著東邊，想越過那幾扇朱紅色的門，看看裡頭到底在做些什麼，聽聽到底在說些什麼。

可惜，偏廂和正殿隔得遠，還得拐幾條遊廊，方祈與皇帝的一番暗含玄機的對話，方皇后和行昭自然無從聽到。

三刻過後，正殿的大門「吱呀」一聲打開，早已候在門外的信中侯一瘸一拐地進了內。門又「吱呀」一聲關了起來，而後再也沒打開過，向公公親自搭著拂塵守在外頭。

消息一旦進了宮，就跟長了翅膀似的，飛到各宮各院裡頭，先是丫頭們隱密地三三兩兩說小話，再是下人們湊到主子跟前小聲說，再到主子與主子之間咬耳朵。

國舅爺方祈，帶著幾百人浩浩蕩蕩闖回了京，先去攪和了長公主的婚事，再跟著皇后進宮面聖的消息，飛速地傳到了宮裡的每一個角落，像在熱油裡頭舀了一瓢水進去，沸騰到上頭浮起一層濃密的白花花的霧，大概就有這麼熱鬧。

先坐不住的是惠妃，帶了兩個宮人，柔柔嫋嫋地同擋在門口的向公公說著話。「也不曉得是怎麼了，午睡時竟然遭魘著了，想來想去心裡怕極了。也不曉得皇上得沒得空，若是如今沒空，本宮去偏廂候著皇上也是好的。」她聲音嬌滴滴的，眼睛裡像是含了一汪碧油油的水，一眨一眨地就險些滴下來。

惠妃素來得寵，皇帝也一向願意給她臉面，可現在這番行事，未免有些太自以為是了吧！

向公公笑一笑，梗直了脖子。就是個年輕漂亮的得寵妃子，膝下又沒個依靠，也敢衝在最前頭來裝腔作態，不是遭人當槍使了，就是腦子裡頭只有漿糊，全身上下只有胸脯四兩肉。

「可不巧了，皇上特意吩咐皇后娘娘與溫陽縣主候在偏廂裡頭。您若是要等，奴才叫人給您在中庭裡搭個竹棚子可好？」

惠妃一哽，這老閹人從來就沒給過她好臉色看！想起慈和宮的吩咐，終是扯開嘴角勉強一笑，朝裡頭望了望，直說：「不用麻煩向公公了，等皇上得空了，您就說本宮來過就好。」一邊說邊擺手，扭過身來，面色鐵青地沉了下來。

隔了一炷香的工夫，又有顧太后身邊的丹蔻姑娘提著食盒笑吟吟地過來，也不說要送進去，也不說要候著，只同向公公左一句話右一句話地拉著家常。

「今兒個長公主出嫁，太后本來心裡頭極高興的，又聽方將軍死裡逃生回來了，一回來沒先進宮，倒去長公主府湊了回熱鬧，太后便直道『方將軍是個心眼直的，撞著什麼是什麼』。今年六月的天可真是熱，估摸著再隔幾天，慈和宮就得用上冰了，太后娘娘的腰腿又有些不太好，又怕受了潮氣舊疾復發，做奴才的就往東也怕往西也怕，竟不知道該怎麼辦才好。太后娘娘讓人做了吃食過來，也不曉得有幾個人，就怕做得不夠，倒叫幾位大人受了委屈……」

向公公垂著手，樂呵呵地靜靜聽，等丹蔻絮絮叨叨的一番話說完了，便朝著小宮人招招手。「快將食盒提到膳房裡頭去，等皇上得了空，得記著要熱好了呈上去，這可是太后娘娘的一片慈心！」

小宮人連聲應著諾，伸手就要去接丹蔻手上的食盒。

丹蔻笑凝在臉上，連裡頭有哪些人，有幾個人，向公公都不肯透露！

儀元殿的消息打聽不到，太后總不能慌慌忙忙跑過來守著吧？遣了丫頭過來旁敲側擊，誰曉得向公公連慈和宮的面子也不給了。

接食盒的小宮人才十二、三歲的模樣，眼睛睜得大大的，望著丹蔻，手伸在空中等著丹蔻將食盒交給她。

向公公話裡有話，在明擺擺地趕人，丹蔻一咬牙將食盒遞給了那宮人，又朝向公公福了福身，什麼話也沒說，扭身便出了儀元殿。

慈和宮都受挫了，闔宮上下就算心裡頭急得像八隻耗子上下齊撓，也只敢探出頭來觀望觀望，再無人敢強出頭了。

儀元正殿朱門緊閉，時有激昂之聲，時有長久沈默，時有瓷器碎在地上的清冽響聲，向公公眼觀鼻鼻觀心地垂手立在門口，他什麼都沒聽見，也什麼都聽不見。

前殿你方唱罷我登場的好戲，自然有好事的宮人湊到偏廂裡去和方皇后細聲細氣、一五一十都說了，方皇后笑一笑，賞了宮人兩個梅花樣式的金錁子，便合上眼靠在太師椅上讓行昭唸書給她聽。

偏廂的書七七八八、雜亂無章地擺在案上，可都是印了明黃色御章的，行昭一本也不敢拿，只好朗聲背誦詩文。「三徑就荒，松菊猶存。攜幼入室，有酒盈樽……雲無心以出岫，鳥倦飛而知還。景翳翳以將入，撫孤松而盤桓……」

小娘子的聲音清朗澄澈，歸去來兮啊，如果當時父親將阿福嫁給手下的參將或西北的那家舉人，過著男主外、女主內的普通日子，樂呵呵地日復一日，生兩、三個孩兒，穿粗布衣裳，食青菜豆腐，阿福會不會更快活一些呢？就算是有磕磕絆絆、打打鬧鬧，也能夫妻床頭吵，床尾和，就算不那麼快活，也不至於這樣早就將一條命給丟了吧？

行昭高聲誦著詩詞，卻看見方皇后閉著的眼睛裡直直地、安靜地流下了兩行淚。

這是行昭第一次見到方皇后哭，小娘子誦詩詞的聲音頓了一頓，隨即輕手輕腳地湊過身去，用手背將方皇后臉上的淚輕輕擦乾。

滿室靜謐安寧得像一幅落筆精緻的水墨工筆畫，自鳴鐘「滴答滴答」的聲音在偏廂愈漸響亮，不知過了有多久，鐘擺左右搖晃，堪堪敲打了八下，行昭看著窗櫺外的天際從藍澄澄到霞光密布，再到如今的暮色四合，偶有成人字形的大雁時不時地變換隊形從南飛到北，在雲上留下了一道如同剪影一般的印跡。

方皇后摩挲著行昭的腦袋，輕聲詢問。「餓不餓？要不要讓人先上一點乳酪？吃茯苓糕還是綠豆糕？」

行昭笑著搖搖頭。皇帝還沒出來，誰敢在他的偏廂裡面大吃大喝？

行昭正要說話，她耳朵靈，聽見廊間有一行人輕微的腳步過來，連忙抬頭一看，正好林公公帶著幾個小內侍撩開湘妃竹簾，眼神極亮地入了內間。

方皇后神情一凜，站起身來等著林公公開口。

「方將軍活捉托合其立下大功，方將軍賜一等平西侯勛爵，擢升右軍都督府左都督，又封『三孤』太子少師從一品銜，加賜了三千良田，十萬金銀，賜方進桓四品世襲河中府指揮使，又賜賀行景揚名伯丹書鐵券。信中侯掌戶部錢法堂與寶泉局，待癒後任職。這都是皇上的口諭，聖旨明日擇吉頒布。」

林公公佝著腰語氣平緩，又言。「將才皇上倒也又下了一道聖旨。梁將軍照舊在西北任提督帶兵鎮守，又令秦將軍從雲貴川一帶抄後手堵住韃靼，瞧起來皇上是下定決心要堅持抗擊了。」

將舅舅安插在中央直隸五軍都督府內，梁平恭守地不動，卻讓秦伯齡帶兵分權。

這就是三方博弈之後的結果，行昭對廟堂之上的敏銳度極低，正低著頭一條一條地細想，卻聽耳邊方皇后輕笑一聲，將話題岔開。「方都督與揚名伯可還留在宮中？」

從善如流，稱謂從方將軍變成了方都督，景哥兒變成了揚名伯，行昭暗忖，至少方皇后對這個結局還是滿意的吧？

「皇上留了三位大人的膳，方都督在京裡沒宅子，皇上便賜下雨花巷裡的一處三進的宅院先讓方都督與揚名伯住下。估摸著用完膳，若是宮門還沒下鑰，兩位大人能過來同您問個安。」

方皇后點頭，讓林公公給皇上帶了個話，便帶著行昭回了鳳儀殿用膳梳洗，等著方祈和景哥兒過來。

# 第三十八章

回到鳳儀殿，就像回到了銅牆鐵壁裡，感到安全與放心，一天的紛雜消失在耳邊，行昭總算可以靜下心來好好想想，是哥哥活捉的托合其卻將功勞算在了舅舅身上，是景哥兒與方祈相商的結果，還是皇帝的考量？

舅舅擢升到了中央，桓哥兒卻任西北河中府的指揮使，一貶一抬，皇上到底要做什麼？舅舅和景哥兒都住在雨花巷，那臨安侯府還回不回了？

行昭在冥思苦想，方皇后神態自若地小啜了幾口溫茶，將茶盞擱在了案上，再抬眼看了看皺著眉頭陷入沈思的小娘子，不禁展顏一笑。看七、八歲的白白淨淨的小娘子努力擺出大人的模樣，煞是好玩。

沒一會兒，掛在廊間的琉璃寶塔風鈴「叮鈴鈴」地響開，竹簾唰地一下被撩開，一個體型驃悍的大漢與一個頎長挺拔的小郎君伴著夜裡的潮氣走進了殿裡，暖澄澄的光下，兩道高矮胖瘦不一的黑影，卻都帶著一樣的颯爽和血性。

行昭趕忙起身，一邊接過景哥兒的外袍，一邊仰了臉，眨巴著眼，欲伸手去接方祈的袍子。

小娘子烏溜溜的眼睛讓方祈心情大好，眉宇間一掃陰霾，邊笑著去看方皇后邊落坐在左下首。

「不論春夏秋冬，天一落黑，平西關就冷得不行。到了這個時節，平西關要不大早，要不早晨、晚間就有鋪天蓋地的風沙，叫人門都出不得。」方祈說著話卻將手裡頭的袍子遞給了景哥兒，努努嘴，指使起他來。「去，把袍子掛到門後頭，你妹子長得跟貓兒一樣小，你也好意思指使她做事。」

被方祈一打岔，行昭的心頭鬆了些，垂下眼抿嘴笑，便規規矩矩地搬了個小杌凳坐在最下頭，眼神卻一直放在景哥兒的身上，直到現在她才找到時間細細地打量景哥兒。

行景的面色不太好，不，也不能叫不太好。少年輪廓分明，一雙眼睛亮極了，眉梢卻帶了鋒利，以往膚容白皙，一看就是定京城裡遛鳥華服的公子哥兒。如今面色黑得發亮，彷彿行舉之間都帶著西北的風霜滄桑。

或許是才聽見母親去世的消息，少年素來揚起的嘴角抿得緊緊的，神色琢磨不透是悲戚更多，還是怨懟更甚。

景哥兒一落坐，正殿裡的宮人們自動地魚貫而出，落在尾端的小宮人垂眸斂容將門「咯吱」一聲合上，伴著這聲輕響，方皇后輕輕嘆了口長氣，開腔時語氣已經帶了無奈。

「皇上同哥哥怎麼說？方家經營西北多年，如今卻讓你直隸中央。」

方祈一笑，眼神移到乖巧坐在最下首的行昭身上，小娘子才多大，皇后竟然沒叫她避開。又想起在喜堂上行昭那句「好歹禮成了」，話不長，卻帶了些慶幸和隱晦，心下狐疑，卻強自按捺下，心裡知道阿福的債只能由他們出面去討，來龍去脈既雜且亢，那就慢慢地來，一樁一樁地過吧。

「皇上只是將我從平西關調到定京來，而沒有大手一揮將我調到前軍都督或是中軍都督上，就已經是皇恩浩蕩了。」方祈嘴角一撇，神情十分不屑，看了看透著幾點光和幾道宮人黑影的窗櫺，沒有再言。

行昭卻一下子明白過來，方家的根基在西北，武將不比文官，文官講的是個名聲，武將講的不僅是實力，更有名望！在軍隊裡的名望，就是保全自身的免死金牌！舅舅在西北的名望毋庸置疑，方家軍是舅舅出生入死帶出來的，身邊的死忠親衛都是在血泊和死人堆裡刨出來的。

右軍都督府管川蜀雲貴，好歹和西北沾邊，若是一道聖旨將舅舅發配到福建餘杭，下頭再配個皇帝親信的副將，那舅舅就果真被完完全全架空了。武將離開自己的老巢，背離自己的親衛，什麼都做不成了。

舅舅凱旋而歸，忌諱功高蓋主，皇帝這樣行事已經算是成全了忠臣明君的一番佳話了！

「好歹桓哥兒還掛著河中府指揮使的名頭。」好歹方家還占著世代經營的這塊地！方皇后沈吟道，沒將後頭的話說出來，話頭一轉。「梁平恭幾次三番打下勝仗，打退韃靼，皇帝卻封你做平西侯。」一笑，帶了些嘲諷。「我真是想立刻騎上馬去西北瞧一瞧梁平恭氣急敗壞的模樣。」

提到梁平恭，方祈原本舒展的神情漸漸收斂，眸色一閃，低了聲調。「他？若不是他，韃靼這次怎麼可能攻得破平西關！」

行昭大驚，扭頭去看方皇后，腦子裡掠過一個念頭，卻快得讓人抓不住。

「他倒也算個人物，膽子大著呢，年前才就任，就敢在三個守備面前跟老子較真，老子沒理他。他要查帳，老子就把前幾十年的帳本送過去給他，近十年的帳就給扣下來了，還讓人帶話給他——『前頭的帳沒查完，現在的帳查著也連不上，送佛送到西，索性一塊兒查了再來看這幾年的帳，梁都督也摸得著頭腦些。』」

方祈沈下聲，娓娓道來。「我是握著兵馬的將軍，他是西北都督，品級上差不多，雖說他管帳是名正言順，可老子就是不服氣。老子方家經營西北幾十年，一門忠烈，在戰場上豎著倒下來的人比在床上橫著嚥氣的人都多，對朝廷那是忠心耿耿，憑什麼皇帝要重新派人過來攪和西北，憑什麼一個外來戶就敢拍著桌子和老子叫板！」

賀琰說景哥兒像方祈，果真沒說錯，一股子橫氣和氣性倒是真真的像。

行昭低著頭，一點一點地揪著那方蜀繡並蒂蓮帕子，再直愣愣地看著帕子上一道一道的褶子，禍事從何而起？就從皇帝的動搖與方家的不服氣身上，方家將西北看成囊中之物，別人捱不得、碰不得。我忠心，可我只對坐在龍椅上的那個人忠心，你梁平恭不過是來跑個腿打個雜的，憑什麼還想從我口袋裡分一杯羹？

方皇后聽得認真極了，皇帝遣人去西北換下原先的都督和守備，造成了西北一段時期的內訌與隔閡，這是出於皇帝的私心與多疑，可也有梁家和顧家在皇帝耳朵旁邊吹風的緣故，否則怎麼就派了梁平恭去當都督，顧太后一個子侄去當守備呢？

帝王心術在於制衡，這一點無可厚非，可方家在西北安安分分幾十年，若心裡存了二心，老早就揭竿而起了，還需要將兩個女兒都嫁到定京來表忠心嗎？

方皇后眼裡的一絲痛苦稍縱即逝，輕輕點了點頭，應和道：「哥哥就算是瞧不上梁平恭，也不可能置大局不顧，由著內訌影響戰事局面，這一點我是曉得的。」

方祈心下大慰，又道：「韃靼夜襲突然，那日本來駐守城牆的應當有近千名兵士，可當夜只有百餘人在城牆上頭，來犯者約萬人，鷹眼、雲梯、火藥一應俱全。我帶著三千騎兵殺出城門，鏖戰一場，到底是守住了。過後我細查下去，那日是梁平恭排的班，也是他在商口和韃子互通有無，將火藥、鷹眼和雲梯的製作方法折成千金賣給了韃靼商人。」

方皇后震怒，啞然無聲，隔了半晌才道：「梁平恭被錢串子迷了眼了嗎?!」

方祈輕笑，將背舒舒坦坦地靠在了椅背上，又補充道：「不僅如此，他還扣下皇帝命他一同帶來的錢糧，戰事突起，還是老子拿著刀逼著他的脖子，他才戰戰兢兢地把東西拿出來。」

「您出了關外，梁平恭奮勇抗擊韃靼，這說明他並沒有叛國投敵的打算。」行昭目瞪口呆地插言。「他這一番舉動，完全只是為了錢財而已……人為財死，鳥為食亡……梁平恭的賭注下的也太大了一點吧！」

方皇后冷笑。「他以為就算賣出去了，韃靼也只是個蠻力蠢鈍的民族，做不了大事，更動搖不了大周根本。至於扣下錢糧，只是為了給哥哥一個回擊和下馬威。」

這就是皇帝派出去的心腹大臣。他疑慮忠良，卻倚重無賴！

事已至此，所以皇帝才會下令秦伯齡老將出馬，帶著兵馬去西北分權，仔細想一想，這似乎是最為妥當的作法，怕立時召回梁平恭會引起他的逆反，手握重兵時反水倒將大周打得個措手不及。讓方祈再去西北，又怕方祈陷入個人恩怨之中，對大周不利。只有由置身事外的秦伯齡帶兵制衡，既能將梁平恭壓得死死的，又不會在西北引起大的震盪。

景哥兒坐得直直的，面無表情地接其後話。「我和蔣千戶與舅舅會合後，舅舅三千人馬當時只剩下了一千來人，我們在西北老林裡喝山泉、吃生肉，不敢生火，怕引起韃靼人的注意，也不能從平西關和川蜀邊境回去。」

「帶著兵馬出來了，就要砍下韃靼人的腦袋，不能無功而返，這是當時我的想法，有和皇帝賭氣的緣故，更多的是覺得這樣回去折了方家人的臉面。」方祈話到後來，越落越低，臨到最後錚錚鐵漢眼神放空，直直看著軟玉一樣的行昭，語氣裡多了未曾察覺的後悔。「當時手裡拿著梁平恭的帳冊，還能帶著一千人闖回來將他摞下馬來，可就是為了爭那麼一口氣，連妹妹的命都牽累著沒了……如果我早些回來，定京城裡頭就不會風傳我叛國投降的謠言，皇帝不會派兵去圍方家老宅，賀家人也會顧忌著方家，如果我早些回來，如果我不爭那口氣……」

行景脊梁越挺越直，少年一張臉肅穆著沒有神情，眼眶卻在微微發紅。

陰差陽錯，天定人為，冥冥之中的差池、她的疏忽與大意、母親的個性，造成了這個逃不掉的厄運。

滿屋陷入了令人窒息的沈悶與靜寂，行昭仰著頭去看懸在她頭上的那盞羊角宮燈，明晃晃的，照得人睜不開眼睛。斯人已去，徒惹心傷。

「不僅僅是賀家人，今日成親的應邑長公主手上沾的血也不比臨安侯少。」

出人意料之外，一直乖巧坐在角落裡的行昭率先出言，如同在光滑的鏡面上投下一個尖錐，鏡子立刻四分五裂且清脆叮鈴地落在了青磚地上。

方祈和景哥兒同時猛然抬頭，方祈滿臉鬍鬚看不清神色，景哥兒的面容上卻難掩震驚。

行昭眸色微動，向上望了望神色沈穩的方皇后，方皇后朝她輕輕頷首，行昭便沈下語聲，緩緩道來。

「應邑長公主與臨安侯有私情，舅舅深陷迷局之時，定京城裡有關西北的謠言層出不窮，皇上原先不為所動，可終究三人成虎，又有馮安東『大義凜然』之舉，迫於壓力，皇帝終於禁足姨母，圍方家老宅。母親心頭惶惶，應邑長公主便以手頭有舅舅通敵書信為名將母親約出府外詳談，母親雖個性軟懦，但此事又事關重大，故而母親獨身前去。回來三日後，哥哥策馬往西，臨安侯讓幾個婆子箍住我，逼迫母親喝下了毒藥。」

話到這裡微微一頓，似乎是在想後面的話該怎麼說。

「母親死後，太夫人便將阿嫵拘在府裡，不許見人，要將阿嫵身邊的人一個一個都打發得遠遠的，妄圖將這件事死死壓下來。阿嫵心道不好，便設計燒了庭院，這才將消息傳到宮裡來，姨母便將阿嫵接進宮來教養了。後來發現應邑有孕，而她當時又和馮安東交集甚密，順水推舟，索性設計讓應邑懷著臨安侯的孩子嫁給了馮安東。」

驚心動魄、痛徹心腑的一件事，在行昭平緩如水的陳述中，平板得就像一幅拙劣的山水畫。

畫骨不成，畫皮難尋。

母親的死對於行昭而言，好像已經結成痂的傷口，一把揭開就會鮮血淋漓，就像臉上的這道疤，雖然已經在漸漸淡去，可當時火燎在臉上時那股火辣辣的、鑽心的疼卻如鯁在喉，永遠都不會消散。

方祈渾身都在抖，鬍髯亂顫，眼睛定在面前的那三方青磚地上，眼神活像一把飲盡人血的劍。

景哥兒兀地一下站起身，微不可見地摸了摸袖口裡藏著的那柄匕首，沈著臉轉身欲離。行昭見勢不好，隨之起身，噔噔地快步跑過去，從後頭一把將景哥兒抱住，急忙道：「難道在戰場生死攸關的時候，你也會這樣沈不住氣嗎？入侵者在遠處的山坳裡頭蹲著，你若是急急慌慌地站起身來，不就正好給了別人一個鮮明的靶子嗎？」

「他們殺了我的母親，讓我的妹妹被火燒火燎！我當時在哪裡？我什麼都不知道，我有愧於天地！」景哥兒低吼，他氣力大，幾下便掙開了行昭。

少年哭花了臉，壓抑了許久的情緒陡然迸發出來，誰也擋不住。姑娘低低地嚶嚶哭聲教人心生愛憐，鐵血壯漢哭得撕心裂肺卻讓聞者流淚。

「我算什麼兒子啊……我算什麼兒子！一命抵一命……一命抵一命……」景哥兒哭得淚眼矇矓，口裡重複著這番話，一個跨步上前就要展臂開門，卻被方祈中氣十足的一聲吼止住了。

「若當真是男兒漢，就給老子站住！」方祈厲聲出言，上前一個扭身就把行景「砰」地一聲摔在地上。

「一命抵一命？沒這麼便宜的事！」方祈居高臨下，閉了閉眼，拿手背狠狠抹了一把，再睜開，滿臉鬍髯就只能看到一雙眼瞪得像銅鈴。「誰讓老子妹妹喝毒藥，老子讓他一家喝毒藥！兩個女人在定京裡勢單力薄，都成了事，沒讓那老娘兒們如願得逞；如今咱們男人回來了，若還拖了後腿，信不信老子一巴掌劈了你！皇帝讓你當個伯爺，讓我們守著托合其，正好給了個藉口讓你不回那個狼窩虎穴，咱們若是連這個時機都抓不住，就當真是幾個蠢的傻的了。」

行景哭得喘不過氣，母親驟然離世，竟然是因為父親與情婦勾結相商。那樣好的母親啊，月牙一樣彎彎的眉眼，單純正直，竟然被自己的枕邊人算計得丟了性命，他恨，他恨不得現在就衝到父親的跟前去質問、去報復，恨不得立時去將那個長公主一刀封喉！

男兒有淚不輕彈，只因未到傷心處。

行景興沖沖地，身上背著功勛回來，他都想好了該怎麼同父親說了——「修身齊家平天下，有人拿半部論語治天下，就會有人拿刀騎著馬拚在最前方保家衛國。沒有誰不好，也沒有誰低賤，缺一不可。」他以為掙了軍功，讓父親看到他的出息和用處了，父親就能心平氣和地和他交談了吧，他不奢求父親的讚揚，只想讓父親正眼看看他，哪怕只有一刻鐘。

行景抱著方祈的大腿哭得驚天動地，行昭將頭埋在方皇后的懷裡，看不清神情。

「行了！」方祈將他一把扯起來。「是男人就不准哭，男人只能流血，不能流淚！你妹子敢一把火燒了自己的房子，你還敢當一個只會哭的孬種嗎？」

方皇后單手將行昭摟在懷中，眼圈發熱，便趕忙低下頭來。

行景哭聲漸弱，這個十三、四歲的，剛剛失去母親，剛剛背離父族的小郎君，花著一張臉抽著氣，逐漸鎮定了下來。

「信，那幾封信是關鍵……」行景抽泣著，極其艱難地吞嚥一下，緩緩睜開眼，輕聲說道。「應邑拿出來威脅母親的信，只能是假造的。」

「信在臨安侯處。」行昭順勢將話接過，腦子轉得飛快，直直地望著方祈。「母親認得舅舅的筆跡，母親雖是深閨婦人，可出身將門，應當知道信上要有軍中陰陽印章才能算數。若要母親相信這幾封信的真實，那麼首先信上的筆跡就要像舅舅所書，拿青泥封信，又要蓋陰陽印章。我們一定要拿到那幾封信，可如果信是應邑與臨安侯一起偽造的，臨安侯有沒有可能將這個罪證留下來呢？賀琰行事謹慎，此事又事關重大，偽造成邊大臣叛國書信，此事一經揭穿，他的下場只會比將軍備賣給韃靼人的梁平恭更慘……」

行昭的聲音還略顯稚嫩，方祈並不習慣與小娘子相商，可行昭反過去推證信上都有些什麼的方法，言之鑿鑿得讓這個剛硬的將領既喜且憐，喜的是小外甥女的早慧，憐的是太早地面對世事艱難，讓人不得不迅速地成長起來。

方皇后摸摸行昭的頭，彎了唇角。「妳舅舅的筆跡可不好學，幼承左皖，再習顏真卿，寫出的字莊重又風流，好字難學，阿福跟在妳舅舅身邊十幾年，看著他的字長大的，一般人學個幾天寫了個皮毛，這可是矇不過她的。」

行昭恍然大悟，手頭攥緊，又緩緩鬆開。

方皇后的話給她打開了一扇大門，思路不再侷限在一個地方了。

「應邑和臨安侯哪裡會未卜先知、抓準時機？幾天時間，在定京城上哪裡去找一個擅寫的老手藝人來臨摹？」行昭眼神一亮，思路貫通起來。「舅舅常年在西北，就算書寫出眾，一個武將也不可能將名聲傳到定京城裡來，引得別人相仿臨摹！」

行昭與方皇后對視一眼，行昭帶了些隱隱的喜悅，壓低了聲音卻語速極快說道：「舅舅扎根西北，又素有美譽。在西北平西關內找一個常常臨摹舅舅筆觸的人來，比在定京城裡找容易多了。臨安侯是文官，賀家的勢力在定京，西北當時紛亂不堪，他不可能將手伸這麼遠，插到西北去找人。應邑是女子，雖然封邑在平西關旁邊，可此事重大，一個女子哪裡來的這麼大的能力和見識……」

就像剛才，有一個似曾相識的東西突然從腦海中竄出來。

梁平恭、馮安東、應邑……

行昭緊緊閉了眼睛，腦子轉得快極了，梁平恭和舅舅結下梁子，舅舅手上拿著能要他性命的東西，梁平恭肯定是不想讓舅舅重新回到宮中視野之內，巧的是應邑和賀琰也不想舅舅再次出現，既然目的一樣，利益相同，三方之間會不會有所關聯呢？

行昭在思索，方皇后同樣在思索。

「只要找到了信，一切問題都解決了嗎？」行景出言打破靜謐，少年剛剛痛哭過，聲音沙沙的，眸色堅決地盯著前方。「既然信在……」遲疑片刻，終究決定繞過「父親」這兩個字。「在他那裡，那我們就去臨安侯府找，找得到就走這條路子，找不到就另尋他法！」辦法簡單且粗暴，但是可行且實際。

景哥兒個性朗直，常常能不加掩飾地切入重點。

行昭大讚，行景是賀家名正言順的長房嫡孫，又習得一身好武藝，出入哪裡都方便理正，不去想這麼多，反正一股腦兒去找那幾封信就好，若是賀琰將它們燒毀了，那就另覓他法，左右撐腰的人回來了，君子報仇，十年不晚，不用爭這朝夕。

「對！」方皇后幾乎想擊節讚嘆，又想起什麼似的緩聲出言。「你們回京，多少人都會坐不住，賀琰絕對是其中一個。既然皇帝給你找了事做，那這幾日就好好在雨花巷裡看著那個托合其，賀家找上門來你再應承。」

行景沈聲稱是。

暮色已經如重重簾幕迷遮眼神，內侍叩著窗櫺隔板，進來通稟說是落鑰的時辰到了。方皇后便讓林公公將方祈與行景送出去，又抱了抱行昭，囑咐她若是覺得暑氣重，就讓人上冰。

行昭輾轉反側一整夜，宮裡頭沒有打更的活兒，她只好睜著眼睛看窗櫺外頭，眼見著天際處有朦朦朧朧一點白光時，這才迷迷糊糊地睡去。

撐腰的終於回來了，一顆心就放下了，行昭這一覺睡得特別的長。

睡意朦朧中作了好多個夢，一個接著一個，就像中元節去看流水觀燈一樣，一個場面一個場面地換，從面無表情的周平甯拂袖而去，到躺在自己懷裡沒了聲息、唇色發白的歡哥兒，到惠姊兒仰著一張小臉甜甜糯糯地喚著「母妃」，再到穿著九鳳翟衣長袍母儀天下的陳婼……

面容浮現在眼前，再一一地支離破碎，前世種種譬如昨日死，譬如今日生。

行昭再睜眼時，屋子裡已經亮堂堂的一片了，瑰意閣裡有鶯啼輕婉，小宮人們穿著木屐拖拖踏踏地在地上梭著走，卻遭到了黃嬤嬤低聲叱喝。「都輕點走！」

黃嬤嬤素來板著一張臉，剛從六司出來的小宮人最怕這種老嬤嬤，一聽黃嬤嬤呵斥，連忙高高抬了腿，餘光偷偷覷著黃嬤嬤的神色，見她面色更冷峻了，便愁眉苦臉地不曉得到底是該將腳踏出去，還是低低放下來，留著一隻腳懸在空中，苦哈哈地進退兩難。

蓮蓉在內堂，服侍了行昭洗漱，便將窗櫺大大打開了。

行昭一抬頭便看見博古雕欄的廊間有一個神情嚴肅的老媽子，和一群愁眉苦臉的、只有一隻腳落地的小娘子，活像鄉間農野間趕集時上演的滑稽劇，不禁哈哈笑出聲。

夢裡的沈悶被一大清早的喜氣趕得遠遠的了。

蓮蓉手腳麻利地給行昭篦頭髮，篦子尖不能挨著頭皮，不能刮到主子的後頸，不能叫頭髮揪在一起讓主子吃疼。要從頭梳到尾，中間不能斷，每天梳一百下能叫頭髮又黑又亮。

蓮蓉才進宮的時候還沒從那場火的驚嚇中回過神來，第二天就被方皇后派來的老嬤嬤耳提面命學這門手藝，老嬤嬤嚴厲嘴毒，罵到她悶在自個兒屋子裡直哭，行昭便抱著她軟聲軟氣地安慰，蓮蓉眼裡看著當時行昭臉上還沒好的那道疤哭得更厲害了。哭完了就咬著牙爬起來跟著老嬤嬤一板一眼地學規矩，如今做得倒是十分熟絡了，還能邊梳頭邊笑著同行昭說話。

「咱們院子裡的丫頭最怕黃嬤嬤。蓮玉是個壞心的，面上看著和軟，小丫頭們便不怕她，還纏著她說故事。有回我就聽蓮玉同小丫頭們說『黃嬤嬤可是在西北長大的，三歲打狼，五歲打虎，十歲就能提起刀去殺韃子』，把一個院子的小丫頭唬得一愣一愣的，從此以後見到黃嬤嬤，別說笑，連話都不敢說。外院有個粗使丫頭喚作檀香，一見到黃嬤嬤就渾身直哆嗦，別人問她，她便眼圈一紅哭得上氣不接下氣地說：『就怕自個兒做錯了個什麼，黃嬤嬤從膳房裡拿把菜刀就把我當作狼虎和韃子人給剁了。』」

蓮蓉學得唯妙唯肖，行昭聽著便笑起來，眸光看見銅鏡裡的自己眉目輕展，眼睛亮亮的，好像真的就是一個七、八歲的小娘子。

昨兒夜裡，聽到舅舅回京，黃嬤嬤高興得當場哭出了聲。蓮蓉、蓮玉抱著轉圈，不只是瑰意閣，好像整個鳳儀殿的氣氛一夜之間都鬆活了下來。

這廂說著話，外間簾子被輕輕撩開，蓮玉端著銅盆進來，見裡頭正開心，便一手將銅盆放在木架子上，笑著說：「黃嬤嬤可還在外頭呢，蓮蓉妳可仔細著自個兒的手板心。」

行昭聽見蓮玉的聲音，梗著頭轉身笑問：「前頭的行早禮完了沒？」

「完了！今兒個您起得晚，皇后娘娘問了一句，便直說讓您接著睡，我就沒進來喚您。」蓮玉笑意盈盈地過來，從袖裡掏了小鑰匙，打開一個榆木匣子，從裡頭選了支素絹花邊比在行昭髻上看合適不合適，邊繼續說：「蔣姑姑讓我給您說，惠妃娘娘今兒個稱病沒過來，淑妃娘娘瞧著極高興，還向皇后娘娘討了一張藥膳方子說是要回去照著給六皇子補補，其餘的大都沒什麼特殊了。」

淑妃和皇后一榮俱榮，方家起復，淑妃高興是自然的。

惠妃是慈和宮那頭的，昨兒個又吃了排頭，今兒使性子也實屬正常。

行昭暗忖，又聽蓮玉後言。「倒是今兒個行早禮時皇上恰好也在，一聽惠妃娘娘身子不舒坦，便說——『前頭讓惠妃好好靜養著，皇后開恩，沒隔幾天就讓她出來了，今兒個倒是又舊疾復發了，讓太醫院好好去看看，看是靜養半年好，還是一輩子都靜靜養著才妥當。』風聲一傳出去，惠妃就過來跪在了鳳儀殿外頭，將才欣榮長公主過來，惠妃才起身回宮。」

惠妃這種女人，有姿色、有家室、有靠山、有恩寵，什麼都有了，就是沒腦子。

方祈一回京，謠言不攻自破，方皇后的位置坐得更牢靠了，惠妃她哪裡來的自信，到現在還敢甩臉子給皇后看？

行昭莞爾一笑，將髻上的素絹花從左邊換到右邊，攬鏡瞧了瞧，仰頭笑說：「欣榮長公主過來了？她消息倒是快。」

蓮玉一笑，幫著攏了攏行昭的頭髮，又道：「蔣姑姑說一大早回事處就呈上梁太夫人的帖子，皇后娘娘既沒說要見，也沒說不見，將帖子扣了下來，也不曉得心裡頭在想什麼。」

「只有梁家的帖子，沒別家的了？」

蓮玉想了想，鄭重地搖搖頭。

行昭一笑，俯身理了理平整的裙襬，賀家被逼到這個分上，還能沈得住氣，無非是仗著自家人不必親自出面做這些事，無非是仗著景哥兒姓賀，她也姓賀，她從前以為賀琰是寧可我負天下人，也不叫天下人負我的梟雄。如今才看出來，賀琰只是個懦夫，讓應邑一個女人頂在他前頭。

「走吧，咱們去和皇后娘娘問安。」小娘子的聲音輕輕脆脆的，像三月從林間忍冬藤上跳到松柏枝椏上的小鳥。

# 第三十九章

行昭一拐過當作隔板的屏風，就聽見欣榮興致盎然的聲音。

「城東那個一整夜都沒安生過，馮姊夫喝多了拉著阿至不放手，成親三日無大小，阿至便跟著去鬧洞房，馮姊夫就開始罵罵嚷嚷。可惜他喝多了酒，又大舌頭，阿至也沒聽清楚都說了些什麼。」

城東那個是應邑長公主，馮姊夫是馮安東，阿至……應該就是欣榮長公主的駙馬了。

行昭靠在隔板旁邊靜靜聽，衡已經看見自己的蔣明英比了手勢，蔣明英一笑便垂下眼只作不知。

又聽見方皇后含笑的聲音——

「前頭的衛國公世子在應邑跟前可是連聲都不敢抬，如今遭馮大人罵罵嚷嚷，應邑就沒個反應？」

欣榮笑出聲，行昭聽見伴著衣物窸窸窣窣的聲音，是欣榮清泠泠又爽利的語聲——

「所以才叫沒個安生嘛！三姊一把將大紅蓋頭給撩了起來，床也顧不得坐了，唰地一聲站起來，一巴掌就打在了馮姊夫臉上，倒把馮姊夫給打得愣在原地。您可知道的，我們家阿至膽子小，見勢不好，就轉身拉著八姊家的李姊夫出去了，您說他也真是的，一場好戲不看完，倒把我勾得心癢癢的。」

標準的看戲的不嫌臺高。

方皇后笑出聲來，要說怕還是馮安東最怕。賀琰、應邑都在暗處，馮安東是梁平恭的馬前卒。衝鋒陷陣的是他，頭一個頂著方祈怒氣的也是他，還別說昨兒個本來就做了回龜公，穿著大紅喜服娶懷著別家孩子的媳婦兒，後來還被方祈射穿了祖宗牌位，面子沒了，裡子更慌，再看見應邑這個禍端，又想起方祈和梁平恭還有後者等著他，馮安東只有更生氣了。

看見應邑過得不好，方皇后的心就安了。

方皇后笑著正要開口，卻看見行昭從屏風後頭走過來，便滿臉是笑地朝著行昭招招手。

行昭規規矩矩地先朝欣榮福了身，再端了個杌凳乖巧坐在方皇后下首。

欣榮喜歡行昭不僅僅是因為憐憫她多舛身世，也不僅僅是因為她養在方皇后膝下的緣故，更多的是因為小娘子的知禮乖巧，不恃寵而驕。

「揚名伯今年才十四歲吧？」欣榮挑著喜慶事說，語氣誇張。「十四歲的伯爺，還不是靠祖宗蔭得來的，在大周裡可是頭一分呢！得趕緊讓平西侯在雨花巷裡頭擺流水筵，擺個三天！」

行昭抿嘴一笑，宮裡頭出來的誰都不是省事的，不說讓臨安侯擺宴，只說讓平西侯擺宴。

方皇后笑呵呵地應承，連聲道：「擺擺擺！孩子齊齊整整回來就已經是福氣了，昨兒個我聽聖上的旨意心裡頭直打鼓，怕折損了孩子的福氣。」

欣榮心頭一驚，方皇后這番話已經是將賀行景看成了方家人了，絲毫不見外！

驚詫稍縱即逝，一瞬間心頭了然。「揚名伯從西北九死一生回來，還幫著平西侯捉了韃子，就這福氣，咱們大周滿打滿算還有幾個人有？嫂嫂一顆心只管放下，揚名伯的福氣大著呢，您看看他舅舅再看看他外祖，哪個不是一夫當關、萬夫莫敵的真英雄？」

不提景哥兒的父親和賀家人，行昭笑得下巴尖尖的，眸光盈盈地看向上首，如果她與景哥兒不是姓賀該有多好。若是託生到商賈人家，就學著打算盤、記帳冊。託生到莊戶人家，就學著織布、耕施。就算是託生到飯也吃不上的貧苦人家裡，也能靠著自己一雙手打出一片天來，窮也能和至親血緣在一起其樂融融……

她果然不是正統的賀家人，她還有心，她的身體還有溫度，她還會愛、會哭，還會在賀家人身上寄託希望，然後再失望。

所幸景哥兒也不是。

鳳儀殿的空氣中都瀰漫著一股清甜和樂的味道，九井胡同裡就沒有這樣好運了。

方祈的突然回歸將臨安侯賀琰打了個措手不及，比應邑的那道賜婚帶給賀琰的打擊更大。

今兒個一大早，皇帝連發兩道聖旨，一道是擢升方祈和行景的，一道是讓秦伯齡帶兵十萬北上，增援梁平恭。

韃子主將托合其都在定京城裡當作俘虜了，韃子氣數都快盡了，這個時候讓秦伯齡出兵北上，防的是誰？不是韃子，就肯定是梁平恭了！

早朝一結束，就有堂官來圍著他道賀。「兒子爭氣，十四歲就搏了個爵位回來！」、「守著托合其這麼重大的事都讓令郎去做，百年世家是要由文轉武了？」

他只有忍住怒氣和不安，一一回之。

「景哥兒和方祈住在雨花巷，皇帝知道前事嗎？知道多少？昨兒個景哥兒回京，卻連九井胡同都沒進。」太夫人盤腿坐在炕上，手裡依舊轉著那串一百零八顆紫檀木佛珠，冷靜地看著面前走來走去的兒子，接著前言，沈吟又言。「形勢比人強，現在急有什麼用，趁現在賀家還沒被推到風口浪尖上，咱們就要想好退路！」

賀琰腳下頓住，深吸兩口氣妄圖平靜下來，卻到底沒將怒氣忍住。

「景哥兒姓賀！論他封爵還是立功，都應當歸到咱們賀家來！景哥兒去的是鳳儀殿，回的是雨花巷，也不曉得方禮到底給他灌了什麼迷魂湯，叫他背祖忘宗！」

太夫人手頭轉佛珠的動作一滯，輕輕合了眼。

失望，這是現在她對這個從小寄予厚望的兒子唯一的評價。

下狠手逼迫方氏，是寡情；事後縮在女人背後，是寡義；如今東窗事發氣急敗壞，是無能。

一個男人可以薄情寡義，可他必須得有這個資本，既然敢做下狠事，就要有能力將事態控制在自己能夠掌握的局面內，而不是像如今，兒子回來不認老子，女兒在宮裡頭想著法子對付老子，旁邊還有飽含仇恨的姻親，虎視眈眈地想咬掉賀家一塊肉，局面完全亂套了，做為男人卻無計可施！

可笑的是，她要強了一輩子，臨到入土了，還得跟在兒子後面為他擦屁股。

靜謐半晌之後，榮壽堂裡響起了太夫人淡漠，卻有嘲諷之意的一句話。

「皇后能和景哥兒說什麼？無非是生父勾結情人逼死生母的戲碼！」

賀琰臉色愈漸鐵青，心頭「咚」地一聲一直向下落，前些日子應邑被方皇后設計嫁入馮家，已經引起了他的警覺，行昭知道方氏死的前因後果，索性先將應邑早早地嫁了，再騰出手來慢慢收拾他。

若只是方皇后一個人在謀劃，他倒不怕，內命婦的地位再高，還能插手到朝堂上來處置重臣了？也就只能拘在後院裡頭，對付對付應邑。

可如今方祈凱旋而歸，捉了托合其，就等於廢了韃靼半條臂膀，皇帝只有越來越看重他。心裡頭不是沒有懷著僥倖，就算方祈知道了阿福是被夫家逼死，可夫家人可是一個也沒動手！難不成當男人的說上幾句，女人就能上竄下跳地尋死覓活，這還怪罪到男人身上了？

讓他感到心驚膽戰的是他們逼死方福的手段。往小裡說，不，那種手段不可能往小了說，無論怎麼說都是動搖國本，膽敢在千鈞一髮的時刻去誣陷戍邊大將，捅破了天，賀家死無葬身之地！

「方祈回來，手裡握著梁平恭的帳冊，是證據確鑿，從皇帝才頒下奪梁平恭權的那道旨意就能看得出來。」賀琰低下聲，一點一點將線頭從一團亂麻裡頭抽出來。「托合其被俘，西北那場仗肯定打不長了，秦伯齡只會速戰速決，將梁平恭押回京，私賣軍備已經是砍頭大罪，若是在他身上再加上一個偽造信箋的罪名，梁家幾百口人就沒一個能活了，故而他不會攀扯到我們身上來。」

太夫人半閉了眼，眼不見心不煩，索性扭過臉去。

賀琰低下眼，一眼就看見了青布長衫斕邊上繡著的那一叢翠竹，想起來夜裡方氏笑意盈盈地戴著銀頂針，半坐在炕邊。聽他回來了，就趕忙抬起頭來，白白圓圓的臉上笑得燦然，語氣溫和地問他——「餓不餓？燉了天麻雞湯，要不要去做碗銀絲雞湯麵吃？」

一瞬間，心情既憤懣又煩躁。

「方家不能拿這件事來挑咱們錯，就算阿嫵……」賀琰說起這個素日裡既縱又愛的幼女，心頭頓時五味雜陳，當作小嬌嬌一樣寵到這樣大的女兒，他竟然到現在才看出來幼女的心胸！

敢放火、敢忤逆、敢背棄宗族！

賀琰心裡曉得他是沒有資格去怪責幼女的報復，可仍舊平不下心緒，語聲低落。「就算阿嫵知道前因後果，全都告訴了方皇后，無憑無據，無論是方祈還是方皇后都不能貿貿然地去皇上跟前說起此事。景哥兒和阿嫵是小輩，敢作證忤逆父族長輩，他們往後的前程到哪裡去尋？景哥兒是男人，又建了功業，阿嫵可是女兒家，照她在方皇后跟前的受寵程度，方皇后不捨得拿她去冒險。方家若要反擊，只有另闢蹊徑，揪住我的錯處，或是設個坑讓我去跳……」

話音漸低，最後低得一句話出口，連面前浮在空中的微塵都沒有一絲改變。

若要問賀琰後悔嗎？

看看他鬢間突然冒出頭的白髮吧，再看看他如坐針氈的模樣吧，就知道他的答案了。方福死了，應邑懷著賀家的種另嫁了，雞飛蛋打的結果，讓這個自詡謹慎狂妄的政客像被風沙迷了眼睛似的，看不清來路，更回不到過往。

賀琰騰地坐下來，佝下腰來手肘撐在膝上，雙手捂面，一時間不知道該怎麼說下去。

榮壽堂安靜得像廢棄了幾十年的破舊堂屋，太夫人緩緩睜開眼，長吁一口氣，如同在廢墟裡勾起了一根宮音的琴弦，綿綿長長的，卻平靜得水過無痕。

「事已至此，多說無益，立刻燒了你手裡頭握著的那幾封信，免得夜長夢多。梁平恭東窗事發，你們再也不需要留著那幾封信來防著他了。夫守妻喪一年，你確確實實守滿了，正院裡頭方氏的嫁妝鎖好，不准見紅色，大大小小的節慶也記得給她做水陸道場，所幸辦方福喪儀的時候，咱們家是做滿了禮數的，任誰也指摘不了。方祈才入京，他雖個性直蠻，可也要先將定京城裡的這潭水給摸清楚了，才能騰出空閒來，他不會貿貿然行事，咱們家有充分的時間準備。」

太夫人一長番話說下來，賀琰想了想，輕輕點了點頭，囁嚅唇角，半晌之後才啟言。

「或者等他還沒有站穩腳跟，咱們就先打他個措手不及？」

「也不急於這一時。」太夫人手裡緊緊捏著佛珠，她感到一顆一顆圓潤的佛珠如今卻像一塊一塊燒紅了的烙鐵一樣燙在她心上，佛祖在上都看著呢，她死後，大概是不會西升極樂，而是會下到陰間十九層被扒皮抽筋的吧？

為了兒子，她手上沾了長媳的血，從小養到大的孫女恨透了她，嫡親的孫兒連家都不認了。她為了兒子罪行累累，卻仍舊不是好母親。

「等過些日子請舅爺和景哥兒來一趟，力求不要徹底撕破臉，咱們至少還得做一個太平門面出來吧。」太夫人邊說邊心頭哂笑著自己，不是每一個人都會屈服於看得見的利益下的，行昭不會，方祈也不會，卻還是提起心緒繼續說道：「試探一下方家的底線，再探一探景哥兒的口氣，拿出孝和忠來壓他，景哥兒是個實心眼的，他是兒子，你是老子，阿嫵挨著皇后住是因為皇后態度強硬，胳膊擰不過大腿，景哥兒卻不允許挨著方家人住！」

「過些日子吧，等都拾掇妥當了，觀望過局勢了再去請。再者如今急急吼吼衝上去，倒顯得咱們家沈不住氣，連帶著叫皇帝懷疑。」賀琰邊說邊啟開了門，一溜光偷偷摸摸地逮著空就往裡屋鑽，賀琰不由自主偏頭避開，腳下一頓後似乎是堅定了心，麻利了身形欲離。

「阿琰……」太夫人似是耗盡全身氣力的輕柔聲絆住了他。

賀琰停在門廊裡，母親是從什麼時候就沒有再喚過他阿琰了呢？想一想，好像從小到大，母親都只喚過他「世子」、「大爺」、「侯爺」。莊重，卻也生疏。

「阿琰……你後悔過嗎？」

太夫人聲音像從遠方傳過來的飄渺，賀琰沒有答話，卻微不可見地低頭看了看繡在衣襟的那叢翠竹影子，緊緊抿了抿嘴角，手一揮，邁出幾個大跨步，似乎是想將後面無窮無盡的黑暗甩得遠遠的。

白總管候在堂口，巴著張望，見賀琰總算是出來了，急急忙忙過去道了福，便湊攏到賀琰耳朵邊說話。「城東那一位派人過來傳話了，說是候在青巷裡頭，侯爺是去還是不去呢？」

城東那一位說的就是應邑。

憤懣與煩躁之情又升了上來，賀琰卻想起來一共九封信，他這裡七封，方福撕了一封，還有一封信留在了應邑那頭！

強壓下心頭翻湧的情緒，賀琰幾步走到亭子裡頭，沈聲吩咐白總管。「如今不是見人的時候，你派個不起眼的小廝去一趟青巷，讓她耐下心來。馮安東最大的靠山是梁平恭，梁平恭倒了楣，馮安東沒那個底氣和她叫板，讓她安安心心地過，好生將孩子生下來，我總是會管她的。」

白總管連連稱諾，眼神都不敢抬。

賀琰頓了一頓，特意留出了一條空隙，顯示後話更為重要，白總管將腰佝得更低了，支愣起耳朵來聽。

「讓她把那封信找出來，撕都別撕，一股腦兒都給燒了，別留下後患！」

白總管一頭支著耳朵聽，一頭在默默盤算著叫誰去填這個炮筒合適，卻聞賀琰嘆了口氣的後語。

「算了，就你去。去的時候看看後頭有沒有盯梢的，機靈著點，叫別人去傳話，我也不安心。」

白總管大驚失色，隨後便緩了神色。他認命了，跟在主子後頭顯赫來得快，一條命去也去得快。

方將軍回來，賀家如臨大敵，有句話叫怎麼說來著……哦，山雨欲來風滿樓。賀家這回遭的事，可不是像山雨那樣簡單了，他一個下人的頭髮都一揪就掉了一大把，家裡婆娘大氣都不敢出。

白總管心下一嘆，在主子的船上待了這麼久，就算是心裡感覺到不對頭，想要跳下來也得看看主子允不允了。

「是……」白總管答得有氣無力，又招了招手讓後頭的小廝過來服侍。「張先生在別山上頭候著您，您是先回去換了常服，還是直接過去？」

賀琰朝東邊望了望，能隱隱約約看到正院飛揚的簷角和中庭裡頭那棵長得鬱鬱蔥蔥、枝椏四仰八叉的柏樹。方福以前最喜歡那棵樹了，到了盛夏時候，常常抱著行昭靠在湘妃竹搖椅上，一手拿著一卷泛黃的書冊，一手摟著女兒，口裡軟聲軟氣地唸著詩。那時候阿嫵才多大啊，三、四歲的樣子，哪裡聽得懂語聲晦澀的詩詞，懵懵懂懂地拿小手去戳書頁，方福便笑圓了一張臉，歡快地連聲喚著。「侯爺，你快過來看阿嫵，她看得懂字了！」

賀琰低下頭，心頭陡然一痛。

他不喜歡方福，甚至是厭惡她，可最近卻總想起來才成親那些時日的事，走在正院裡，腳踏在光可鑑人的青磚地上，便總能感覺到阿福的氣息，軟軟綿綿的卻回味長久，如同她這個人一樣。

「若是妳自己不喝下去，我也會親手將藥給妳灌下去。」

這是他說出口的話。

「我只想問你一句。這麼些年，你究竟有沒有將我放在心上？」
這是她帶著哭腔問的。
他當時沒有回，是因為他不知道該怎樣回答，應邑是他年少時的夢想，不再受人白眼和怠慢也是他的夢想。方福的存在卻時時刻刻在提醒著他，他是怎樣親手放棄了自己年少時的恣意，逐漸地變得陰狠、變得軟弱，變得只能靠躲在女人後面生存。
那個懦弱的、礙眼的，連萬氏也掌不住的阿福終於去了，那個仰著頭，眼眸裡閃著極亮的光，時時用崇敬的眼神望著他的女人終於去了。可從來沒在他的夢中出現過，是終於對他失望了嗎？
賀琰輕聲一笑，身體輕輕地靠在亭子旁的朱漆落地柱上，他覺得他現在能夠回答阿福的那個問題了。
是的，他其實一直都把她放在心上。
「不去正院了，把一應東西都搬到別山去，我……不想再進正院了。」
男人的聲音壓得低低的，後面半句幾乎叫白總管聽不清了。
白總管卻仍是提起精神應了聲諾，厲聲囑咐了那小廝幾番，又神色匆匆地換了身粗布衣裳，從侯府的後門偷偷摸摸地出門。在雙福大街上繞了約是有一炷香的工夫，往後覷了覷，打量著沒人跟著，便往後一拐，身形湮沒在了青巷裡。
他不知道，他的行蹤都在一雙眼睛的注視下，被偷窺得清清楚楚。

# 第四十章

「他從臨安侯府的後門出來，在雙福大街轉了幾圈，就進了青巷裡頭。屬下不敢靠太近，只能貼著牆根聽。」

皇帝是真心想賜個東西下來賞方祈。雨花巷的宅子千金難買，處在城西的東邊，左鄰右舍都是積年的官宦讀書人家，一家挨著一家，雖說是官宦人家出身，可因著地價高，每戶人家住得都擠。

若說九井胡同邊上，是一個匾額砸下來能砸中三個伯爺、四個世子，那在雨花巷裡頭，從天剛濛濛亮再到黑漆漆的天際壓下來，每個時候都能聽見小童子們此起彼伏的琅琅讀書聲，童音脆脆的，卻在老夫子的教導下尾音拖得老長，讓人能捂著嘴笑半天。

昨兒夜裡方祈帶著行景住進來，便感到如坐針氈，又有些自慚形穢。

大抵武將出身的人都聽不得身邊人讀個論語，統共三句話還能分成八截來唸。

方祈皺著眉頭坐在黑漆黃花木大書案後，一邊耳朵在聽蔣千戶的回稟，一邊耳朵裡頭全是隔壁小童子軟軟糯糯且拖長的讀書聲，輕咳兩聲，終於是忍不了了，先打斷蔣千戶的話頭，問行景。「咱們左右兩邊都住著什麼人啊？」

行景一愣，自家舅舅打岔能力強他是知道的，可是眼前的蔣千戶一身黑勁裝，滿臉肅穆地正在回稟賀家的行蹤呢！

「左邊是一位文臣的住所，右邊是……」行景吶吶接話，說到右邊他也不知道了，便拿眼去望蔣千戶。

蔣千戶一窒，吞下後頭想要稟告的話，埋頭低聲回道：「是信中侯的宅子！就是長女將被賜婚嫁給二皇子那家人！」

方祈帶著三百名親衛入京，就算是皇帝賜了宅子下來，也要等親衛兵士們前前後後、左左右右地都看好了，確保了安全才能進來。蔣千戶能帶著行景一路從京裡到西北老林找到方家軍，自然打聽試探的本事也不低，昨兒個一來，就左邊右邊的形勢全都摸清楚了。

蔣千戶話音一落，景哥兒便看著方祈的臉扭曲了一下。

兩頭的人家都得罪不起，連提個意見都不太敢提……

所幸皇帝只是賜下這個宅子，讓他們守著托合其看能不能拷問出個什麼來，他領了中央的直隸，自然就要久居定京了，等西北戰事一定，就讓阿番帶著兒子女兒趕緊過來，找個城郊的地方買處宅子，離這鬼迷五眼的地方遠些。

蔣千戶自然不曉得方祈心裡頭在想些什麼，看了行景一眼，便接下去說：「屬下就貼著牆根聽，有女人的聲音，男人的聲音壓得很低，顯得很恭敬，女人的聲音先頭揚得很高，後頭也低沈了下來。沒過一會兒，就有個戴著青幃冪籬，穿著杭綢錦緞，身量高眺的女人走了出來，我便讓人跟著她去，我則在那處守著。沒過多久，又有個女人過來了，衣著簡樸，戴著青幃帽看不清神色，但能肯定不是將才那一個。女人腳步匆忙，手擰得緊緊的，看起來十分慌張，一進院子，聲音便尖利地傳了出來……」

「聽得清說了什麼嗎？」方祈靠在椅背上，神色凝重，卻顯得十分冷靜。

「屬下只能聽清幾個詞——『找』、『信』、『沒了』。後來跟著去的回來了，果不其然，兩個婦人都是從城東應邑長公主府進出的。」蔣千戶篤定回答。

兵士的習性是有一說一，言簡意賅，這在蔣千戶身上體現得淋漓盡致。

方祈頭低了下去，沈吟半晌。找信，卻沒了？

賀琰的動作也不慢，他一回京，賀琰就急急忙忙地要將信攏在一起，是想全都燒了，毀滅證據吧？

原來信並不是只放在了賀琰那裡，那個娘兒們手裡頭也握著信，那娘兒們的那封信還沒了？是在搪塞賀琰，還是果真不見了？這樣重要的東西都能放沒了?!

方祈挑眉一笑，可見那個公主是個蠢貨，賀琰終日打鷹，沒想到被老鷹啄了眼吧？

「辦事宜早不宜遲。」方祈看了眼行景，少年神色堅定卻平靜，不由得心下大慰，又吩咐蔣千戶。「晌午之後就動手吧，那娘兒們出了這麼個事，賀琰慌都來不及，根本反應不過來。記得帶上四、五個兄弟，世代臨安侯都在府裡頭那座別山上處理事宜，別山是要點。賀琰個性謹慎，我怕他不會將信藏在該藏的地方，書齋要找，正院裡頭也要找……」

「不能天黑之前去。」行景打斷其話。「方家軍的兵士功夫了得是沒錯，可賀家是百年世家，守在二門裡面的暗衛不知何幾，貿貿然過去，就算能全身而退，也會打草驚蛇。還不如等天落了黑，我與舅舅給臨安侯府遞帖子去，舅舅與臨安侯說話的時候，我便回觀止院去，我是賀家人，進正院好進，進別山也方便。再加上賀家有個規矩，客人進門，身後帶著的小廝侍衛都會被請到偏廂吃茶，到時候進了賀府，帶著的幾個人也方便活動了。」

「我們回京當晚，你就沒回臨安侯府，如今倒回去了……」方祈思索著此路是通還是不通。「賀琰難保不起疑。」

「他縱是起疑有什麼用？我姓賀，我是臨安侯府的長子嫡孫，是名正言順的賀家人。他顧著顏面和宗族，就算是起疑，也不可能在外院或是個不適當的地方見我們。」行景一聲冷笑，不曉得是在笑自己還是笑別人。

自從昨夜回來，這個素日爽利快活的少年便沈著下來，母親的喪世，父親的背離，讓他陡感疑惑與對這個世間深深的怨懟。

方祈在找時機和景哥兒正兒八經地聊一聊，如今卻大敵當前，容不得輕慢，當下拍板。

「就照你說的做！咱們今兒晚上就當去會會賀琰，找不找得到信再說！反正那娘兒們手裡頭還握了一封，若是找不著，咱們就順藤摸瓜，摸到那娘兒們那兒，跟著線索走，總能找到！」

方祈的名字在西北那片地上響得透透的，說他個性火爆，倒也果真火爆，敢一拳打在新來的梁將軍鼻梁上。說他溫和內斂，倒也還算溫和，將軍府裡的丫鬟婆子們敢在他跟前說笑打鬧，自家女兒舞刀弄槍，他也不太管。

下屬們摸不透方祈的個性，慢慢地倒也不摸了，反正認準一點，自家將軍護短得厲害，只要是對自家人好，那便萬事大吉了。

底下的人對方祈是死忠，論前頭是刀山火海，只要方祈一聲令下，下頭人就敢撩起袖子去闖。

夜探臨安侯府算什麼？將軍說的就是真理！將軍從來沒說錯過！

方祈一聲令下，蔣千戶便親自去九井胡同臨安侯府下帖子，張副將毛遂自薦留在雨花巷看守托合其，毛百戶翻身上馬去皇城，託了回事處給鳳儀殿帶個信。

鳳儀殿偏廂裡，方皇后靠在軟榻上，蹙著眉頭聽林公公稟報。

「平西侯來信說，今兒個夜裡給臨安侯府投了帖子去拜訪，揚名伯也去，本來那個來帶信的毛百戶還問溫陽縣主跟不跟著一道去，奴才拿不定主意該怎麼回，便託毛大人且等等。」

方皇后不由自主地往暖閣望去。行昭正坐在暖炕上低著頭繡花，小娘子還在服孝期，只能穿素色的衣裳，如今穿著件水天碧色雲熟提花絹高腰襦裙，除卻袖口上繡著的十字挑花暗紋樣式，通身再無裝飾了，看起來素素淨淨的，卻也能看出來通身的貴氣。

說起來，這疋提花絹料子還是皇帝幾天前給賞下來的，說是——

「要想俏，一身孝。小娘子才去了娘親，宮裡頭到底還有長輩在，索性就不著麻衣素絹了，到時候叫太后瞧見了又是一樁官司。正好餘杭貢了幾疋天青碧的綢布，雖說提花絹是貴妃的分例，可朕要賞小娘子幾疋也沒什麼大礙，不算僭越。淑妃宮裡的老六和歡宜也有，老六跟著黎令清去遼東辦差事，如今穿著妳也看不到。等明兒個歡宜過來，妳且看看，妳可別再一口一個規矩，倒把自家孩子給拘著了，妳又心疼起來。」

有了皇帝這番話，方皇后便心安理得地將行昭按公主的分例對待了。皇帝賜下來的恩典，得趕緊穿到身上，教旁人看看溫陽縣主住在宮裡頭也是得了皇帝庇護的！

阿嫵素日裡是安安靜靜的，可一旦要出個眾，說個話，卻從來都不膽怯，否則怎麼就能討了皇帝喜歡呢？平日裡上頭賞個什麼下來，有歡宜的，就少不了瑰意閣的。

方皇后思緒飄得很遠，自從方祈回來了，她像是有了走神的習慣，阿嫵這個孩子要是真心想討別人喜歡，倒是件十分容易的事……

「皇后娘娘、皇后娘娘？」林公公略略提了聲量，連著兩聲喚道。「那溫陽縣主到底是去還是不去呢？您拿了主意，奴才也好去回事處給毛百戶回話。」

方皇后回過神來，想了想到底覺得不妥。「方都督打的什麼主意我猜也能猜著，他帶著景哥兒去見賀琰，我沒意見。只是阿嫵到底是女兒家，她去能有什麼用處？方都督在，我倒也不擔心賀琰能對兩個孩子做出什麼事。可若是小娘子見到臨安侯，氣出個什麼長短，我上哪兒去討個說法？」

行昭低著頭邊架著繡花繃子，邊支起耳朵聽外間的話，聽到方皇后的猶豫，心裡頭不由得暖暖的，就像初春時節裡綿綿細雨後旭日東昇，心裡頭再有淅淅瀝瀝的濕氣，也能被暖陽給捂熱捂乾。

一針扎在紅綾布上，行昭抿嘴一笑，將月白色的絲線拉得長長的，再手腳麻利地挽個結子，將繃子放在了小箱籠裡收拾妥當，笑著溫聲出言。

「既有舅舅護著，又有哥哥在前頭擋著，臨安侯就算是心裡頭有千般盤算，也得等個好時機。再說了，今兒個既然是舅舅下的帖子去拜訪，誰算計誰還不定呢。太夫人就算有那個心想將阿嫵扣在府裡，舅舅能讓嗎？怕是能一把就將阿嫵拎起來，扛在肩上妥妥帖帖地給您送回鳳儀殿。」

方皇后被逗樂了，噗哧一笑，眼神卻一寸一寸地打量著行昭的神色。

沒有勉強，沒有恐懼，也沒有顯而易見的怨恨，只是很平常地笑著，卻顯得明媚極了。

方皇后心頭一嘆，她可憐這個孩子，想將胞妹的骨血護得周全，可小娘子卻在她沒看到的地方，自己一個人慢慢地以自己的方式成長。

行昭低頭斂了裙裾，邁著小步走過來，靠著方皇后坐，將頭輕輕靠在方皇后的身上，細聲細氣地慢慢說話。「讓阿嫵去瞧瞧吧，就當去見生我、養我，最後背棄了我的父親的最後一面。」

林公公千年難得一次地，僭越地抬了抬頭，只見到了一個安穩靜好的畫面。

光從窗櫺灑下來，透過一層薄薄的桃花紙，一股腦兒地傾灑在暖榻上，小娘子輕偎在方皇后的懷裡，兩個人像是母女一般親密，一個全心全意地信任著，一個滿心憂慮地關切著，又像是相互信任、相互依偎的摯友。

半晌之後，方皇后終是沈聲打破了靜謐。

「那就去吧，看看臨安侯如今過得怎麼樣了，看看他是不是寢難眠，食難嚥。」

林公公連聲稱是，加快步子往外走去。

方皇后緩下心神，便雷厲風行地去安排行昭夜行的儀備了。

「先備下馬車送阿嫵去雨花巷和方都督、揚名伯會合。晚上暑氣重，帶上仁丹和藿香水，宮燈也帶上兩盞，無論方都督與揚名伯幾時回去，阿嫵都要在戌時三刻之前回來，才養起來的幾兩肉，可別又給折騰沒了。蔣明英跟著阿嫵，一刻也不准放鬆，臨安侯府的點心茶水不准入口，不准讓阿嫵離了妳的視線。若是臨安侯府還有放不下的、得用的僕從，只管要回來，臨安侯太夫人不給也得給，若是當真不要臉、不要命了，就只管讓蔣明英去壓她，反正都撕破臉了，她顧忌著顏面，咱們可沒這個顧忌！」

最後三句話，一句給唯唯諾諾的蔣明英說，一句轉過身同行昭說，一句提了話頭，像是在給自己說。

行昭點頭稱是，蔣明英告了退，就去偏廂備出行的各樣東西。住在宮裡頭就這點不太方便，往日從鳳儀殿到重華宮去，還得自個兒備齊各樣東西，在室外是一個打扮，進了宮室裡又是一個打扮。夏天還好些，到了冬天就得把什麼鹿皮木屐啊，換下了坎肩就得攏個手爐吧，進了內室燒著銀蘿炭，就穿不上小襖了吧，還得帶上日常換穿的外袍。

若是遇上講究些的，別人宮室裡頭的茶具都不樂意用，自己走哪兒備上一套紫檀木茶具。早晨間跪在鳳儀殿門口的惠妃不就是這樣的人，帶著茶具去陳德妃宮裡頭，陳德妃一張嘴不饒人，就拿話嗆她——「本宮以前住在並州，小時候大戶人家都時興養京巴狗。有些京巴啊，就是講究，別人家的碗盆用不慣，到哪兒主人家都得帶個自家的碗，本宮一瞧，那碗既不是金的也不是銀的，可見那京巴太矯作了。」

惠妃當場就砸了茶盅，拂袖而去。

話傳出來，闔宮都在竊竊私語，私底下笑得厲害。

被林公公一打岔，晌午就過了一大半，行昭靠在方皇后身上聽方皇后耳提面命的又是大半天，沒一會兒，就聽小宮人來稟告說是陸淑妃過來了，行昭便同陸淑妃告了禮就避到了裡間。

邊走邊聽見陸淑妃語氣十分擔憂——

「遼東總督貪墨，叫黎大人去查也就罷了，還帶著阿慎去，阿慎什麼時候出過遠門啊？臣妾日日夢見他吃不好、睡不好，這一走走了十來天，這孩子也不懂事，連封信也不曉得捎回來。」

是了，六皇子在戶部當差，前些日子被皇帝派到遼東去查貪墨事件。想想也覺得奇怪，明明二皇子是皇帝中意的太子人選，皇帝卻不叫二皇子跟著四處跑、到處學，倒叫六皇子跟著黎令清學。

陸淑妃柔婉的聲音像一曲悠長婉轉的古琴，恪守本分了幾十年，皇后沒孩子，她也不抱著六皇子往前湊，就怕勾起了皇后的傷心事。如今卻也急慌了，時不時地就過來向方皇后討主意、說說話。到底是自家兒子，慈母的一顆心撲在了這上頭，便難免忽視那頭。

行昭低下頭抿唇一笑，六皇子是個好福氣的，一生平靜安好，有個聰明知禮的母親、溫柔嫻靜的姊姊，以後還能有一個才貌出眾的王妃，一輩子沒有波折，過得順順當當。

淑妃與方皇后說了許久話，又伺候方皇后用了晚膳，行昭避在花間裡看了許久的書，就將就著在花間用了晚膳，等天色堪堪暗下來時，蔣明英就過來請了。

方皇后將行昭送上馬車，目光憐愛地替行昭抿了抿鬢間的髮，輕聲叮囑。「不怕，咱們不怕他，就像妳說的，去見他最後一面，全了生育之恩，從此再無瓜葛。」

行昭乖巧點頭稱是，馬車的靛青簾帳一落，心頭便沒來由地一酸，酸得像咬到了沒熟的杏子。

——未完，待續，請看文創風192《嫡策》3

# 大齡剩女

全套二冊

溫馨寫實小說名家／凌嘉

**既然二十歲就是老姑娘，那她也樂得不嫁！**

**她擁有現代人的靈魂，根本不吃古人「成親才幸福」那一套！**

**不過命運似乎另有安排，一下子丟了兩個帥哥給她……**

她穿越時空住進另一個朝代的身體裡，頓時年輕了好幾歲，
可這裡的人是怎麼回事，才二十歲身價就一落千丈、乏人問津，
不管老爹多麼賣力，她依舊待字閨中，成為傳說中的老姑娘。
開玩笑，她可是擁有現代靈魂的獨立女性，
成不了親她還樂得輕鬆呢，可以穿梭商場做她最愛的古董生意，
傻子才要被關在家裡，當個漂亮卻沒用的擺設品！
誰知天不從人願，她原本平靜的生活，竟因一項古玩起了變化，
不僅被捲入多起命案，還認識了兩個出類拔萃的好兒郎，
面對陌生又若有似無的情愫，她不禁感到迷惘，
而看似平凡的身世背後，更隱藏天大的秘密，讓她無所適從……

好評滿分·經典必讀佳作

描情寫境，深入人心

# 董無淵

真情至性代表作

# 嫡策

全套六冊

至親的冷血相待，摯愛的殘酷背叛，
磨光了她敢愛敢恨、稜稜角角的性子。
重生而來，看透世情人心之餘，
她再不要被情愛蒙蔽了心眼，絕不再白活一遭……

**文創風 190 1**

一個侯門千金前世死乞白賴嫁給心不在自己身上的男人，
死去活來重生之後，她不再是那個敢愛敢恨的自己，
這一世她看透了、心寬了，只想好好活下去……

**文創風 191 2**

她又一次失去了母親，再一次失去了這個世間最愛護她的人。
既然父親冷血逼死了母親，生養她的賀家無情逼迫著她，
要想血債血償，她得想盡辦法先逃離這背棄她的家……

**文創風 192 3**

父親的冷情自私、祖母的硬心捨棄，讓她的心也狠了起來，
在皇后姨母的庇護下，一步步精心設計，讓仇敵自食惡果，
卻也讓她懷疑起為了愛連命都捨了，值得嗎？

**文創風 193 4**

她喜歡六皇子，就在他說他想娶她之後，
原本搖擺不定的一顆心終於落到了實處。
前世被愛傷透的她還是喜歡上他了，
就因為他願意承擔起娶她的一切後果……

**文創風 194 5**

她願意信任六皇子。
從痛苦死去，到懷著希望活過來，
再到眼睜睜地看著母親飲鴆而去，
再到現在……明天，她就要幸福地，
滿心揣著小娘子情懷地去嫁他……

**文創風 195 6 完**

六皇子說：「我們爭的是命，老天爺把我們放在這個位置，
要想自己、身邊人活命，就要爭。等爭到了，妳我皆要勿忘初心。」
她何其有幸遇見這個男人，值得用心去爭……

執手偕老，共嚐酸甜苦辣／花溪

# 古代混飯難

全套二冊

他確信她已死去多日，因為是他拚了命殺掉的，
但，此時她竟又活了！難不成她詐死？
可此女待他極好，像換了個人般……是借屍還魂嗎？

文創風 186 上

一覺醒來，沈曦發現自己莫名其妙地回到了古代，
她合理懷疑，自個兒八成是睡夢中心臟病發，一命嗚呼了，
好吧，情況再糟也不過就是如此，既來之則安之吧！
……嗯？且慢，眼前這破敗不堪的房子，莫非是她現今的家？
那麼，炕上那又瞎又聾又啞的男人，該不會是她的丈夫吧？!
要死了，她從小生活優渥，是隻不事生產的上流米蟲耶，
想在古代混口飯吃都有難度了，還得養男人，這還讓不讓人活啊？
可若拋下他，這男人怕是只能等死了，這麼狠心的事她做不來呀……
正沈思間，見他餓得抓了把生米就吃，她立馬便為他張羅起吃喝拉撒睡，
罷了罷了，看來她只得使出渾身解數，努力掙錢養活夫妻倆啦！

以為她死了，他滅了害死她的鄰國給她陪葬；
聽說她還活著，幾年來他奔波各地打聽她的下落。
如果能找到她，這一生，他絕不負她，換他待她好……

文創風 187 下

一直以為瞎子之於她只是生活上的陪伴，一個寄託而已，
可當他死掉後，沈曦才發覺自己真是錯得離譜！
心好痛好痛，痛到不管不顧，她只想就這麼隨他而去算了，
不料，她竟被診出懷有身孕！為了他們的孩子，她必須活著。
產下一子後，她努力地攢錢，想給孩子不一樣的人生，
怎知一顆心歸於平靜後，瞎子竟又出現了，而且還不瞎不聾不啞！
原來他叫霍中溪，在這中嶽國裡，是地位凌駕於帝王之上的劍神，
之前是因為遭人伏擊，身受重傷，又被她的前身下毒才會失明的。
見他隨隨便便就拿出三千萬兩的「零花錢」，她整個人心花花，
鎮日為了混飯吃而奔波，現在她不僅能當回米蟲，還有丈夫陪啦～～

逗趣而深情，歡笑又動人／油燈

# 貴妻

全套五冊

凡璞藏玉，其價無幾

他是慧眼識妻，一眼定終生；
她是曖曖內含光，只給有緣人欣賞；
她的好既然只有他知道，那娶了當然不放嘍……

文創風 181 1

莫拾娘賣身葬父入林府，雖然只是個二等丫鬟，
卻能讀書識字，畫得一手好畫，機靈又心思剔透，
偏偏她有萬般好，就是臉上有個嚇人的胎記，
但美人兒可是林家少爺的心頭好，怎能忍受這樣的醜丫鬟？
這齣「丫鬟鬥少爺」的戲碼一旦展開，是誰輸誰贏……

文創風 182 2

林家小姐已與董家公子訂親，卻和表哥暗通款曲，
林太太一氣之下，竟說出要從丫鬟之中挑選一個認作義女，代小姐出嫁！
拾娘本以為這把火不會燒到身上，誰知那董家公子死心塌地求娶，
更說自己是「有幸」娶她為妻！少爺不想她離家，公子忙著說服她成親，
這下在演哪一齣？她這丫鬟竟然成了香餑餑？

文創風 183 3

婚後的日子不如她想像的拘束，受人照顧的滋味也挺好的，
但不代表董家一片祥和，因為自視清高的婆婆瞧不上丫鬟出身的她，
小姑又是個沒規沒矩的丫頭，族裡一向冷落他們六房，
雖然嫁了個好丈夫，當起少奶奶，可管好這一家又是一門大學問！
更頭大的是枕邊的丈夫比管家做生意還擾人，擾得她心亂如麻啊……

文創風 184 4

董禎毅苦讀有成，在京城一舉成名，連王公貴族也慕名結識，
如此揚眉吐氣的時刻，拾娘本是開心不已，
可京城竟有「榜下求親」之風氣，而她的完美相公也中招！
婆婆和小姑乘機推波助瀾，要串聯狐狸精逼她這正妻下堂，
她的「家庭保衛戰」就此開始，狐狸精等著接招吧……

文創風 185 5 完

醴陵王妃意外得知拾娘身上有故人之物，便急著要見她；
拾娘依約進了王府，塵封的記憶卻忽然湧上心頭——
難道她和醴陵王府有什麼關係？養育她的義父又是何人？
多年來圍繞著拾娘的迷霧漸漸清晰，但這時，董夫人執意要兒子休妻，
婆媳之戰也因此在她找回身分的時刻越演越烈……

文創風 191

# 嫡策 2

國家圖書館出版品預行編目資料

嫡策 / 董無淵著. --
初版. -- 臺北市 : 狗屋, 民103.06
冊 ; 公分. -- (文創風)
ISBN 978-986-328-310-2 (第2冊 : 平裝). --

857.7　　103008955

著作者　董無淵
編輯　王佳薇
校對　曾慧柔　王冠之
發行所　狗屋出版社有限公司
地址　台北市104中山區龍江路71巷15號1樓
電話　02-2776-5889～0
發行字號　局版台業字845號
法律顧問　蕭雄淋律師
總經銷　知遠文化事業有限公司
電話　02-2664-8800
初版　103年6月
國際書碼　ISBN-13　978-986-328-310-2
原著書名　《嫡策》，由起點女生網〈http://www.qdmm.com/〉授權出版

定價250元
狗屋劃撥帳號：19001626
網址：love.doghouse.com.tw　E-mail：love@doghouse.com.tw